Aus Freude am Lesen

Ein kleines Dorf in den Bergen, eine halbe Tagesreise von Salzburg entfernt. Am Ende des 18. Jahrhunderts geht ein tiefer Riss durch seine Bewohner: den saturierten Großbauern stehen die armen, rechtlosen Mägde und Knechte und die Bergwerksarbeiter gegenüber, deren Lage sich immer mehr verschlechtert. In diese gespannte Atmosphäre platzt der genialische Emanuel Schikaneder mit seiner Wandertheatertruppe. Er hat an den sittenstrengen Salzburger Fürstbischof Colloredo ein Gesuch geschickt, in dessen Stadt auftreten zu dürfen, doch weil die Antwort auf sich warten lässt, sitzen die Schauspieler in dem Bergdorf fest. Der unübersehbare lockere Lebenswandel der Truppe stößt bei einem Teil der Bewohner von Tag zu Tag auf größeren Widerwillen, zu allem Überfluss gerät Schikaneder in Geldnot. Seine rettende Idee: er bringt ein Trauerspiel zur Aufführung, eine Sensation für das Dorf. Jedoch ist die Geschichte derart nahe an der Lebensrealität der Dorfbewohner, dass es zu Tumulten und schließlich zum Eklat kommt. Schikaneder ist begeistert: so viel Aufruhr war selten. Doch bald muss er bemerken, dass der revolutionäre Unmut auch sein Theater bedroht …

ROBERT HÜLTNER wurde 1950 in Inzell geboren. Er arbeitete unter anderem als Regieassistent, Dramaturg, Regisseur von Kurzfilmen und Dokumentationen. Für seine Inspektor-Kajetan-Romane wurde er vielfach preisgekrönt, u. a. zweimal mit dem Deutschen Krimipreis und mit dem renommierten Glauser-Preis. Robert Hültner ist zudem Drehbuch-, Hörspiel- und Theaterautor, er lebt abwechselnd in München und in einem Bergdorf in den südfranzösischen Cevennen.

Robert Hültner

Der Sommer der Gaukler

Roman

btb

Mix
Produktgruppe aus vorbildlich bewirtschafteten Wäldern und anderen kontrollierten Herkünften
www.fsc.org Zert.-Nr. GFA-COC-001223
© 1996 Forest Stewardship Council

Verlagsgruppe Random House FSC-DEU-0100
Das FSC-zertifizierte Papier *Munken Pocket* für dieses Buch liefert Arctic Paper Munkedals AB, Schweden.

1. Auflage
Genehmigte Taschenbuchausgabe Februar 2010

Umschlagmotiv: Woman with a Mask (oil on canvas), Lippi, Lorenzo (1606–65) / Musee des Beaux-Arts, Angers, France / Giraudon / The Bridgeman Art Library
Umschlaggestaltung: semper smile, München
Druck und Einband: CPI – Clausen & Bosse, Leck
MM · Herstellung: SK
Printed in Germany
ISBN 978-3-442-74012-3

www.btb-verlag.de

1

Der Konvoi der *Schikanederischen Schau- und Operngesellschaft* bestand aus zwei günstig in Augsburg georderten zweispännigen Kutschen für das Prinzipals-Ehepaar, die Ersten Damen und die Tänzerinnen, drei etwas weniger komfortablen Planwagen für die Herren und das Orchester sowie zwei hochbepackten, von stämmigen Kaltblütern gezogenen Gepäckwagen.

Seit die Truppe in der Miesenbacher Poststation Mittagsrast gehalten hatte, waren noch keine zwei Stunden vergangen. Trotzdem schien es Emanuel Schikander, als habe bereits die Dämmerung eingesetzt. Auch die Geräusche um ihn herum hatten sich verändert. Das eintönige Knirschen der eisenbeschlagenen Räder auf dem Schotter, unterbrochen nur vom Schnauben der Pferde und einem gelegentlichen, von einem unverständlichen Ruf des Kutschers begleiteten Peitschenknall, das Knarzen und Ächzen des Fahrwerks, alles hatte an Lautstärke zugenommen. Durch die Ritzen des Wagens war schwere Feuchtigkeit in das Innere der Kabine gedrungen.

Solange die Fuhrwerke noch gegen die zähe Landschaft des Voralpenlandes gezogen waren, hatte der Prinzipal ein wenig gedöst. Jetzt schob er sich im Sitz nach oben, um seinen nach Tagen der Rumpelei wundgeriebenen Steiß ein wenig zu entlasten. Er befreite sich behutsam von seiner im Schlaf an ihn gesunkenen Gattin und sah nach draußen.

Sie befanden sich bereits im Gebirge. Es hatte leicht zu regnen begonnen. Noch im vollen Laub stehendes, triefendes Buchengeäst neigte sich über die Straße, eine von Farn gesäumte, von schlammigen Pfützen gelöcherte und tiefen Fahrrillen gefurchte Piste. Zu ihrer Linken stieg das Gelände steil an. Nach wenigen Metern verlor es sich in einer schwarzen Tannenwaldung, aus der nackte Kalkfelswände in neblige Höhen flohen. Auf der rechten Seite schützte nur ein niedriger Steinwall vor einem bedrohlichen Abgrund, aus dessen dämmeriger Schlucht das finstere Orgeln eines Gebirgsbachs nach oben drang und sich mit einem fernen Donnergrollen mischte.

Die Steigung hatte kaum merklich zugenommen, die Fahrt sich verlangsamt. Die Felsen rückten näher an den Wegrand. Käme ihnen jetzt ein Fuhrwerk entgegen, müsste mit langem, von Beleidigungen und Drohungen begleitetem Palaver geklärt werden, wer zurückzusetzen hätte. Doch niemand kam. Der Treck passierte eine verlassene Mautstation. Einige Kehren später polterte er an einem sturmschiefen, rindengedeckten Unterstand vorbei.

Johann Joseph Emanuel Schikaneder – seine beiden ersten, etwas bäurisch klingenden Vornamen hatte er schon früh unter den Tisch fallen lassen, und auch seinen ursprünglichen Nachnamen ›Schickeneder‹ hatte er ein wenig veredelt – war noch nicht lange Prinzipal. Vor noch nicht drei Jahren hatte er die leidlich eingeführte Truppe von der Witwe des früheren Besitzers für viertausend Gulden erworben, mit allem menschlichen und sonstigen Inventar. Das Risiko hatte sich gelohnt: Schon nach einem Jahr hatte er den Kaufkredit zurückzahlen können. Mit seinen noch nicht dreißig Jahren war er jetzt der Leiter einer der erfolgreichsten Wandertheater-Compagnien zwischen den süddeutschen Ländern und dem kaiserlichen Österreich, dazu ein unermüdlicher Stückeschreiber und gefeierter Erster Charakterdarsteller. Er hatte ein gesundes Selbstbewusstsein, und dennoch war es Balsam für seine Seele, was das Gothaer ›Theaterjournal für Deutschland‹ kürzlich über ihn geschrieben hatte. Noch im Schlaf hätte er es herbeten können: »Hrn. Schikaneders Wuchs ist von Natur aus ungemein vorteilhaft und schön, er ist groß, sehr wohlgewachsen, und seine Stimme ist rein und melodienreich. Sein Enthusiasmus hebt sich über alle Schwierigkeiten, und er verdient mit einem Wort unter die Reihe der besten Schauspieler und einsichtsvollsten deutschen Direkteure gesetzt zu werden.« Nein – nicht nur das Publikum, auch die Göttin Fortuna liebte ihn. Von den Unannehmlichkeiten der Reise abgesehen, hätte er also höchst gelassen in die Zukunft blicken können.

Doch Emanuel Schikaneder hatte Sorgen. Er rechnete wieder und wieder, wollte es nicht glauben, fing von vorne an: Unmöglich! Es konnte nicht sein, dass er nahezu bankrott war! Das Gastspiel in Augsburg war doch ein voller Erfolg gewesen! Was das in Massen strömende Publikum, die Begeisterung während der Aufführungen und die Lautstärke des Applauses betraf, hätte die Bilanz nicht besser sein können. An manchen Abenden toste ein Rasen und Trampeln durch das Theaterhaus, dass Schikaneder einen Einsturz des hölzernen Theaterbaus befürchtete. Eine Panik hatte es unter den Zuschauern ausgelöst, als er die Furien aus ›Orpheus und Euridice‹ mit brennenden Kappen auf die Bühne schickte. Der Prinzipal hatte auf die Bühne rennen, einer der Tänzerinnen den Blechhut abnehmen und dem staunenden Publikum demonstrieren müssen, dass es ein winziger, in Spiritus getränkter Schwamm war, der diesen nie gesehenen Effekt erzeugt hatte. Tobender Applaus hatte ihn belohnt, und erst nach geraumer Zeit konnte die Vorstellung fortgesetzt werden.

Dass er es einmal gewagt hatte, ›Romeo und Julia‹ mit einem Happy End zu versehen, hatte einen Skandal verursacht, heftiger, als er ihn von den behäbigen Schwaben erwartet hätte. Doch danach war die Schikanederische Gesellschaft für Wochen einziges Stadtgespräch. Aus purer Neugier drängten die Augsburger an die Kasse und prügelten sich um Karten.

Schikaneders Rezept hatte sich bestens bewährt: Hanswurstiaden und Possen für das schlichte Volk, Komödien und Singspiele für die Lachsüchtigen, Lessing, Wieland und Shakespeare für diejenigen, die auf Bildung hielten, Ballett und Erbauliches für die naserümpfenden Feingeister. Gelegentlich geriet ein sauertöpfischer Schwarzrock außer sich, weil nach seiner Beobachtung bei dieser oder jener Szene zu viel nackte Wade zu sehen gewesen wäre. Machte er aber den Fehler, dies während der Vorstellung zu äußern, musste er einen Orkan der Empörung, versetzt mit unflätigstem Protest und matschigen Wurfgeschossen, über sich ergehen lassen.

Was also diesen die Seele wärmenden Erfolg betraf, konnte Emanuel Schikaneder nicht klagen. Aber ärgerlich war gewesen, dass nicht allein das sensationslüsterne und leicht verführbare Stadtvolk, sondern auch die Deputierten des Augsburger Magistrats augenscheinlich von einer plötzlichen Theaterleidenschaft ergriffen wurden. Ungerührt auf hiesige, angeblich seit jeher gültige Gepflogenheiten verweisend, orderten sie Abend für Abend eine größere Menge von Freibillets. Sie verteilten sie großzügig an Ehefrauen, Schwiegerleute, Geschäftspartner und Mätressen, nahmen dreist die besten Plätze in Beschlag und beschwatzten den Prinzipal dafür anschließend mit Ratschlägen, wie sein Programm zu verbessern wäre. Schikaneder musste sich zähneknirschend fügen. Zu laut durfte er nicht murren. Die Konkurrenz war groß, und es war der Magistrat, der es in der Hand hatte, ob er im nächsten Jahr mit seiner Wandertruppe wieder hier gastieren durfte. Also ließ er es dabei, flocht lediglich mit der betrübten Miene seines Hamlet Klagen über die hohen Kosten eines anspruchsvollen Theaters in die Gespräche. Er erntete verständnisvolle Seufzer, mehr nicht.

Natürlich hatte dies der Bilanz nicht gut getan. Auch zwangen ihn in dieser Saison gewisse Umstände, etwas höhere Privatentnahmen anzusetzen. Demoisell Fanny, die erst im Frühjahr zum Ensemble gestoßen war – ein üppiges, stets wohlgelauntes und in jeder Beziehung verspieltes Ding mit annehmbarem darstellerischen Ausdruck, vor allem von umwerfender Wirkung auf junges, eher klobiges Handwerksvolk im Publikum –, Fanny hatte ihm eines Abends etwas zugeflüstert, was ihm seitdem sorgenvolle Stunden bereitete. Eines war ihm augenblicklich klar: In der Stadt durfte unter keinen Umständen bekannt werden, dass der hehre Künstler Schikaneder, bejubelter Darsteller hochmoralischer Dramengestalten, seine vom Publikum nicht weniger hymnisch verehrte Gattin mit einer zweitrangigen, mäßig talentierten ›Naiven‹ betrogen hatte.

Doch Fanny zeigte sich zu seiner Erleichterung einsichtig. Da sie praktisch veranlagt war, rechnete sie nicht damit, dass sich der Prinzipal ihr zuwenden könnte. Sie akzeptierte schließlich, mit einem braven, vor Leidenschaft nahezu erblindeten Beamten verkuppelt zu werden. Da sie aber nicht nur in Liebesdingen praktisch veranlagt war, wusste die Demoisell ziemlich gut, was der Tarif für ihr Einverständnis war. Bei seinem Versuch, sie herunterzuhandeln, hatte sie Standhaftigkeit gezeigt. Daran, dass sie mit der – vorerst nur dem eingeweihten Betrachter auffallenden – kleinen Wölbung ihres Bäuchleins die definitiv besseren Karten hatte, war nicht zu rütteln.

Schikaneder war mit sich hart ins Gericht gegangen. Ein Idiot war er gewesen. Was hatte er erwartet? Dass er schon irgendwie davonkommen würde? Wie in Linz, in Laibach, in Nürnberg oder Regensburg? Da hatte es ihn nie bekümmern müssen, ob Monate nach seiner Abreise in bürgerlichen oder aristokratischen Wiegen etwas krähte, was seine Nase hatte oder mit seinen Augen lächelte. Emanuel Schikaneder warf einen verstohlenen Blick auf seine Frau. Hatte Eleonore etwas davon mitbekommen? Er hatte seine Transaktionen geschickt vertuscht. Eine rätselhafte Erkrankung, die angeblich hohe Arzthonorare verschlang, die Überholung der ausgeleierten Transportables, die Auffrischung der durch den Transport ramponierten Kortinen, der Nachschub für die pyrotechnische Maschinerie, all diese Mätzchen waren leicht zu fingieren gewesen. Eleonore hatte diese Entscheidungen stets ihm überlassen, sie mischte sich immer erst dann ein, wenn es brenzlig zu werden drohte. Dann aber machte sie ihm heftige Vorwürfe, drohte an, sein finanzielles Gebaren ab sofort aufs Schärfste zu kontrollieren.

Seit er die Compagnie übernommen hatte, waren derartige finanzielle Krisen an der Tagesordnung. Doch so häufig sie auch auftauchten, meist verschwanden sie wie von Zauberhand wieder – ein berührter Mäzen half aus der Klemme, wochenlanges Schlechtwetter ließ die Massen strömen, eine Aufführung traf den Nerv der Zuschauer, die Kunde blutiger Rangeleien vor der Kasse des längst überfüllten Theaters und von spektakulären Ohnmachtsanfällen während der Vorstellungen verbreiteten sich wie Lauffeuer.

Doch diesmal war keine Rettung in Sicht. Mit der Summe, die sich noch in der Kasse befand, konnte er bestenfalls noch zwei, höchstens drei Übernachtungen in einem passablen Gasthaus finanzieren. Es ginge sich gerade noch aus, wenn sie unmittelbar nach ihrer Ankunft in Salzburg mit den Aufführungen beginnen konnten. Das aber war das Problem.

Die Salzburger Theaterkommission hatte bisher noch nicht reagiert. Von einem Reisenden hatte Schikaneder erfahren, dass der erzbischöfliche Hofkämmerer in den vergangenen Wochen unpässlich gewesen sei. Das ließ ihn aufhorchen. *Unpässlich?* Also nicht schwerkrank oder gar im Sterben liegend? Das roch doch nach einer diplomatischen Finte! Wurde gegen ihn intrigiert? Hatten sich seine Konkurrenten, die Böhm'schen, Hornung'schen und Wahr'schen Compagnien, bei Erzbischof Graf Colloredo mit ihren bieder beschaulichen Aufführungen lieb Kind gemacht? Hatte ihn ein eifernder Schwarzrock als Blasphemiker und Sittenstrolch verleumdet, nur weil in einer seiner harmloseren Possen ein Mönch zu sehen war, der weltlichen Gelüsten nicht so widerstehen konnte, wie es die katholische Lehre predigte?

Ein heftiger Stoß brachte die Kabine ins Wanken. Ein Wasserschwall klatschte an die Seitentüren. Eleonore Schikaneder schlug die Augen auf, suchte instinktiv an ihrem Mann Halt und blickte suchend um sich. Der Kutscher draußen brüllte etwas, das im Wageninneren nicht zu verstehen war, sich aber nicht nach einem frommen Gebet anhörte. Der Wagen schaukelte noch ein wenig nach, dann ging die Fahrt weiter.

»Wir hätten doch die neue Straß nehmen sollen, Schani«, nölte Eleonore. Ein erneutes Ächzen des Fahrwerks begleitete ihre Worte. »Die wär doch viel kommoder gewesen. Diese Rumpelei!«

Schikaneder sah sie nicht an. Sein Blick haftete zwischen Demoisell Bichler und Demoisell Mayer, die ihm gegenübersaßen.

»Die ist wahrscheinlich der Grund, warum du wieder meinen Namen vergisst«, giftete er zurück. »Darf ich dich daran erinnern, dass ich mich nicht Schani, sondern Emanuel nenn? Und das nicht erst seit gestern?«

Demoisell Bichler, Erste Naive der Schikaneder'schen Truppe, warf ihrer Kollegin einen verstohlenen Blick zu, den diese mit unauffälligem Zwinkern erwiderte.

»Emanuel Schikaneder, deutscher Schauspieldirekteur«, sagte sie mit treuherzigem Lächeln, als gälte es, Gelerntes folgsam zu vertiefen.

»Ich bin informiert!«, schnappte die Gattin des Direktors zurück. »Aus erster Hand, gewissermaßen!«

Salome Bichler hielt kurz die Luft an. Madame war die Chefin. Dann atmete sie aus, zuckte leichthin, ein wenig die Missverstandene gebend, mit den Schultern und begann, ihre Fingernägel zu begutachten. Unbeteiligt und mit der Miene des Abgeklärten, der es seit langem aufgegeben hat, für die Gefühlsausbrüche der Frauen eine Erklärung zu suchen, sah Schikaneder den vorbeiziehenden Nebelschwaden nach. Dennoch ging sein Puls jetzt ein wenig schneller. Hatte seine Frau womöglich etwas mitbekommen? Unmöglich! Vielleicht sagte Eleonore einfach der Instinkt, dass sie auf der Hut sein müsse. Die anderen Damen des Ensembles hatte sie nie für voll genommen. Demoisell Mayer beispielsweise war zu jung und darüber hinaus eine zu schlechte Schauspielerin. Bei Salome Bichler lag der Fall jedoch ein wenig anders. Auch wenn sie nie an das Können Eleonores herankäme (wer weiß aber, ob sie vielleicht bisher einfach noch keine Gelegenheit bekommen hatte, es zu zeigen?), so war sie doch eine gute, für ihr Alter bereits sehr routinierte Schauspielerin. Schnell in der Auffassung, mitreißend lustvoll in jede neue Verwandlung schlüpfend, ihre Rollen mit Glaubhaftigkeit und dennoch eigener Persönlichkeit versehend, mit raffiniert gesetztem, das Publikum betörendem Charme. Schon stand Demoisell Bichler bei den meisten Aufführungen, in denen Madame Schikaneder die Hauptrolle spielte, auf der Ausfallliste. Dass sie hätte einspringen müssen, war bisher allerdings noch nicht eingetroffen. Vor allem dann, wenn Eleonore Schikaneder mitbekommen hatte, dass Demoisell Bichler die entsprechende Rolle schon synchron mitsprechen konnte, bewies sie ihre eiserne Gesundheit. Doch so gefährlich sicher der Instinkt Eleonores auch sein mochte – er konnte ihr unmöglich gesagt haben, dass Demoisell Bichler vor einigen Tagen eine günstige Gelegenheit beim Schopf ergriffen hatte, die Nachfolge der tränenreich verabschiedeten Fanny anzutreten.

Der Wagen war wieder in heftige Schaukelbewegung geraten.

»Die Straß ist einfach die Höll«, setzte Madame Schikaneder wieder an. »Und außerdem ein Umweg.«

»Aber landschaftlich viel attraktiver«, gab Schikaneder launig zurück.

Madame schwenkte ihre Augen nach draußen. Zweifelnd hob sie die Brauen.

»Auch wenn man mehr sehen könnt, wärs Ansichtssach. Sag – warum müssen wir unbedingt über den alten Jochenpass? Warum haben wir nicht die neue Straß genommen?«

Schikaneder fuhr gereizt herum. »Weil ich mich erstens um das Wohl meiner Leute zu bemühen hab –«

Wieder geriet der Wagen ins Schaukeln.

»Ich merks«, sagte Madame.

»Und weil zweitens deine kommode neue Straß eine Maut kostet, deren Höhe jeden Raubritter in höchsten Zweifel stürzen würd, ob er sich nicht doch den verkehrten Beruf ausgesucht hat! Und weil«, jetzt legte Schikaneder eine verächtliche Schärfe in seine Stimme, die sie zugleich hasste und fürchtete, »weil weiters das Wort ›kostet‹ mit dem Wort ›Kassa‹ nicht bloß den gleichen Anfangsbuchstaben, sondern auch sonst ziemlich viel gemeinsam hat!«

Madame Schikaneder, vom Ausbruch ihres Mannes überrascht, war ein wenig von ihm abgerückt. Sie hätte einiges als Antwort parat gehabt, oh!, und gerade zum Thema ›Kassa‹! Aber nicht hier. Nicht vor Mitgliedern des Ensembles.

Er maß sie mit einem erstaunten Blick. Dann brummte er etwas, das wie ein Einlenken klingen sollte.

»Außerdem hab ich mich selbstverständlich erkundigt«, sagte er versöhnlich. »Die alte Straß ist noch in *bestem* Zustand!«

Er hatte noch etwas ähnlich Beruhigendes hinzufügen wollen, kam aber nicht mehr dazu. Der Wagen kam abrupt zu stehen. Dann, unter dem Kreischen der Frauen, Wiehern der Pferde und dem cholerischen Gebrüll des Kutschers, kippte er sacht zur Seite. In Richtung Abgrund.

2

Vester war noch keine Dreißig, aber sein von drahtigem Bartgestrüpp und zerzaustem Schopf gerahmtes Gesicht war fahl olivfarben wie das aller Bergleute. Die dünngewetzte juchtene Hose und der gewalkte, mit Flickaufsätzen übersäte Rock umschlotterten seinen knochigen Körper. Bevor er in das Dunkel des Berges trat, blieb er stehen und sah nach oben. Der Himmel war grau wie der verwitterte Kalk des Gebirges, pfeifender Wind und Dohlen durchsichelten die Luft, und um die Schroffen des Kogelberges klumpten sich Gewitterwolken. Ein Unwetter um diese Jahreszeit war nichts Ungewöhnliches. Trotzdem befiel den Steiger eine plötzliche Unruhe.

Etwas braute sich zusammen.

Vester war wenig abergläubisch, nicht einmal besonders gläubig. Zwar stand er nie abseits, wenn die Heilige Barbara wieder einmal um reiche Ausbeute und Schutz vor Stolleneinstürzen angefleht wurde. Betrachtete er aber das Bildnis der Schutzheiligen, befiel ihn jedesmal Skepsis. Wie sollte ihnen dieses zerbrechliche Weibsbild mit seinem himmelwärts gerichteten Blick helfen können, wenn es hart auf hart ging? Und wenn die Alten von ihren Begegnungen mit den Stollengeistern fabelten, wollte er nichts davon wissen.

Und dennoch hatte ihn in den letzten Monaten häufiger das vage Gefühl beschlichen, dass in Grabesstille und Pechdunkel des Bergwerks vielleicht doch irgendein Wesen hausen könnte. Empfand es ihr Tun plötzlich als Frevel? Über Generationen hatte es die kleine Knappschaft gewähren lassen. Kein Ächzen, kein Grollen hatte es von sich gegeben, Tag für Tag die Bergleute in seine hallende und tote Finsternis aufgenommen, wo sie sich im flackernden Schein der Fackeln und Kerzen, hustend in Steinstaub und von Pechrauch verpesteter Luft, mit Hacke, Hammer und Meißel immer tiefer in das Innere des Berges wühlten. Erwachte dieses Wesen allmählich?

Seit einigen Wochen kämpfte Vester mit Anfällen von Melancholie. An manchen Abenden wollte der Schlaf nicht kommen, so erschöpft er auch sein mochte. Dann stand er auf, tappte über die schnarchenden Kollegen und ging in die Nacht hinaus. An der Schanze der Abraumhalde ließ er sich nieder, glotzte den Mond an, lauschte den Stimmen des Hochwaldes und fühlte eine grenzenlose Leere in sich.

Er sah ins Tal hinab. Dort unten war das Leben, die Wärme der Frauen, das Geplärr der Kinder, dort dampften Backöfen und schmorten fettige Speisen, dort blühten die Farben prachtvoller Feste und prangender Umzüge. Der Gedanke versetzte ihm einen Stich: Er würde nie dazugehören. Wird dies für immer sein Leben sein, dieses ewige Dunkel, diese stete Angst, diese aufreibende Mühsal? Es war noch keine zehn Jahre her, dass in den Stollen und in der Schmelze im Taldorf mehr als hundert Knappen ihr Auskommen gefunden hatten. Doch schon damals war die Ausbeute von Jahr zu Jahr geschrumpft. Als dann – der zwischen Machtwahn, Dummheit und Gier changierende bairische Kurfürst hatte sich wieder einmal gründlich verkalkuliert – die Kaiserlich-Österreichische Armee anrückte, schien das Ende gekommen zu sein. Kroatische Marodeure setzten die Schmelze in Brand, schleuderten Sprengsätze in Knappenstuben und Stollenmünder.

Kaum waren die Söldner abgezogen, stellte das kurfürstliche Bergamt zu München eine Rechnung auf. Sie ergab ein Missverhältnis zwischen den Kosten für den Wiederaufbau und dem zu erwartenden Ertrag. Von einem Tag auf den anderen wurde die Entlassung aller Knappen und die Einstellung des Bergbaus verfügt. Allerdings würde dem, der die Suche nach Blei und Galmei auf eigene Rechnung weiterführen wollte, nichts in den Weg gelegt werden.

Ein Geschäftsmann namens Anton Paccoli, gebürtig aus dem Salzburgischen, doch seit längerem im Kurbaierischen ansässig, hatte sich den Zuschlag gesichert. Er warb ein Dutzend Bergleute aus dem Tiroler Unterland an, die bereits Erfahrung in den alten Revieren um Schwaz gesammelt hatten, und schloss leidlich faire Pachtverträge mit ihnen. Mit unauffällig gesetzten, doch unmissverständlichen Hinweisen auf seine Beziehungen zu höchsten Stellen hatte er den örtlichen Bergrichter dazu bewegen können, das Holz, das er zur Verbauung der Stollen und zum Schmelzbetrieb brauchen würde, zu mehr als günstigen Konditionen im Gemeindewald einschlagen zu dürfen.

Zwei, drei Jahre ging alles gut. Neue Knappschaften ließen sich um den Kogelberg nieder, schmächtig wirkende, doch eisern zähe tirolische Romanen, von den Einheimischen argwöhnisch beäugt. Paccoli bezog bald ein prächtiges Herrenhaus bei Reichenhall. Ob er noch andere Einkünfte hatte, blieb ein Rätsel. Die Pachteinnahmen allein konnten es nicht sein – die flossen zudem von Jahr zu Jahr magerer, so sehr die Bergleute auch schufteten und sich das tote Gestein der Abraumhalden immer tiefer in den darunter liegenden Bergwald ergoss.

Schon gaben die Ersten auf. Der Berg sei erschöpft, behaupteten sie. Sie nähten ihre wenigen Ersparnisse in den Saum ihrer Reisekleidung und packten ihr Bündel. Andere wiederum schlugen Steige durch den Hochwald, musterten den Fels, schätzten den Verlauf der Erzadern ab, durchstreiften das schroffe Gelände, die Wünschelrute vor der Brust gespreizt. Dann, nachdem sie ein Gebet zu ihrer Schutzheiligen gesprochen hatten (und, sicher ist sicher, den Berggeistern mit einem kleinen Opfer verstohlen Respekt erwiesen hatten), schlugen sie den neuen Stollen an. An einem Morgen nach einer gewittersatten Nacht und zwei Monaten ergebnisloser Suche, standen sie bis zu den Knien in brackigem Wasser. Sie lästerten Gott, heulten, prügelten auf den Rutengänger ein, der mit seinem geheimen Wissen geprahlt hatte. Dann gaben auch sie auf.

Die Knappen der Kogelscharten-Grube, in der Kehle unterhalb eines Grates zwischen den Gipfeln des langgestreckten Kogelberg-Massivs gelegen, schienen es besser getroffen zu haben. Doch die unruhig durch den Berg fahrende Erzader hatte das Vorwärtskommen beschwerlich werden lassen. Überraschte sie an manchen Tagen mit ordentlicher Ausbeute, so erwies sie sich wenige Meter weiter als endgültig taub. Ein Labyrinth aus auf- und niederlaufenden Gängen, Quer- und Senkrechtstollen war entstanden. Nur noch die Bergleute fanden sich in ihren Katakomben zurecht, war doch jeder Schrund, jede Zweigung und jeder Durchbruch mit ihrem Schweiß erkämpft.

Noch dazu hatten sie vor einigen Monaten eine beunruhigende Entdeckung gemacht. Eine mächtige, wie geschliffen glatte Verwerfung hatte sich aus dem Fels geschält. Das Gestein wurde nachgiebiger, es brach bereitwillig unter den Schlägen der Hauer, und auch der Erzgehalt schien zuzunehmen. Doch von Meter zu Meter wuchs die Gefahr eines Einsturzes. Das Zimmerer-Holz, das der Verpächter laut Vertrag bereitzustellen hatte, war bereits nach wenigen Wochen aufgebraucht. Die Bergleute mahnten Nachschub an. Paccoli zeigte Verständnis, klagte über kurzfristige Engpässe und allerlei organisatorische Schwierigkeiten, die er zwar unendlich bedaure, für die er aber nicht verantwortlich sei.

Gegen Ende August musste auf diesen Höhen bereits mit dem ersten Schnee gerechnet werden. Um keine Zeit zu verlieren – der Winter, in dem die Stollenmünder von meterdickem Schnee bedeckt waren, musste mit dem Ersparten überstanden werden –, verfielen sie auf die Idee, die nötigen Stützbalken und Planken aus einer nahegelegenen, vor Jahrzehnten aufgegebenen Grube auszubauen. Der Bergzimmerer Tamerl gab sich alle Mühe, doch die Fichtenplanken splitterten, die moosschlierigen Trämme waren von Nässe schwer oder vom Wurmfraß ausgehöhlt. Jeder zweite Balken überstand den Transport zur benachbarten Grube nicht.

Erst gestern hatte es wieder Streit gegeben. Vester hatte dafür plädiert, die Arbeit einzustellen, bis Paccoli das Stützholz endlich angeliefert habe. Alles andere sei zu riskant. Schnell hatten sich zwei verbissen bekriegende Gruppen gebildet. Vester hatte schließlich angekündigt, heute ins Tal hinabzusteigen. Er wollte im Bergamt vorsprechen und dem Verpächter ein Ultimatum stellen.

Das hatte er an diesem Nachmittag auch getan. Paccoli jedoch war geschäftlich unterwegs. Der Bergschreiber gab sich ahnungslos. Der Holzeinschlag habe seines Wissens schon vor einigen Wochen stattgefunden. Dass es noch nicht geliefert worden sei, könne er sich nicht erklären. Vielleicht gab es Transportprobleme? Vester solle sich gedulden, er, der Schreiber, würde der Sache nachgehen. Drohungen verbiete er sich jedoch mit aller Entschiedenheit. Und was den Kontrakt betraf – Vester solle ihn sich genauer ansehen. Stand darin etwa, wann auf den Tag genau geliefert werden müsse? Na also. Klar machen müsse er sich auch, dass der Pachtvertrag jederzeit aufgelöst werden könnte. Vom Herrn Bergrichter wäre jedenfalls in dieser Sache keine Unterstützung zu erwarten. Diesem läge vor allem daran, dass der Unternehmer im Ort verbleibe. Zudem, und bei diesen Worten zuckte der Mundwinkel des Schreibers eigenartig, sei der Herr Bergrichter ein Freund und Bewunderer Paccolis. Er würde also nicht empfehlen, vor Gericht zu ziehen.

Das musste Vester jetzt seinen Männern erklären. Sie würden ihm vorwerfen, nicht mit dem nötigen Nachdruck aufgetreten zu sein, und vermutlich hatten sie Recht. Ein erfahrener und umsichtiger Steiger mochte er sein, doch das Verhandeln war nie seine Stärke gewesen. Gut, das würde er überstehen. Um seine Stellung als Steiger hatte er sich nie gerissen. Wenn einige seiner Leute meinten, es besser zu machen, sollten sie es ruhig versuchen. Klar war nur eines: Der Abbau musste augenblicklich abgebrochen werden, so viel versprechend das Gestein auch sein mochte. Die Verwerfung musste umgangen werden, mit einem neuen, einige Meter höher gesetzten Anschlag könnte es gelingen.

Zögernd ging Vester auf den Stollenmund zu. Er zog seine Kapuze über den Kopf, duckte sich unter den Balkensturz, entnahm einer Nische die Lampe und entzündete sie. Wieder kroch ihm ein Schauer über den Rücken. Etwas befahl ihm, sofort umzukehren.

Nach wenigen Metern war vom Tageslicht nichts mehr zu sehen. Eine merkwürdige Stille umgab Vester. In seinen Ohren rauschte es. Eine Weile hörte er nichts als seinen Atem und seine Schritte auf den Planken.

Er blieb stehen. Klang es unter seinen Sohlen plötzlich anders? War da jetzt statt des Knirschens des feinen Schotters nicht ein schlammiges Schmatzen?

Wasser, dachte Vester, auch das noch. In diesem Augenblick sah er, dass die Lampenflamme wild zu flackern begann.

Severin kam ihm im Laufschritt entgegen.

»Kumpani, ich –«, begann Vester. Severin wollte nichts mehr hören.

»Wasser!«, stieß er hervor, die Stimme voller Panik. »Raus!!«

»Pumpen!!«, schrie Vester.

»Was tun wir denn seit Stunden?!«, heulte Severin. »Raus! Der Berg kommt!«

Hinter ihm waren die schwankenden Lichter der anderen zu erkennen. In ihre hallenden Schreie mischte sich ein fernes, dumpfes Wummern, das zu einem betäubenden Grollen anschwoll und sich mit rasender Geschwindigkeit näherte.

»Ist noch wer hinten?!«, brüllte Vester.

»Der Krister! Aber 's ist zu spät! Raus!«

3

Aus dem Fenster seines Amtszimmers beobachtete Bergrichter Ratold das kleine Grüppchen Dörfler, das sich um das in die Prangerzwinge geschlossene Mädchen geschart hatte. Er konnte nicht hören, was gesprochen wurde. Wurde gar geschwiegen? Was war das doch früher immer für ein Gejohle gewesen! Oft hatte er einschreiten müssen, wenn das Verhöhnen einer Verurteilten in Handgreiflichkeiten auszuarten drohte. Nichts davon war jetzt zu sehen. Hatte es damit zu tun, dass er das Rußegger-Lieserl nicht, wie in den meisten Fällen, wegen eines Vergehens gegen die Sittlichkeit zum Pranger-Stehen verdonnert hatte, sondern weil sie mit einem Bündel Reisig im Hassl-Wald ertappt worden war?

Es war der Hassl-Bauer selbst gewesen, der die ansonsten kreuzfromme Halbwüchsige zu ihm gezerrt und strengste Bestrafung gefordert hatte. Der Bergrichter fand die Aufregung des Bauern angesichts des geringen Schadens zwar ein wenig übertrieben, hatte aber keine Wahl. Das Gesetz war eindeutig, und Nachsichtigkeit gegenüber Waldfrevlern war darin nicht vorgesehen, auch wenn es sich um bitterarme Dörfler handelte.

Der Bergwerksbesitzer Anton Paccoli war an seine Seite getreten.

»Ich beneide Sie nicht«, seufzte er.

»Wen?« Richter Ratold wandte sich erstaunt um. Meinte sein Gast etwa das Mädchen?

»Ich meinte selbstverständlich Sie, Herr Bergrichter«, klärte ihn Paccoli auf. Der Bergrichter nickte stumm. Paccoli hatte es richtig erkannt. Ratold liebte seinen Beruf schon lange nicht mehr.

In den ersten Jahren seiner Amtszeit war er noch dem verhängnisvollen Glauben angehangen, dass es einen guten Kern bei seinen Untertanen geben müsse. Er war behutsam vorgegangen, hatte jeder seiner richterlichen Handlungen wohlmeinende Belehrungen hinzugefügt, er hatte Rücksicht auf Bündnisse, alte Rechte und hergebrachte Besonderheiten genommen, den Kirchenchor mit gespendeten Instrumenten gefördert, Scholaren mit ihren geistlichen Spielen eingeladen, hatte die Entsumpfung von Nasswiesen und den Ausbau der armseligen Dorfschule angestoßen, die Armenpflege reorganisiert und eine Bruderkasse gegründet, die jene unterstützen sollte, die durch unverschuldetes Unglück in Not geraten waren. Er hatte die Kleidervorschriften für die jungen Frauen konkretisiert – wie kurz der Rock höchstens sein durfte, bis wohin die Brüste verhüllt sein mussten, wann es ausnahmsweise erlaubt war, ein ärmelloses Hemd zu tragen. Voller Leidenschaft hatte er gegen allerlei heidnische Volksbräuche gepredigt, hatte gegen das wilde Perchtenlaufen in den Rau- und Klöpfelnächten gewettert, den Glauben an Berg- und Waldgeister und die schwarze Magie verdammt. Den Einbau von Feuermauern zwischen Wohn- und Wirtschaftstrakten hatte er hartnäckig kontrolliert, war ihm doch aufgefallen, wie oft Bauernhäuser vollständig in Flammen aufgingen, weil diese Vorschrift missachtet worden war. Den Zehnt hatte er mit Augenmaß eingetrieben, Frondienste so gerecht wie möglich verteilt, und wo seine Kollegen in den angrenzenden Hofmarken schroff mit Strafe drohten, hatte er die Ablehnung des Heiratswunsches so manch armer Schlucker mit väterlichen Ratschlägen garniert.

Bei seinen Handlungen als Strafrichter war sein Ziel gewesen, seine Urteile stets als Destillat der allgemeinen Moral erkennbar zu machen – es musste, so träumte er damals, doch Ziel aller

Menschen, so auch der Bevölkerung seines Gerichtssprengels sein, zu einem Zustand von Zivilisiertheit, Frömmigkeit und sozialer Harmonie zu gelangen.

Doch manchmal hatte er sich merkwürdiger Gedanken zu erwehren gehabt. Konnte es sein, dass die immer wieder vorkommenden Diebstähle damit zu tun hatten, dass auch die Not der Armen nicht geringer wurde? Das strenge *Copulationsverbot* für mittellose Paare verfehlte ebenfalls seinen Zweck; die Zahl der unehelichen Kinder verringerte sich nicht. War es eigentlich vernünftig, was er tat? War es gar gegen die Natur? Vergeudete er seine Kraft für etwas, das nie gegen die Tatsachen des Lebens siegen würde?

Die Grübelei verstörte ihn; sie drohte ihm den Boden unter den Füßen wegzuziehen. Er fühlte, dass ihn diese Gedanken vernichten würden – dächte er sie zu Ende, fände er sich irgendwann auf der Seite jener Geheimbündler und Staatsfeinde, die eine radikale Änderung der bestehenden Ordnung forderten. Seine ganze Existenz, in der er es sich in den Jahren doch einigermaßen kommod eingerichtet hatte, wäre bedroht!

Er geriet in Panik, und gleichzeitig fiel es ihm wie Schuppen von den Augen: Das Volk liebte ihn letztlich genauso wenig wie seinen Vorgänger. Man belog ihn, druckste herum, nutzte jede Unaufmerksamkeit, ihn zu hintergehen. Seine brüderliche, milde Herrschaft hatte das Gegenteil dessen bewirkt, was er erreichen wollte. Er war gescheitert.

Er hatte das Ruder brüsk herumgeworfen. So milde er zuvor agiert hatte, so drakonisch geißelte er jetzt jedes Vergehen. Und endlich schien das Volk zu parieren. Trotzdem musste er nach einiger Zeit feststellen, dass die Zahl der Gesetzesübertretungen nicht abnahm. Die mörderischen Raufhändel, die Diebstähle, die verbotenen nächtlichen Herumtreibereien lediger junger Männer und Frauen, ihre Tanzgelage in abgelegenen Berghütten, die vorehelichen Schwangerschaften und die in den ersten Winternächten trunken lärmenden Perchten schienen in den letzten Jahren sogar wieder zugenommen zu haben.

Ausmerzen, ausrotten, ausbrennen, züchtigen – diese Worte gebrauchte er immer häufiger. Welchen Mist hatten ihm da gewisse Kommilitonen auf der Universität zu Ingolstadt eingeredet? Alle Menschen gleich? Gottbeseelt? Ha! Kathederidioten! Das Volk war nicht edel! In seinen Gesichtern war Falschheit oder Dummheit, jede Ehrenbezeugung ein verlogenes Theater mit miserablen Akteuren, die ihre Rollen unbeholfen und stotternd absolvierten. Ohne Liebe und Gefühl zum Wort, ohne Ahnung, was sie bedeuteten. ›Euer Gnaden‹, ›Wohlgeboren‹, ›Hochwürden‹, ›Durchlaucht‹ – all diese Worte bezeichneten doch etwas! Sie waren doch die Schlüssel zur Idee einer Ordnung, zur einzigen, mit der die wüste Natur des Menschen geregelt werden konnte! Aber die Leute nutzten sie bewusstlos, zerbissen sie in ihren zahnlückigen Mäulern, manschten sie in ihren Dialekt und versahen sie zuletzt mit Bedeutungen, die mit ihrem Ursprung nichts mehr zu tun hatten. War ein ›gnädiger Herr‹ für sie noch einer, der, im Besitz göttlicher oder von Majestäten verliehener Gnade, in der Lage war, diese seinen Untergebenen zuteil werden zu lassen? Oder meinten die Leute damit bereits das Gegenteil? Nämlich einen pomadigen Nichtsnutz und einen überheblichen Dummkopf?

Er hatte sein Leben vergeudet, vermutlich. Warum bloß hatte er die Welt nicht nehmen können, wie sie war? Was hatte ihn dazu getrieben, die Menschheit erziehen zu wollen?

Wo in seiner dürren Seele nicht einmal Platz für die Liebe zu einem einzelnen Menschen gewesen war? Ein verzweifeltes Gestocher war seine Ehe gewesen, jeder sibirische Winter wärmer als die Gefühle, die er für seine Gattin gehegt hatte. An ihrem Grab hatte er nach langer Zeit wieder geweint. Um sich.

Nur wenn er zornig und zum Fürchten gerecht wüten konnte, spürte er, dass in ihm noch etwas wallen konnte. Dann lebte wieder etwas in ihm auf und versah ihn mit jener Energie, die er für seinen Alltag brauchte.

Und jetzt brauchte er sie. Die Angelegenheit des Monsieur Paccoli war einigermaßen kompliziert. Dass sich der Unternehmer nicht völlig korrekt verhielt, lag auf der Hand. Das Problem bestand jedoch darin, dass mit ihm nicht wie mit dem gemeinen Pöbel verfahren werden konnte. Paccoli hatte Beziehungen, und sie schienen bis an den kurfürstlichen Hof zu reichen. Gleichzeitig konnte er es sich als Staatsbeamter keinesfalls leisten, einen derart offenkundigen Gesetzesverstoß ungeahndet zu lassen.

Der Richter straffte sich. Die Pflicht rief. Er stieß sich vom Fensterbrett ab, machte eine Drehung und bot Paccoli den Sessel an. Der Unternehmer nickte dankend und setzte sich.

»Sie wissen, Monsieur, weshalb ich Sie um dieses Gespräch bat?«, begann Ratold.

Paccoli hob die feinen Brauen.

»Bedaure. Nicht die leiseste Ahnung.«

Der Richter glotzte ihn an. Paccoli lachte ungläubig.

»Herr Richter! Sie werden doch nicht diese leidige und zudem lächerliche Angelegenheit meinen? Die Holz-Sache?«

»Nun… lächerlich…?«

»Lächerlich, Herr Richter, und zudem völlig nachrangig. Ein Detail, wenn Sie mich fragen. Und dafür zwingt man Sie, Ihre kostbare Zeit zu verschwenden?« Paccoli schüttelte den Kopf. Mit leiser Empörung fügte er hinzu: »Und die meine zudem?«

Der Richter legte die Hände hinter seinem Rücken zusammen und ging auf und ab. Die Sache war wirklich unangenehm. Paccoli war ein wichtiger Faktor im Gewerbsleben seiner Hofmark. Von den wenigen Bauern, von den oft auf Wanderschaft um Aufträge bettelnden Handwerkern war nicht viel zu holen. Im Bergwerk und in der Schmelze hingegen wurde produziert, konnte der Ertrag beziffert und besteuert werden. Paccoli selbst hatte stets auf die Notwendigkeit von Investitionen verweisen können, was ihn, mit Ausnahme eines eher symbolischen Obolus, von größeren Abgaben befreite. Aber dafür lieferten die Bergleute gehorsam Jahr für Jahr eine ordentliche Summe an die Kasse der Hofmark ab.

»Ich bedaure, Monsieur Paccoli. So gern ich es täte, so wenig bin ich in der Position, diese Sache als Bagatelle abzutun. Sie haben sich per Kontrakt verpflichtet, der Gemeinde das für Ihre Gruben benötigte Holz zu vergüten. Das ist jedoch bisher nicht geschehen.«

»Ich streite es nicht ab, Herr Richter«, gestand Paccoli zu. »Ich sichere Ihnen aber zu, dass die Angelegenheit in Prozess ist.«

Ratold japste unwillkürlich. »In Prozess?! Aber das höre ich seit zwei Jahren!«

Der Unternehmer senkte sein sorgfältig frisiertes Haupt und seufzte. Dann blickte er wieder den Richter mit sorgenvoll gefurchter Stirn an.

»Sie wissen um die prekäre Situation der kurbairischen Montanwerke?«, erkundigte er sich ernst. »Ich darf präzisieren: Aller kurbairischen Werke? Also nicht allein meiner?«

Der Richter erwiderte die bekümmerte Miene Paccolis.

»Jedermann weiß darum, Monsieur! Sie haben gewiss schon goldenere Zeiten gesehen. Aber noch sind doch die hiesigen Gewerke in eifrigem Betrieb, und noch wird nicht unerheblicher Gewinn erzielt. Wenn ich mir die Bemerkung erlauben darf: Sie sind mit eigener Kutsche erschienen, Monsieur. Am Bettelstab gehen Sie offensichtlich noch nicht, wozu ich Sie natürlich beglückwünsche. Aber –«

»Ich habe selbstverständlich noch andere Einnahmequellen«, fiel ihm Paccoli mit feiner Herablassung ins Wort. »Die ich jedoch zu einem nicht unerheblichen Teil als Zuschuss für den Erhalt des hiesigen Bergwerks einzusetzen gezwungen bin.« Er hob die Stimme. »Ich tue das deshalb, weil ich weiß, welche Bedeutung Sie, Herr Richter, dem Bestehen der Gruben beimessen.«

Ratold sah ihn skeptisch an.

»Ich verstehe Sie richtig? Sie müssen bereits zuschießen?«

»Sagen wir: Zu- und Überschuss halten sich noch die Waage. In der Summe gewinne ich derzeit so gut wie nichts.«

»Woran liegt es? Der Geheime Hofrat Lori vom kurfürstlichen

Bergamt hat doch noch vor einigen Jahren durchaus Abbauwürdigkeit taxiert?«

»Und hat Seiner Durchlaucht trotzdem empfohlen, sich zurückzuziehen«, entgegnete Paccoli. Er verschränkte die Arme vor der Brust. »Ich muss es offen aussprechen, lieber Herr Richter: Wenn sich die Situation nicht ändert, sehe ich mich zu Konsequenzen gezwungen.«

Obwohl der Richter die Antwort auf diese Frage bereits ahnte, stellte er sie: »Und was, Monsieur Paccoli, sollte sich ändern?«

»Eine Minderung der mir von der Gemeinde auferlegten Lasten wäre ein erster Schritt. Ich trage erheblich zur Wohlfahrt bei, soll aber alle Verantwortung allein tragen. Das entspricht nicht meinem Gefühl für Gerechtigkeit. Meinem Sinn für Kommerzialität noch viel weniger.«

»Aber, Monsieur! Kontrakt ist Kontrakt!«, warf der Richter schwächlich ein. »Und ist Risiko nicht das tägliche Brot des wagemutigen Unternehmers, für den ich Sie bisher gehalten habe? Das Grubenrevier am Kogel ist weitläufig. Die Ertragslage kann sich über Nacht wieder verbessern. Von den Gruben des Werdenfelser Landes gibt es neuerdings wieder höchst ermunternde Nachrichten!«

»Wir sind aber hier an der Grenze zum Salzburgischen«, konterte Paccoli kühl. »Ich würde sie ja liebend gerne überschreiten, kann aber darauf verzichten, kriegsähnliche Zustände auszulösen. Ich nehme an, Sie ebenfalls.«

Ratold hatte nichts zu entgegnen. Er war in einer Zwickmühle. Paccoli durfte sich auf keinen Fall aus seiner Hofmark zurückziehen. Es ging nicht allein um die Steuererträge. An der Schmelzerei im Tal hingen die Arbeitsplätze vieler armer Bauern, die ohne diesen Zuverdienst zugrunde gehen würden. Die Bergleute konsumierten zudem nicht unerheblich, auch das Fuhrwesen und so manch anderer Erwerbszweig profitierten von der Existenz der Bleigruben am Kogelberg. Andererseits –

»So begreifen Sie doch meine Lage«, begann Ratold beinahe

flehend. Er deutete auf den Dorfplatz. »Wie kann ich die Leute in Eisen schließen, bloß weil sie für den Winter ein paar Reiser aus dem Wald ziehen, Sie aber ohne Entgelt Holz einschlagen lassen? Das schafft mir Unruhe im Ort!«

Paccolis Brauen hoben sich spöttisch. Lauernd sagte er: »Ah? So sehr muss sich schon darum gekümmert werden, was der Pöbel meint?«

Ratold fuhr herum und starrte den Unternehmer an, der seinem Blick ruhig standhielt.

»Was... was klingt da mit?«, fragte er mit rauer Stimme.

Paccoli lächelte unschuldig.

»Wie meinen Sie? Was sollte da mitklingen? Ich fragte lediglich –«

Ratold brauste auf: »Ich habe nichts, aber auch gar nichts mit gewissen geheimbündlerischen Ideen zu tun!«

»So beruhigen Sie sich doch, lieber Herr Richter«, sagte der Unternehmer, noch immer Unschuld und Unverständnis in Person. »Wer würde so niederträchtig sein, das zu behaupten? Wer würde es wagen, Sie bei der Obrigkeit in schlechtes Licht zu setzen?«

»Ich rat es keinem!«, donnerte der Richter. Sein Gesicht war krebsrot. Er atmete schwer. »Wenn ich mit Baron von Playen zu tun habe, dann ausschließlich aus amtlichen Anlässen!«

Seine Hand tastete nach der Stuhllehne. Paccoli musterte ihn besorgt. Er stand auf, stellte sich an die Seite Ratolds und legte ihm die Hand auf die Schulter.

»Zählen Sie auf mich, lieber Herr Richter«, sagte er mit warmer Stimme, in die sich jetzt ein wenig verschwörerisches Pathos mischte. »Zählen Sie auf mich als leidenschaftlichsten Zeugen für die äußerste Ferne des Herrn Richter zu jeder illuminatischer, freimaurerischer oder sonstiger Geistespest!«

Wie zum Beweis hob er die Schwurhand. Er lächelte dem Richter aufmunternd zu. Ratold fasste sich wieder. Seine kleinen Augen irrten über das Gesicht des Unternehmers, als suchten sie noch nach einem Zeichen, das den fürchterlichen Verdacht, der ihn kurz zuvor überkommen hatte, doch noch bestätigen konnte. Doch er sah nur das milde Lächeln eines verständnisvollen Freundes. Er räusperte sich und streifte Paccoli mit einem betretenen Blick.

»Ich«, er räusperte sich erneut, »ich hatte übrigens nie – äh – ich nahm nie an, dass –«

Paccoli lächelte generös.

»Selbstverständlich, Herr Richter«, versicherte er. Ratold bedachte ihn mit einem dankbaren Blick. Der Unternehmer erwiderte ihn zu seinem Erstaunen nicht. Er ging zum Fenster und blickte in den trüben Himmel.

»Allerdings...«, begann er, und seine Stimme klang jetzt leidend, und sie war mit einem vorwurfsvollen Ton durchsetzt, »...allerdings würde ich mir, in aller Bescheidenheit, auch ein wenig mehr Verständnis für die Nöte eines freien Unternehmers wünschen.«

»Als wenn ich das nicht immer wieder bewiesen hätte!«, verteidigte sich Ratold. »Ich wiederhole, Monsieur: Verstehen Sie bitte meine Lage! Als Richter habe ich Mittler zwischen der Gesamtheit der Untertanen und dem Gesetz zu sein! Meine persönliche Empfindung ist dabei ohne Belang, wenn ich auch gestehen muss, dass ich mich gerade in Ihrem Fall in eine äußerst unangenehme Position gesetzt sehe.«

»Lieber Herr Richter!«, rief Paccoli, sich ihm wieder zuwendend. »Sie waren doch immer ein bewundernswertes Muster an Gelassenheit! Woher plötzlich diese... wie soll ich es nennen... nervöse, der Sache zudem völlig unangemessene Skrupulösität?«

»Weil es leider noch einen weiteren Vorwurf gibt«, sagte Ratold gequält. »Eine empörende Verdächtigung, daran besteht kein Zweifel. Aber leider bin ich gehalten, ihr nachzugehen.«

»Ach?« Paccoli musterte ihn mit kühler Aufmerksamkeit. »Und welche?«

Ratold wand sich.

»Dass... nun, dass Sie das Holz, das Sie in dieser Gemeinde

schlagen, nicht, wie den Bergleuten versprochen, zur Sicherung Ihrer Gruben verwenden, sondern –«

»Sondern?«, sagte Paccoli scharf. Der Richter wich seinem Blick aus.

»... sondern an die Reichenhaller Saline verkaufen und somit –«

»Eine infame Denunziation!«, brüllte Paccoli. »Ein Skandal! So muss ich mich beschmutzen lassen?«

Er trat nahe vor den Richter und fuhr mit bebender Stimme fort: »In mir reift der Entschluss, mich in einer anderen Gemeinde niederzulassen!«

Ratold war entsetzt.

»Monsieur! Überstürzen Sie nichts!«, flehte er. »Wenn die letzten Grube jetzt auch noch schließen sollten, wäre das ein verheerender Schlag für den allgemeinen Wohlstand in meiner Hofmark!«

»Ich weiß! Ich weiß!«, gab Paccoli schneidend zurück. »Habe ich aber einmal ein Wort der Anerkennung und des Dankes von eben dieser Hofmark entgegennehmen können? Was erhalte ich stattdessen? Wie werde ich stattdessen behandelt? Wenn Sie ein Wort für diese ungeheuerliche Missachtung meiner Leistungen suchen würden – welches wäre es?!«

»Es ist mir unendlich unangenehm«, stammelte Ratold. »Bitte... ich versichere Ihnen... ich bin der festen Überzeugung... überstürzen Sie nichts...«

Paccoli schüttelte stumm den Kopf. Dann seufzte er hörbar. Seine Schultern sanken herab, und matt sagte er: »Welche Lehren dürfen wir wohl wieder einmal daraus ziehen, lieber Herr Bergrichter? Dass der Pöbel gerade dann frech wird, wenn man zu freundlich zu ihm ist? Wenn man ihn ins Brot setzt, um seine Not zu lindern? Ist es das, was wir begreifen müssen? Sie – und ich?«

Ratold seufzte. Die beiden Männer tauschten einen Blick tiefen Einverständnisses. Eine Weile hingen sie bitteren Gedanken nach.

»Aber... vielleicht dürfen wir uns auch nicht zu Verallgemeinerungen hinreißen lassen«, gab Ratold schließlich zu bedenken.

»Sie haben Recht, völlig Recht«, pflichtete ihm Paccoli bei. »Die Mehrheit ist arbeitsam und gottesfürchtig, oder bemüht sich zumindest. Es sind immer nur einige Wenige, die sich nicht fügen wollen. Und ich weiß sehr wohl, wer hinter diesen haltlosen Verdächtigungen steckt...«

»Dieser Tiroler? Der Steiger der Grube unter der Kogelscharte?«

Paccoli nickte grimmig.

»Von allen nur Vester genannt. Ja. Er ist der Urheber. Er und kein anderer.«

»Nur er?«

»Er ist der Kopf. Die anderen missfallen mir nicht weniger, halten sich aber an die Regeln – bisher. Weiß der Satan, welche Geister diesem Vester das Rebellische eingegeben haben.«

»Die Welschen sind für ihre Hitzigkeit bekannt«, dozierte der Richter. Von einem ungewohnten Geräusch irritiert, ging er zum Fenster.

»Daran wäre nichts auszusetzen, wenn sie sich nur in der Arbeit äußern würde. Aber es ist mehr.«

»Was meinen Sie damit?«

»Ich würde mich nicht wundern, Herr Richter, wenn diese Banda nicht längst von gewissen Ideen infiziert ist.«

»Zu den eifrigsten Kirchgängern gehören sie gewiss nicht«, stimmte Ratold zu, ohne sich umzudrehen.

»Ach!« Paccoli winkte angewidert ab. »Ich rede doch nicht von der Lutherei und dergleichen. Ich rede –«

»Kommen Sie!«, unterbrach der Richter beunruhigt. Paccoli stand auf und stellte sich neben ihn. Ratold deutete auf den Dorfplatz.

»Was –?«

Zwischen Dorfschmied und Kirchhofmauer bog der Tross der Schikanederischen Truppe auf den Platz ein. Neugierige Kinder umsprangen die Wagen. Die vorderste Kutsche hielt auf den Gasthof zu.

»Es sind reguläre Kutschen«, wunderte sich Ratold. »Aber sie kommen offensichtlich vom Jochenpass. Seit der Einweihung der Mautstraße haben keine so noble Reisende mehr diese alte Route genommen.« Er sah fragend zu Paccoli. »Haben sie sich vielleicht verfahren?«

»Möglich«, meinte Paccoli abwesend. Sein Blick war auf den vorletzten Wagen gerichtet. Er hatte in der Mitte des Platzes angehalten. Vor Nässe schwere Planen wurden eilig zurückgeschlagen. Mehrere Männer sprangen auf die Erde. Sie wirkten aufgeregt.

Paccoli hielt den Atem an. Einige der Ankömmlinge kannte er. Es waren seine Bergleute. An seinem weißen Schopf erkannte er Tamerl, der andere musste – ja, dieser Severin sein. Mit Hilfe einiger Reisender hievten die beiden Bergleute zwei leblose Körper aus dem Wagen, schulterten sie und eilten auf das kleine Siechenhaus zu. Die Menschenmenge war angewachsen.

»Gütiger Gott«, murmelte der Richter. »Es sind doch Ihre Leute, Monsieur Paccoli, nicht wahr? Was kann da geschehen sein?«

Paccolis Kiefer mahlten. Er ließ seinen Blick nicht von den vier Bergleuten. Tamerl hatte die niedrige Tür des Siechenhauses als Erster erreicht und war mit seiner Last im Inneren verschwunden. Severin schien Schwierigkeiten zu haben. Jetzt sah es Paccoli genau: Der zweite Verletzte – und nur verletzt konnten die beiden sein, denn bei Toten hätte es keinen Sinn mehr gemacht, sie ins Siechenhaus zu schaffen – war Vester. Der jetzt, auf der Schwelle, offenbar wieder zu Bewusstsein gekommen war. Er rutschte von Severins Rücken, suchte an dessen Hand torkelnd Stand und ließ, das Maul offen, seinen benommenen Blick über den Platz schweifen. Am Richterhaus blieb sein Blick haften. Er richtete sich auf, machte einige tapsende Schritte, hob seine geballte Faust und krächzte röhrend über den Platz: »Paccoli-Sau!... Richter-Hund!«

Dann schlug er der Länge nach auf die Erde. Severin war mit einem Satz bei ihm, hob ihn auf und schleifte ihn in das Krankenzimmer.

»Bedarf es noch eines Beispiels dafür, was wir zuvor zum Thema ›Dankbarkeit‹ feststellten?«, fragte Paccoli.

»Dafür nicht«, sagte der Richter. »Aber vielleicht bedarf es bald eines anderen Exempels. Nämlich eines, das diesen Individuen ein für alle Mal verdeutlicht, dass ein derart respektloses Verhalten in meinem Rayon keinesfalls hingenommen wird.«

Paccoli verneigte sich leicht.

»Ich danke Ihnen.«

4

Der Postwirt Andrä Kolber hatte einen schiefen Mund voller faulgelber Stummeln, von denen ihm einer abhanden gekommen war, als er einmal – sturzbetrunken und mit dem Gesicht voraus – auf die steinerne Kellerstiege gekracht war. Er umklammerte die Schultern seiner Magd.

»Ich mag dich, Babett«, beteuerte er. »So glaubs mir doch.«

Babett hatte keine Ahnung, was diesmal der Grund dafür war, dass den Wirt wieder einmal der Hafer stach. Der Tag war windig gewesen – hatte Kolber einen Blick auf ihre Waden erhascht, als sie den Wirtschaftshof überquerte? Vielleicht hatte sie, als sie sich über den Waschzuber beugte, versehentlich einen Blick auf den Ansatz ihres Busens freigegeben. Er hatte sie schon den ganzen Tag mit einem stieren Blick verfolgt, schließlich den Hausknecht Gidi mit einem läppischen Auftrag auf die Weide geschickt und sich versichert, dass die alte Sali auch wirklich im Portal der Pfarrkirche verschwunden war. Dann rief er, ungewohnt und wohltuend aufgeräumt, seine Magd zu sich und orderte sie auf den Heuboden, wo er wieder einmal den ernsthaften Freier gab. Er liebe sie, schmachtete er, sie gefalle ihm ja so sakrisch, wirklich, das sage er nicht jeder, obwohl es viele gäbe, die auf ihn spekulieren würden, er hätte ja schließlich auch einiges zu bieten: den größten Gasthof des Dorfes, einen vollen Stall, Ansehen. Auch sei er noch lange kein Greis und das Witwerdasein leid, bald würde ihm auch noch die Tochter weggeheiratet werden, und wer solle dann der Wirtschaft vorstehen?

Sein Sohn, der ihm immer mehr Sorgen mache, weil er nach dem Tod seiner Frau von Jahr zu Jahr frömmelnder geworden sei, und sich, die Menschen scheuend, meist im Stall verkrieche? Ihm die Wirtschaft übergeben zu müssen, lasse ihn vor Sorgen nicht mehr schlafen. Ja, er brauche jemanden wie sie.

Babett hatte versucht, ihn zu beruhigen. Es ehre sie ja – doch, das wäre die Wahrheit – aber er müsse doch einsehen, dass das auf die Dauer nicht gutginge, eine Kleinhäuslerstochter und ein angesehener Bauer – und – Er fiel ihr heiser ins Wort: Ja! solle sie sagen, Ja!, beharrte er, und sich mit ihm ins Heu legen, jetzt und sofort. Er hielte es nicht mehr aus! Das könne sie ihm nicht antun, er wäre verrückt nach ihr, und es sei alles nur ihre Schuld. Wie sie vor ihm hertänzele, ihre Brust wippen lasse, ihn aufreize – das mache sie doch akkurat mit Absicht! Er wär doch kein Mensch nicht und kein Mann, wenn er da nicht zum Stier werden tät!

Babett war immer weiter zurückgewichen. Bis er, den Blick wie hypnotisiert auf ihre Brust gerichtet, über sie herfiel. Babett war Mitte zwanzig, kräftig gebaut und gelenkig. Sie entwand sich ihm, rannte zur Luke. Doch der Wirt war schneller, er verstellte ihr den Weg zur Leiter und scheuchte sie in eine Ecke, aus der sie nicht mehr fliehen konnte. Ihr Kopftuch hatte er ihr bereits heruntergerissen; jetzt trieb er sein Knie zwischen ihre Schenkel, drehte den Fuß, hakte ihn um ihre Fersen und brachte sie mit einem Ruck zu Fall. Sie lag vor ihm. Er atmete schwer, ein widerwärtiger, fischiger Geruch ging von ihm aus, sein Gesicht brannte.

Mit einem beinahe jugendlichen Schwung sprang er auf sie, und sein Körper, ein fast zwei Zentner schweres Fass, quetschte sie auf die Bohlen. Die schwarz geränderten Nägel seiner linken Hand krallten sich über Babetts Mund und Nase, um sie am Schreien zu hindern. Mit der Rechten zupfte und zerrte er wie von Sinnen abwechselnd an ihrem Hemd und am Verschluss seiner Hose. Als er die Stimme der Köchin Sali hörte, war ihm, als riesele Gletscherwasser über seinen Rücken. Er erstarrte.

»Wirt!?«, krähte es erneut von der Tenne des Gasthofs herauf. »Gäst sind kommen! – Wirt! Wo bist denn?!«

Kolber wuchtete sich auf und stopfte mit fliegenden Bewegungen sein Hemd in den Bund.

»Jaaa!«, brüllte er, wobei er sich bemühte, seiner Stimme den gewohnten Klang zu geben – mürrisch und grob, sich Belästigung durch vorlautes Gesinde verbittend. »Komm gleich!«

Er presste einen Fluch durch die Zähne. An der Luke angekommen, drehte er sich noch einmal um, machte zwei schnelle Schritte auf Babett zu und beugte sich nah an ihr Gesicht.

»Kein Wort! Hast mich verstanden? Kein Wort! Zu keinem! Sonst –«

Er richtete sich auf und strich mit der Hand über seinen beinahe kahlen, verschwitzten Schädel, noch immer schwer atmend. Plötzlich verzog er den Mund zu einem fauligen Lächeln, als habe er sich dazu entschlossen, ihr gnädig zu verzeihen, wozu sie ihn gebracht hatte.

»– sonst gehts dir nimmer gut bei mir«, sagte er wie jemand, den ein naher Mensch um einen gut gemeinten Rat gebeten hatte. Seine Augen aber funkelten heimtückischer denn je, und sie ließen keinen Zweifel daran, was er wirklich dachte: Ein dreckiger, verhurter Fetzen bist du. Dir werd ichs heimzahlen, sich mir – dem Kolber!, deinem Herrn vor dem Gesetz! – zu verweigern. Dann verschwand er in der Luke.

»Komm ja schon!«, hörte Babett noch.

Sie lauschte den sich entfernenden Schritten, konnte noch hören, wie er Rotz in die Nase zog, röchelnd Spucke sammelte und sie auf den Steinboden platschen ließ.

Sie bewegte sich eine Weile nicht. Von fern hörte sie den anwachsenden Lärm vor dem Gasthof, das Hufeklappern der in den Wirtschaftshof geführten Pferde, das Gewirr fremder Stimmen, und immer wieder Kolbers wichtigtuerische Befehle.

Babett richtete sich auf, robbte auf Knien zu ihrem Kopftuch, band es sich um und verstaute ihre Haare darunter.

Auf ihren Fersen sitzend, lehnte sie sich an die Wand. Sie

wischte sich über die Lippen, an denen noch der säuerliche Geruch von Kolbers Fingerzinken haftete. Langsam löste sich der Schleier vor ihren Augen. Sie folgten einer Fliege, die, das Licht suchend, gegen die staubtrübe Scheibe einer kleinen Fensterluke anrannte, wieder und wieder, und sich schließlich ermattet auf einer staubigen Sprosse niederließ.

Babetts Puls beruhigte sich. Noch krampften ihre Eingeweide von der erlittenen Demütigung und dem Gefühl der Ausweglosigkeit. Doch auch dieser Schmerz klang ab. Er wich kalter Nüchternheit.

War es vernünftig, wie sie sich verhielt? Keine Frage war, dass sie den Kolber nie lieben, nie auch nur achten können würde. Er war fett und hässlich, er war ein Schwein, verlogen bis auf die Knochen. Keine Lüge von ihm jedoch war, dass er sie begehrte. Und er war – noch, und womöglich noch für etliche Jahre – ihr Herr. Der ihr Arbeit, Unterkunft und Verpflegung gewährte, und den daher das Gesetz mit dem Recht versehen hatte, ihr Leben bis in privateste Details zu regeln. Er konnte bestimmen, wann und wie lange sie zu arbeiten hatte, ob sie sich – und wozu überhaupt? – vom Hof entfernte, wann sie zum Tanz gehen durfte und wann nicht, wann sie in ihrer Kammer zu liegen hatte. Es stand ihm zu, sie zu züchtigen, wenn er es für erforderlich hielt.

Natürlich, sie war nicht angekettet. Sie könnte einfach davonlaufen. Nur – wohin sollte sie gehen? Das winzige Gut ihrer herzensguten, aber dem Leben nicht gewachsenen und früh verstorbenen Eltern gab es nicht mehr. Nur drei von acht Geschwistern hatten das Erwachsenenalter erreicht, die anderen waren schon als Säuglinge gestorben. Es war der Kolber gewesen, der das Gut gnädig übernommen und so die Erben von der nachgelassenen Schuldenlast befreit hatte.

Sollte sie Kolber nicht doch nachgeben? Sie wäre bei weitem nicht die Einzige; es war ein offenes Geheimnis im Dorf, dass in etlichen großen Höfen derartige Verhältnisse existierten. Es wäre ja auch jeweils nur eine Sache von ein paar unappetitlichen

Minuten, und was war in einem Betrieb wie dem des Kolber schon sonderlich appetitlich? Das Umschichten des Misthaufens, das Abschaufeln des Plumps-Aborts, wenn der Haufen wieder bis an den Rand des Sitzlochs reichte, das Ausscheuern der Pissrinne nach einer besoffenen Festivität?

Von einer der Stallmägde wusste sie, dass sein Trieb von seiner Sauferei bereits zermürbt und nur noch durch gröbste Reize anzustacheln war. Er würde sie also nicht Nacht für Nacht belästigen, schon allein deshalb, weil die Sache geheim bleiben musste. Bei allzu offenkundigen Verstößen gegen die Sittlichkeit war die Schankerlaubnis schnell beim Teufel. Die Denunziation eines Missgünstigen, von denen es im Dorf nicht zu wenige gab, würde schon genügen.

Würde Babett nachgeben, hätte sie ihre Ruhe. Der Wirt würde ihren Gehorsam gewiss honorieren. Sie hätte ihn sogar in der Hand. Genau besehen, war auch er ein Gefangener, sein grobschlächtiger, stolzer Habitus war Theater. Seine Macht verdankte er nur dem Umstand, dass ein cleverer Vorfahr die Obrigkeit geschmiert hatte, um die hiesige Poststelle zu ergattern. Sowie jenem, dass das Wirtshaus zum Umschlagplatz interessanter Neuigkeiten geworden war – als nämlich die Beamten der Reichenhaller Saline ins Dorf kamen, um die Verlegung der Soleleitung vorzubereiten, gab es bereits nur noch einen Grundbesitzer, mit dem über die Grundpacht zu verhandeln war. So waren die Kolberischen über die Jahre zu jenem Reichtum und Einfluss gelangt, von denen der Wirt heute zehrte. Ohne all das bliebe ein alternder Schwächling übrig, ein von kranker Leber, verdreckten Bronchien und Krampfadern gepeinigtes, von Ängsten gebeuteltes, Mitleid erregendes Wesen.

Babett fletschte unwillkürlich die Zähne. Ja – sie könnte Macht über ihn bekommen, ihn auf die Knie zwingen und schließlich, und nichts anderes hätte er verdient, vernichten. Und dann wäre sie frei. Frei für –

Nein.

Vester würde es vielleicht nie erfahren. Aber *sie* wüsste es. Ihr wäre er immer gegenwärtig, dieser Schmutzfleck auf der Seele. Ein in ihrem Inneren wucherndes Geschwulst hätte es in sie gepflanzt, genährt von Lüge, Selbstverachtung und der steten Angst, dass Vester irgendwann davon erfahren würde. Und es hätte das Einzige vernichtet, das sie in die Liebe zu Vester einbringen konnte, und das sie benötigen würde, um das Leben mit ihm zu bestehen – ihren Stolz auf sich und ihre Würde.

Nein, sie durfte sich nicht die Wahl der Waffen von Kolber diktieren lassen. Würde sie die seinen benutzen, hätte er gesiegt, auch wenn er selbst dabei zugrunde gehen würde.

Sie lächelte in sich hinein. Ja, sie würde es schaffen. Vester allerdings durfte sie nicht ins Vertrauen ziehen; er wäre imstande, ein Blutbad anzurichten. Und es würde auch nicht mehr lange dauern. Die Ausbeute der Bergknappen falle in diesem Jahr gut aus, hatte Vester stolz berichtet. Nur noch einige Wochen Arbeit bis zu Winterbeginn, dann könne er mit einem saftigen Anteil rechnen.

Sie liebte Vester, weil er so einfach war, so geradeheraus und so unfähig, sich zu verstellen. Weil er, wenn er rechnete, es so schlicht und so durchsichtig tat. Und weil er ihr gut gefiel. Als Babett an ihn dachte, durchströmte sie plötzlich eine maßlose, beinahe betäubende Kraft. Und endlich konnte sie weinen.

5

Die Luft außerhalb des Dorfes war perlend und würzig. Schikaneder atmete tief durch. Eine betörende, beinahe unnatürliche Ruhe herrschte, unterbrochen nur vom Gezwitscher der Vögel und dem Summen von Fliegen und Mücken. Die nachmittägliche Sonne stach durch die glitzernde Luft, und silbriger Schimmer umspielte das Blattwerk der Buchen entlang des Weges, den Schikaneder eingeschlagen hatte. Noch schien der Sommer nicht willens abzutreten. Doch auf den Höhen im Süden, unterhalb des wie eine riesige, verfallene Festung aufragenden Kalksteinmassivs, kündigten rot und golden durchsprenkelte Waldungen den nahen Herbst an. Ein makelloser Himmel überspannte den Talkessel. Ein kleiner Fluss durchschnitt ihn, mündete in einen von Torfpolstern umgebenen See unterhalb des Dorfes, bevor er sich seinen Weg durch eine Waldschlucht ins nördliche Flachland bahnte.

Auf einer Anhöhe über dem Kirchort, gekrönt von einer ausladenden Buche, machte Schikaneder Rast. Er setzte sich zu Füßen eines mannshohen Felsblocks, in den ein klobiges Kreuz eingemeißelt war, und streckte die Beine von sich. Er spürte den sonnenwarmen Stein in seinem Rücken. Die Magd des Postwirts – hieß sie nicht Babett? – hatte, als sie ihm den Weg zum Wasserfall des Eberbachs erklärte, von einem Peststein am Wegrand gesprochen. Schikaneder schauderte. Hatten die Menschen des Mittelalters hier ihre Toten begraben?

Über dem Dorf unter ihm, einer Ansammlung von kaum mehr

als zwei Dutzend größerer und kleinerer Gebäude, die sich um eine klobige Barockkirche scharten, flimmerte eine bewegungslose Staubwolke. Eigentlich ein hübscher Ort – vermutlich war das trübe Wetter daran schuld gewesen, dass er zunächst einen eher tristen Eindruck auf ihn gemacht hatte. Gut möglich war aber auch, dass ihm wie den anderen noch der Schreck und die Aufregung in den Gliedern steckten – nach dem, was sie zuvor auf dem Jochenpass erlebt hatten.

Kaum hatten sie die vorderste Kutsche aus dem Schlammloch befreit, hatte das Gewitter eingesetzt. Es goss wie aus Kübeln. Der Sturm peitschte die Wolken gegen den Pass. Die Pferde scheuten vor den krachenden Blitzen und waren schließlich am Ende ihrer Kräfte, und alles Brüllen und Peitschen war vergeblich. Die Männer hatten schließlich ihre Wagen verlassen und die Kutschen schieben müssen. Der Morast war nahezu grundlos, die Straße war kaum mehr zu sehen, und neben den Männern, die im bohrenden Regen durch den Schlamm wateten, brodelten Sturzbäche in die Tiefe. Die Erde bebte; mit einem Furcht erregenden Grollen, als hätten sich in den Höhen polternd Steinlawinen gelöst, rollte der Donner heran, prallte an die Felswände und vervielfachte sein ohrenbetäubendes Getöse.

Die Männer hatten bereits jedes Zeitgefühl verloren, als sich die Steigung mit einem Mal verringerte. Die Passhöhe musste vor ihnen liegen. Plötzlich blieb der vorderste Wagen stehen. Die Männer stemmten sich stöhnend ein, pressten sich gegen die Kutschwand, suchten verzweifelt Stand, glitten aus, brüllten nach vorne.

Warum ließ sich die verfluchte Chaise auf einmal nicht mehr bewegen? Kutscher!!

Dann sahen sie den Grund. Schemen tauchten aus dem Nebel auf. Sie bewegten sich auf sie zu, gestikulierten wie verrückt, brüllten aus vollem Halse. Was, war nicht zu verstehen.

»Räuber…«, flüsterte der Kutscher des ersten Wagens. Er griff hinter sich, tastete nach seinem Knüppel. Der Bühnenarbeiter Bartholomäus, ein Herkules von Gestalt, griff unter seinen Umhang und umfasste den Griff seines Messers. Seine Augen wurden zu Schlitzen. Seine Kinnladen knackten. Wie viele waren es? Waren sie bewaffnet? Womit? Sein Körper spannte sich. Sollten sie nur kommen.

»Was ist los?!«, hörte er Schikaneders Stimme hinter sich. Bartholomäus antwortete nicht, denn gerade flammte wieder ein greller Blitz den Himmel, gefolgt von wummerndem Donner. Die Pferde wieherten angstvoll, stiegen panisch auf und drohten auszubrechen. Der Kutscher stemmte sich mit einem Ruck gegen den Kutschbock, riss rücksichtslos an den Zügeln, brüllte sein ›Eha! Eha!‹ gegen den Sturm, rief Teufel und Engel zu Hilfe und verfluchte sie zugleich, tobte, spuckte und zerrte, dass seine Schläfenadern zu platzen drohten, bis sich die Tiere wieder fügten.

Bartholomäus starrte nach vorne.

Eine wüste Horde schälte sich aus dem Nebel. Es war ein halbes Dutzend Männer, die zerlumpte Kleidung vor Nässe schwarz, über und über mit Schlamm beschmiert. Nun war zu hören, was sie schrien.

»Zu Hilf! Zu Hilf!«

Der Kutscher sank erleichtert auf seinen Bock zurück. Erst jetzt bemerkte er, dass Schikaneder neben ihm stand, seinen läppischen Galanteriedegen in der Hand.

Kurze Zeit später war alles klar. Keine Räuber – Bergknappen waren es, aus einem Grubenrevier oberhalb des Passes. Ein Stollen war eingestürzt. Der Großteil der Arbeiter habe sich in letzter Sekunde retten können, doch zwei Männer waren verletzt und mussten sofort ins Tal gebracht werden.

Mehr als vier Personen konnten nicht in die ohnehin beengten Wagen gepfercht werden. Zwei der Musiker mussten sich in die erste Kutsche quetschen. Die Insassen des Orchesterwagens rückten wortlos zusammen und packten mit an, die beiden Verletzten emporzuwuchten und auf den Wagenboden zu legen.

Ächzend hatte sich die Kolonne wieder in Bewegung gesetzt. Nach etwa zwei Stunden rumpelnder Fahrt – das Gewitter hatte sich nach und nach abgeschwächt – erreichten sie die ersten Häuser. Schikaneder taxierte den Ort: Er hatte eine respektable Kirche, also würde es auch einen Gasthof geben. Dieser jedoch würde nicht »Schwarzer Adler«, »Goldener Löwe« oder »Grüne Gans« heißen, sondern schlicht »Zur Post«. Und so war es auch.

Der Postwirt schien ein wenig aufgekratzt, zeigte jedoch ein zuvorkommendes Wesen. Er habe mehrere Gastzimmer, für den Rest der Truppe könne er Strohmatratzen in einem Raum neben der Heutenne, natürlich mit sauberen Leintüchern und Kissen, anbieten. Er halte im Übrigen viel auf Reinlichkeit.

Keiner aus der Truppe war sonderlich entzückt gewesen. Die Häuser des Dorfes machten einen ärmlichen Eindruck, der respektable Zweistock eines Richterhauses war die Ausnahme. In der Luft hing der süßliche Geruch dampfender Misthaufen. Die Menschen wirkten nicht abweisend, aber eigentümlich zurückhaltend. Nein, in städterischem Luxus waren sie nicht gelandet; hier war staubige Provinz, für ambitionierte Künstler völlig uninteressant. Aber zumindest würde ihn der Aufenthalt einigermaßen billig kommen. Eine andere Wahl gab es ohnehin nicht. Denn schließlich gab es da noch dieses kleine Problem mit der Spielerlaubnis. Schikaneder hatte fest damit gerechnet, dass sie ihm per entgegenkommendem Kurier ausgehändigt werden würde – eine vage Zusage war ihm ja bereits gegeben worden. Aber aus irgendwelchen Gründen war dies noch nicht geschehen. Hatte er den Kurier etwa verpasst, weil sie sich für die alte Route entschieden hatten? Es war wenig wahrscheinlich. Der Kurier hätte außerdem beim Kolber Station machen müssen, was aber, wie der Wirt versicherte, nicht geschehen war.

Die Compagnie würde hierbleiben und auf die Spielerlaubnis warten. Was noch in der Kasse war, müsste dafür reichen. Die Augsburger Kutscher hatte er bereits zurückgeschickt – zur Salzburger Grenze war es nicht mehr weit, eine halbe Tagesreise, mehr nicht. Die restliche Strecke konnte die Compagnie mit dem Postwagen zurücklegen, für die Bagage ließe sich bestimmt ein Fuhrmann aus dem Dorf finden.

Schon am ersten Abend besserte sich die bis dahin eher gedämpfte Stimmung. Der Kolber schien eine tüchtige Köchin zu haben. Nach einer wohlschmeckenden Rahmsuppe wurde ein saftiger Kalbsbraten mit geschnittenen Nudeln aufgetragen, dem in Buttersoße schwimmende gebackene Forellen und Kartoffelsalat folgten. Mit Eierschaum überzogenes Gebäck und Kaffee bildeten den Abschluss des Mahls. Dem hiesigen Bier war weniger abzugewinnen, dafür schien der Weinkeller des Postwirts solide bestückt.

Mit der erlittenen Unbill dieses Reisetages versöhnte auch, dass das Personal von schlichter, natürlicher Freundlichkeit war, flink und umsichtig. Besonders die Wirtstochter Josepha war eine Augenweide, wie auch ihre Kollegin, die ein paar Jahre ältere Babett, auch sie eine liebenswürdige, wenn auch etwas melancholisch wirkende junge Frau.

Der Wirt hatte darüber hinaus durchblicken lassen, dass er mit dem hiesigen Gerichtsherrn übereingekommen sei, dass er in Bezug auf das Tanzverbot – soweit es sich nicht um heilige Zeiten handle, aber das sei ja wohl selbstverständlich, gelt? – bei noblen Gästen durchaus ein Auge zudrücken dürfe.

Das musste er nicht zweimal sagen, und so mündete bereits der erste Abend in ausgelassener Musik, in Gesang und Tanz sowie einem soliden Besäufnis, bei dem auch der Prinzipal Schikaneder keineswegs zurückstand.

Eleonore war auch hier um einige Grade beherrschter gewesen als er, was noch vor dem Einschlafen zu einer kleinen Meinungsverschiedenheit geführt hatte, die auch am nächsten Morgen noch nicht völlig ausgeräumt war.

Demoisell Bichler musste es gespürt haben, denn sie behandelte ihren Prinzipal mit hinreißendem Verständnis, was in eine verstohlene Umarmung, zärtliches Geflüster und in eine Verabredung für den heutigen Tag gemündet hatte.

Als hätte Schikaneder seine Grübelei minutiös geplant, tauchte in diesem Augenblick Demoisell Bichler am Fuß des Hanges auf, ein neckisches Sonnenschirmchen schwenkend. Sie winkte, raffte ihren Rock und eilte ihm entgegen. Schikaneder sah sich um, bevor er sie umarmte.

Wenig später tauchten sie in den Wald. Von Buchen beschattet, schlängelte sich der Pfad auf weichem Grund zwischen bemoosten Felsquadern hindurch. Eine Weile sprachen sie belanglos vor sich hin und machten Scherzchen um Scherzchen.

Er sei, tadelte ihn Demoisell Bichler lächelnd, wie alle großen Theaterleute auch im Privaten ein rechter Kasper. Ja, gerade daran erkenne man sie.

Wenn das stimme, gab er zurück, habe sie nicht weniger Talent.

Ach was, meinte sie. Er wolle ihr nur schmeicheln.

Das natürlich!, gab er lächelnd zu. Sei er ein Trottel? Ein verkrüppelter Eheknecht? Aber eines müsse sie wissen: Was er zu ihrem Talent gesagt habe, meine er mit tiefstem Ernst.

Demoisell Bichler blieb stehen und stellte den Kopf schräg.

»Wenn du mich so schätzen würdest – ich meine, als Schauspielerin –, dann hätte ich das doch mindestens einmal bemerken müssen.«

Er war schon einige Schritte vorausgegangen.

»Du kannst dir vielleicht ausrechnen, warum ich bei dir da eine gewisse Zurückhaltung üben muss.«

Sie trippelte ihm nach und blieb wieder stehen.

»In der Öffentlichkeit, ja. Das leuchtet mir ja ein. Aber sonst –«

»Wie – aber sonst?«

Er ging an ihr vorbei. Sie rief in seinen Rücken.

»Wenn ich für dich so eine gute Schauspielerin bin, warum merk ich das dann nie bei deinen Besetzungen?« Sie zog einen Schmollmund. »Entschuldige, Manü, wenn ich dir das sagen muss. Ich bin schon ein bisschen enttäuscht. Und ich glaub manchmal gar, du machst mir diese Komplimente bloß, um… na, du weißt schon. Leichtgläubig genug bin ich ja wohl.«

Schikaneder drehte sich um.

»Salome! Das ist wirklich dummes Zeug!«

Sie verschränkte die Arme vor der Brust.

»So? Dummes Zeug? – Dann beweis mir, dass ich Unrecht hab.«

Er strich sich mit den Fingern durch seine dunklen, gelockten Haare und sah zur Seite.

»Und wie, außer dass ichs dir wieder und wieder sag?«

»Siehst du, Manü, du kannst es nicht«, stellte sie gekränkt fest. »Weißt du… ich weiß auf einmal gar nicht mehr, ob ich nicht besser wieder ins Dorf gehen soll. Irgendwie –«

Er machte einen Satz auf sie zu und nahm sie bei den Schultern.

»Herrgott! Ich – ich kann dir nicht Dinge auf die Nase binden, die noch im Entstehen sind! So hab doch Vertrauen!«

»Jaja. Vertrauen. Kenn ich. Wenn das alles ist, was du mir dazu zu sagen hast, dann geh ich doch jetzt besser wieder ins –«

»Salome! Und wenn ich dir sag, dass sich alles bald ändert? Dass ich mich, um nur ein Beispiel zu sagen, wie ein Löwe dafür eingesetzt hab, dass du die Salzburger ›Bernauerin‹ sein sollst? Dass ich die ›Bernauerin‹ in Salzburg geben will, weißt du das überhaupt?«

»Was?«, hauchte Demoisell Bichler. »Ist das wahr, Manü? – Nein, das sagst jetzt bloß so!«

Schikaneder nickte nachdrücklich.

»Doch! Ich hab mich leidenschaftlich dafür eingesetzt, dass du sie spielen darfst!«

»Das… das hast du getan? Oh, Manü…Manü!«

Er lächelte selbstgefällig.

»Hab gekämpft wie ein Löwe!«, sagte er, die Gespreiztheit mit einem kleinen Lächeln unterlaufend. Mit vielsagender Miene fügte er hinzu: »Du wirst dir vorstellen können, was da an Widerständen zu überwinden sind.«

Sie konnte nicht mehr an sich halten und umarmte ihn stürmisch. Er ließ es geschehen.

Dann löste er sich von ihr, nahm ihre Hand und zog sie fort. Von weitem war bereits das helle Rauschen eines Wasserfalls zu hören. Sie schmiegte sich an ihn.

Ein wenig besorgt sagte sie: »Manü – du denkst jetzt aber nicht, dass ich bloß auf sowas aus bin, gelt?«

»Nie.«

»So bin ich nämlich nicht, Manü.«

»Weiß ich doch.«

Sie nahm ihre Hand von seiner Hüfte und blieb wieder stehen.

»Ich schwörs, Manü!«, beteuerte sie. »Wann ich bloß in der Nähe deiner... deiner schönen Seel sein darf, dann ist mir alles andere doch so gleichgültig!«

Er zog sie heftig an sich. Sie spielte die Überrumpelte und gab einen erschreckten Ton von sich.

»Manü!«, tadelte sie belustigt.

»Was hast du eben gesagt? Auf einmal ist es dir gleichgültig?«

Sie lachte ihm ins Gesicht.

»Aber natürlich! Ach, Manü! Ich frag mich wirklich, was du von mir denkst! Natürlich freuts mich, wenn ich eine schöne Rollen krieg. Aber das Allerwichtigste ist mir doch, dass ich in deiner Näh sein kann. Dafür ertrag ich doch alles! Wenn mich wer fragen würd, was mir wichtiger wär – diese oder jene Rolle, oder dass ich mit dir zusammen sein darf, dann gäbs doch bloß eine Antwort! – Manü!«

»Soso.«

Schikaneder sah sie treuherzig an.

»Dann wärst mir also nicht bös, dass ich mich zuletzt doch für die Madam entschieden hab? Du weißt ja, dass sie da immer so empfindlich ist. Und wir zwei wollen doch nicht, dass sie auf Gedanken kommt, was unsere tiefe seelische Bindung... du verstehst?«

Demoisell Bichler wandte sich abrupt ab.

Habs gewusst, sagte sie sich. Ich habs gewusst! Wie hab ich bloß so blöd sein können, mir Hoffnung zu machen?

Sie fasste sich. Sie musste klug sein, musste ihm Zeit geben.

Sie ging einige Schritte voraus, drehte sich zu Schikaneder um und ließ ihn herankommen. Ihr Busen hob sich, genießerisch atmete sie ein. Den Blick beseligt zum Himmel gerichtet, schwärmte sie: »Die Luft! Wie lind!«

»Ja!«, pflichtete er ihr bei, die Stimme vor Verlangen heiser. Er legte seine Hände auf ihre Hüften. Sie lachte gurrend, befreite sich von ihm, hob den Rocksaum und lief den Weg hinauf.

Der Pfad wurde steiler. Der Waldweg ging in einen felsigen Steig über. Das Rauschen des nahen Wasserfalls verstärkte sich, und nach mehreren Kehren standen sie vor ihm. Mit einem Mal ehrfurchtsvoll, als beträten sie eine Kathedrale, näherten sie sich. Donnernd stürzte der Eberbach über die Schanze eines kirchturmhohen Felsabbruchs, an dessen Fuß er in Jahrtausenden einen tiefen Gumpen aus dem Geröll geschürft hatte.

Ein eiskalter Luftstrom ließ die beiden erschauern. Sie waren überwältigt. Nachdem sie sich, mit offenen Mäulern und verzückten Gesichtern, sattgesehen hatten, gingen sie einige Schritte zurück und setzten sich auf einen glattgeschliffenen Felsblock.

»Eine wirkliche Idylle«, sagte Schikaneder. Er sah Demoisell Bichler von der Seite an und fügte mit gespielter Gekränktheit hinzu: »Gibt es vielleicht auch ein wenig Dankbarkeit seitens meines Ensembles, dass ich ihm diese schönen Momente gönne?«

Sie wandte ihm fragend das Gesicht zu. Dann erwiderte sie sein spitzbübisches Grinsen und küsste ihn.

»Du hast doch nicht diese Art von Dank gemeint?«

»Ich bin entlarvt.«

Sie lachten. Schikaneder umgriff ihre Schulter und bog sie sachte auf den Fels. Sie schlang beide Arme um ihn. Ihre Wangen waren gerötet.

»Ach, könnt ich dir bloß widerstehen…«. Sie spielte die Leidende.

Er drückte sie fester an sich und begann, ihren Hals mit Küssen zu bedecken. Sie wand sich aus seinen Armen und stand auf.

»Kühlen wir uns ab, Manü. Bevor uns die Extas' zu schnell verzehrt!«

Sie schleuderte ihre Schuhe mit raschen Bewegungen zur Seite und sah sich prüfend um. Dann löste sie die Haken ihres Mieders.

»Komm auch!«, lockte Demoisell Bichler fröhlich. Schon flatterte nur noch ihr dünnes Unterhemd um den Körper. Schikaneder richtete sich auf.

»So komm doch!« Demoiselle Bichlers Brusthemd fiel zu Boden. Schikaneder schluckte. Nie würde es ihm gelingen, ein Bild von derart überwältigender Schönheit auf der Bühne zu produzieren...

Sie schlug die Arme fröstelnd vor die Brust.

»So komm doch!«, wiederholte sie. »Wir sind so allein wie im Paradies, Manü!«

Er wollte sich gerade bücken, um sich ebenfalls auszuziehen, als ihn ein Geräusch zusammenfahren ließ. Er lauschte atemlos. Stimmen! Sein Herz machte einen Satz.

»Salome!«, keuchte er. Sie sah ihn verständnislos an.

»Es kommt jemand! Raus!!«

Sie verstand, machte einen Sprung ans Ufer, griff sich mit fliegender Bewegung ihre Kleidungsstücke und deutete auf einen schmalen Felsbalkon über dem Ufer. Schikaneder nickte verdattert und folgte ihr, als sie katzenhaft in die niedrige Wand kletterte.

Auf der schmalen Empore angekommen, duckten sie sich hinter einen Felsblock. Keine Minute zu früh. Unter ihnen wanderten ein junger Mann und eine junge Frau auf den Wasserfall zu. Sie stießen Rufe der Begeisterung aus, umarmten und küssten sich.

Demoiselle Bichler gluckste leise.

»Die Rosina und der Aloys! Da schau einer an!«

Schikaneder presste die Lippen zusammen. Unter ihnen begann jenes Spiel, das er mit Demoisell Bichler spielen wollte.

»Eine Zuchtlosigkeit sondergleichen«, presste er grimmig durch die Zähne.

»Und gemein ist es auch«, flüsterte sie. »Als obs in ganz Baiern keinen andern Platz nicht gäb!«

6

Als Schikaneder eintrat, war Eleonore damit beschäftigt, vor dem Spiegel den Sitz ihrer Frisur zu korrigieren.

»Ah? Wieder frische Luft geschnappt?«, fragte sie, ohne sich nach ihm umzudrehen. Ihr Mann würdigte sie keines Blickes, marschierte an ihr vorbei und setzte sich an das kleine Schreibtischchen, das ihm der Wirt in die Kammer gestellt hatte. Gereizt sagte er: »Dein geschätztes Verständnis vorausgesetzt, habe ich mich getraut, es zu wagen, jawohl!«

Madame Schikaneder fand es hin und wieder amüsant, wenn ihr Mann in dieser Weise mit ihr sprach; meist lieh er sich dabei Sätze aus einem seiner Stücke aus. Es ärgerte sie jedoch, wenn sie spürte, dass er ihr damit ausweichen wollte.

»Red nicht so geschwollen! Es schaut dir keiner zu!« Sie hielt ihm ein zusammengefaltetes Blatt Papier entgegen. »Da. Lies!«

Schikaneder sah unwillig über die Schulter.

»Was ist das?«

»Ein Brief aus Salzburg«, sagte Eleonore, und am Klang ihrer Stimme konnte er hören, dass er keine gute Nachricht erhielt. Sie drehte sich wieder zum Spiegel und zupfte an ihren Schläfenlocken.

Stirnrunzelnd entfaltete er den Bogen und begann zu lesen. Sein Gesicht wurde dunkel.

»... die Entscheidung ... auf nächste Woche verschoben ...!!«

Er brüllte los: »Was tut diese so genannte Theaterkommission eigentlich den ganzen Tag? Als ob jeden Tag Tausende von

Compagnien anfragen würden, ob sie in diesem stockigen Nest spielen dürfen! Im Gegenteil! Die meisten machen ein Bogen darum, und sie wissen, warum! Weils den hohen Herren nämlich an jeglichem Verständnis für das Theater fehlt! Und einem Volk, das sich diese bigotte Gängelei gefallen lässt, wahrscheinlich ebenso!« Er lief aufgebracht in der Kammer umher. »Eleonore! Irgendein unsichtbarer Feind intrigiert gegen mich.«

»Du meinst den Herrn Wahr mit seiner Compagnie? Oder den Herrn Hornung?«

»Nur er kann es sein! Wahr wird sich hüten. Der hat im letzten Jahr einen Haufen Schulden zurückgelassen, weil keiner seine abgeschmackten Spektakel sehen hat wollen!«

Sie zuckte ungerührt die Schultern.

»Vielleicht eilt dir halt ebenfalls ein bestimmter Ruf voraus?«

»Natürlich! Nämlich der, dass ich dem Publikum keine faden Suppen vorsetz!«, giftete Schikaneder zurück. »Ist dir klar, was diese Nachricht heißt?«

»Dass wir –«

»Noch länger in diesem öden Kaff arretiert bleiben, genau!«

Sie sah über ihn hinweg.

»Aber du magst doch die frische Luft so gern?« Sie machte eine kleine strategische Pause, bevor sie betont harmlos fortfuhr, wobei sie ihn über den Spiegel beobachtete: »Die Demoiselle Bichler kriegt auch immer mehr Farb.«

»Eleonore!« Er stampfte wütend auf. »Deine Scherze sind unpassend!«

»Scherze? Ich hab dich vorhin zwei Stunden gesucht. Desgleichen waren mehrere Mitglieder des Ensembles ebenfalls nicht aufzufinden, darunter die Demoisell.«

»Ich bitte um ausdrücklichste Verzeihung, wenn ich versäumt haben sollte, mich korrekt abzumelden!«

»Du fühlst dich auf einmal beengt von mir?«, gab sie spitz zurück. »Das müsstest du mir erklären. Sobald wir nämlich im Bett liegen, kann es dir meist nicht eng genug sein!«

»Du sekkierst mich mit absolut haltlosen Verdächtigungen!

Wie ich sie hasse, deine kindischen Eifersüchteleien! Und immer fallen sie dir ausgerechnet dann ein, wenn ich eh schon nicht mehr weiß, wo mir der Kopf steht!«

»Verzeih, Schani –«, lenkte sie ein.

»Emanuel!«, bellte Schikaneder.

Sie sah ihn mit gespielter Unschuld an.

»Aber wir sind doch unter uns? Früher hast es du gern gehört.«

»Früher!«, echote Schikaneder erbost. »Früher war ich ein Hungerleider, der mit einer verkratzten Violin über die Dörfer gezogen ist. Ist dir vielleicht aufgefallen, dass ich meinen Stand seither geringfügig anheben hab können?«

»Meinetwegen – Emanuel«, meinte sie gleichmütig. »Aber sag: Was hast denn auf einmal?«

»Nichts hab ich! Bin blendender Laune! Und die steigert sich ins Unermessliche, wenn ich so saudumme Sachen zu hören krieg!«

»Aber –« Sie schüttelte den Kopf.

»Eleonore!« Er ging auf sie zu und wedelte mit dem Brief vor ihrem Gesicht. »Ist dir klar, was es vor allem bedeutet, wenn wir die Permission für Salzburg nicht bald kriegen?!«

Sie zuckte wieder die Schultern.

»Ich – ich ahne schon was, aber –«

Schikaneder schnitt ihr das Wort ab. »Sie ahnt was!«, höhnte er. »Darf ich raten? Die Gemahlin des Direkteurs ahnt, dass jeder Tag in dieser Absteige etwas kostet! Und gleichzeitig ahnt sie hoffentlich, dass es die dazu erforderlichen Gulden nicht vom Himmel regnet!«

Madame Schikaneder fuhr herum, stemmte die Fäuste in die Hüften und holte Luft. Ihre Augen sprühten Blitze. Er wich zurück.

»Das ahnt sie nicht nur, das weiß sie!«, entgegnete sie scharf »Und sie weiß auch, dass diese Gulden oft genug in deiner Gurgel versickern! Oder im Dekolletee von der einen oder anderen Demoisell!«

Mit einem Ruck wandte sie sich von ihm ab, ging zur Tür und griff nach der Klinke. Sie drehte sich noch einmal um.

»Lass dir was einfallen, du – du Direkteur, du!«

Schikaneder zuckte zusammen. Mit einem Knall hatte sie die Tür hinter sich zugeworfen. Er ließ sich in das verschlissene Fauteuil fallen. Seine Gedanken kreisten. Auch wenn er es sich vermutlich bereits schönrechnete – spätestens in zwei Tagen würden Kolbers Forderungen seine Barschaft überstiegen haben. Mit anderen Worten: Jeder weitere Tag wäre bereits Betrug. Und wie es aussah, gab es keinerlei Gewissheit, dass sich die Theaterkommission bei der Erteilung der Permission seinetwegen abhetzen wollte. Im Gegenteil. Die fahrende Komödi-Bagage sollte vermutlich wieder einmal zu spüren bekommen, wie wenig die so fürchterlich gesitteten und erzfrommen Salzburger von ihr hielten.

Sollte er mit dem Wirt sprechen, ihm seine Lage offenlegen? Vielleicht ließe sich Kolber auf einen Schuldschein ein? Vielleicht entpuppte er sich gar als kulturliebender Mäzen?

Kurz nach seiner Ankunft hatte Schikaneder ein zwangloses Gespräch mit ihm geführt. Kolber hatte sich erkundigt, was die Compagnie so spiele. Ob er schon von Shakespeare gehört habe, hatte der Prinzipal bei dieser Gelegenheit wissen wollen.

Kolber hatte sich den Namen wiederholen lassen und angestrengt nachgedacht. Schließlich ging ihm ein Licht auf: Aber natürlich habe er bereits davon gehört. Bei diesem ›Schejks Bier‹ handele es sich doch um diesen böhmischen Braumeister, von dessen Getränk man in der Stadt schwärme, stimmts?

Auch sonst waren beim Kolber keine Hinweise auf eine schwelende Leidenschaft für die Kunst festzustellen gewesen. An Musik genügte ihm vermutlich, wenn die Gulden in seinem Geldsack klimperten, und sein theatralisches Bedürfnis war vollends gestillt, wenn er selbst die Rolle des herzlichen Gastgebers und der jovialen Wirtsperson geben konnte.

Das Wort ›Mäzen‹ krallte sich in Schikaneders Gedanken fest. Im gleichen Moment erinnerte er sich an eine Beobachtung, die er kurz zuvor gemacht hatte, als er, vom Eberbachfall kommend, den Dorfplatz überquerte. Wieder war diese mysteriöse, dunkel lackierte Kutsche mit den verhangenen Fenstern, die er schon gestern gesehen hatte, eilig an ihm vorübergefahren. Schikaneder hatte notiert, dass sich die Leute bei ihrem Anblick etwas zutuschelten, und er hatte eine gebückte Alte angesprochen.

Er erhielt einen misstrauischen Blick. Schließlich wies die Frau mit einer unwilligen Kopfbewegung nach Süden: Das sei die Chaise vom Herrn Baron gewesen.

Schikaneders Augen waren ihrer Geste gefolgt. Auf einer Anhöhe am Fuß des Kogelbergs war der weiße Würfel eines kleinen Schlosses zu erkennen.

7

Krister war ein hübscher Kerl mit aufgeweckten, dunklen Augen und pechschwarzen Haaren, die er im Nacken zu einem Pferdeschwanz gebunden hatte. Er war noch keine zwanzig, war wie alle wintergeborenen Bergler-Kinder eher schmächtig gebaut, dafür umso zäher.

Ein kaiserlicher Hilfsjäger hatte Vesters ältere Schwester geschwängert. Von einer Heirat mit einer unterklassigen Sennmagd wollte der Beamte jedoch nichts wissen, und er scheute nicht davor zurück, die Arme mit allerlei Verleumdungen zu überziehen. Das jedoch brachte ihm die Verachtung des Dorfes sowie eine Tracht Prügel seines Quasischwagers Vester ein, woraufhin er sich aus dem Staub machte. Dann erbarmte sich ein gutmütiger Holzknecht der jungen Frau. Wie ein Wilder schuftete er, um das Heiratsgeld aufzutreiben. An einem Dezembertag ließ er vor Erschöpfung alle Vorsicht außer Acht und wurde von einem umstürzenden Baum begraben. Von Gram und Hunger geschwächt, folgte ihm bald auch die junge Mutter ins Grab.

Keiner der reichen Bauern in der Gemeinde riss sich darum, dieses Sündenkind aufzunehmen. Man erinnerte sich daran, dass es da noch einen Bruder der Verstorbenen geben musste, der in einer Bleigrube bei Telfs als Bergmann arbeitete.

Vester, damals erst Anfang Zwanzig, konnte immerhin eine beheizbare Kammer sein Eigen nennen sowie mit einem regelmäßigen Lohn rechnen. Man stellte ihm den weinenden Sechsjährigen in seine winzige Stube, wischte ihm gerade noch den

Rotz unter der Nase ab, zog nicht einmal den Hut und ließ die beiden verdattert zurück.

Es dauerte jedoch nicht lange, bis Vester sich in seine neue Rolle gefügt hatte. Hinzu kam, dass sich der kleine Krister als geschickt erwies und seinem Onkel eifrig zur Hand ging. Vester fand Gefallen an dem aufgeweckten Jungen; er erinnerte ihn an seine Jugend und an seine Schwester, an der er sehr gehangen hatte. Wenn der Kleine wieder einmal lachend unter seinen Schlägen wegtauchte, verrauchte sein Ärger schnell. Sein Leben, das zuvor eintönig gewesen war und nur aus Arbeit und spärlichen Vergnügungen bestanden hatte, bekam jetzt ein wenig Sinn. Als der Junge zwölf Jahre alt war, brachte Vester ihn als Steinklauber an seinem Arbeitsplatz unter.

Kurze Zeit danach sprach sich unter den Kollegen herum, dass in Baiern Gruben in eigener Regie abgebaut werden konnten. Ein Streit mit dem Telfser Bergverwalter war der Auslöser, dass er mit einer kleinen Gruppe schließlich aufbrach, und natürlich nahm er den Kleinen mit.

Die Arbeit in der Grube am Kogelberg ließ sich erfolgversprechend an. Krister war bald ein guter Bergmann geworden, die Lektionen seines Onkels hatte er gelernt.

Als der Stollen vor einigen Tagen zusammengebrochen war, befand er sich direkt vor Ort. Ungläubig hatte er auf das hervorschießende Wasser gestarrt, dann das nervenzerfetzende Knirschen gehört, als sich die Felsbrocken über ihm lösten. Die Lampen verloschen augenblicklich, ein Balken prallte auf seine Schulter, glitt ab und verhakte sich in seinem angewinkelten Arm. Vor Schmerz und Angst schreiend drehte er sich um die eigene Achse, knallte mit der Schläfe an ein hervorstehendes Felsstück und verlor das Bewusstsein.

Erst im Siechenhaus war er wieder zu sich gekommen. Dort erfuhr er, dass es sein Onkel war, der ihn gerettet hatte. Der Schock und die Verletzung hatten ihn gehörig mitgenommen, und es hatte fast eineinhalb Tage gebraucht, bis er sich erholt hatte.

Als er jetzt die Gaststube des Postwirts betrat, hatte er einfach nur Hunger.

Den Wirt und den Hassl-Bauer, der gerade an einem Stück Rindfleisch säbelte, freundlich begrüßend, setzte er sich an den Tisch, der Knechten und Arbeitern zugewiesen war.

»Hast du da was verloren?«, kläffte der Kolber. »Gibt nichts mehr für euch Gesindel!«

Krister sah überrascht auf. Wen meinte der Wirt?

»Hast net ghört? Schleich dich!«

»Aber… was hast denn auf einmal, Wirt?«

»Zigeuner haben bei mir nichts verloren!«

»Und ich wär auf einmal ein Zigeuner?«, stieß Krister empört hervor. »Ich möcht wissen, was du auf einmal hast!«

Der Wirt warf sein Wischtuch beiseite und stapfte auf den schmächtigen Bergmann zu. Er packte ihn an der Schulter, zerrte ihn empor, schob ihn zur Tür und gab ihm einen Tritt.

»Ah, das ist gscheit, Kolber!«, sagte Christian Hassl gemütlich. »Hat mich allweil schon geniert, die Bagasch. Nichts haben und frech noch dazu.«

Kolber warf die Türe hinter sich zu und fuhr sich mit der Hand über seinen kahlen Schädel.

»Kredit gibts schon gar nimmer«, knurrte er.

»Aber gar zu nobel wird der Postwirt hoffentlich net.« Hassl hob den Bierkrug. »Unsereins kriegt schon noch was?«

Kolber besann sich. Er grinste breit, griff sich das Gefäß und ging zur Schänke.

»Bist ja auch kein Hungerleider wie das unterirdische Gesindel da oben. Bei dir, haha, muss sich eins da ja net sorgen, Hassl.« Er ließ das Bier einlaufen, brachte es seinem Gast und setzte sich ächzend neben ihm auf die Bank.

»Alles recht?«, erkundigte er sich wirtsmäßig.

»Wie ichs gewohnt bin bei dir, Kolber«, gab der Bauer mampfend zurück. »Ich wollt zwar an und für sich ein Rindfleisch und kein Rinds*leder*, aber wollen wir mal net so heikel sein.«

Kolber wandte sich mit einem Ruck zur Küchentür und brüllte

nach der Köchin. Die Alte erschien mit fragendem Gesichtsausdruck. Der Wirt wies auf den Teller des Bauern.

»Was hastn wieder für einen Fraß zusammengekocht, Sali? Willst mir die Kundschaft vertreiben?«

Die Köchin blieb im Türrahmen stehen und trocknete sich unbeeindruckt ihre Hände an der Schürze.

»Er wirds schon runterbringen.« Sie wandte sich zum Gehen und fügte über die Schulter hinzu: »Haben eh einen Magen wie eine Wildsau, die Hasslischen. Wanns dir net passt, dann kochst dir selber, Wirt. Den andern schmeckts auch.«

Mit diesen Worten humpelte sie davon.

»Dir geb ich gleich eine Wildsau!«, brüllte der Wirt.

»Lass«, sagte Hassl ungerührt. »Will meine Ruh beim Essen.«

»Haa!«, knurrte Kolber. »Wie wart ich auf die Stund, wo das zähe Luder in die Gruben fahrt! Zum Arbeiten kaum noch zu brauchen, aber eine boshafte Goschen wie eine Junge!«

Hassl schob wieder einen Fleischbrocken zwischen seine triefenden Lippen. Er zuckte die Schultern.

»Schmeiß halt raus«, meinte er.

»Du redst dich leicht, Hassl«, brummte Kolber. »Ist meine Taufgod. Da kann eins net so tun, wie eins will, verstehst?«

»Freilich versteh ich das«, gestand Hassl zu, ohne den Wirt anzusehen. »Du scheust halt auch die Nachred, gelt?«

Kolber sah zur Seite und grummelte Unverständliches. Hassl seufzte.

»Ja, es hat keine Freiheit mehr heutzutag.« Er griff nach dem Humpen und nahm einen tiefen Schluck. »Könnt eins grad zum Revoluzzer werden.« Er wischte sich mit dem Handrücken über den Schnauzbart. Kolber lachte verwundert.

»Revoluzzer? Ausgerechnet du, Hassl?«

Hassl rülpste vernehmlich.

»Grad ich.« Er nickte nachdrücklich. »Weil ich für die Freiheit bin, dass eins die Leut rausschmeißen darf, wanns zu nichts mehr taugen.«

»Dafür wär ich auch«, stimmte Kolber zu. Obwohl sie allein

im Gastraum waren, dämpfte er seine Stimme. »Aber hören wir auf mit der Politisiererei. Ist gefährlich heutzutag!«

»Bin gar net der Einzige, der das meint, Kolber. Da denk dir nichts. Schau: Futtern darfst die Alten, und die fressen net wenig, und am End darfst gar noch die Beerdigung zahlen. Ist es so oder net?«

»Trotzdem, Hassl. Brems dich. Unser Herr Richter wenn so was hören tät!« Er beugte sich zu seinem Gast und verzog den Mund zu einem boshaften Grinsen. »Zu Zeiten vom Ahnl hätts noch gebrannt, die alte Hex.« Er lachte meckernd. »Aber wer gibt heut noch was auf die alten Bräuch?«

Hassls Bauch wogte vor Vergnügen.

»Der Kolber..... du alter Hund...«

Er schüttelte den Kopf, schob den leeren Teller von sich, griff nach seiner Pfeife und fischte einen Tabaksbeutel aus seiner Westentasche.

»Babett!«, rief Kolber befehlend in Richtung Küche. »Abräumen!«

Er wandte sich wieder seinem Gast zu.

»Sag, von Salzburg kommst grad her?«

Hassl nickte, während er sich die Pfeife stopfte.

»Da drüben wartens schon auf den Herrn Schikaneder, hast gesagt?«

Wieder nickte Hassl.

»Die sind theaternärrisch, die Salzburger«, sagte er verächtlich. »Stadtleut halt. Mir ging er grad noch ab, der Krampf.«

»Mir auch. Hab Theater genug bei mir«, pflichtete ihm Kolber bei.

Hassl setzte den Pfeifentopf in Brand, zog und blies eine Rauchwolke gegen den Plafond.

»Aber der Herr Schikaneder selber«, sagte Kolber, »das muss ich schon sagen, das ist ein durch und durch nobles Mannsbild. Da könnt ich wirklich nichts sagen. Da hat schon ganz anderes Gesindel bei mir Quartier gemacht.«

»Glaub dirs schon, Kolber«, sagte Hassl. »Aber weißt', die Leut sehens halt bloß net so gern, wie da im Dorf herumgestelzt wird mit kurze Röck und halb nackerte Arm. Man hat halt Sorg, dass sich die Jungen da was abschauen könnten, verstehst?«

Er sammelte Speichel und spuckte neben sich auf den Boden.

»Ich kann nichts dagegen haben, wann ich mein Haus voll hab«, verteidigte sich der Wirt. »Selten genug geschiehts ja, seits die neue Mautstraß gebaut haben.«

Hassl nickte nachdenklich.

»Das wundert mich schon auch…«, begann er.

»Was?«

»Na, dass die überhaupt bei dir eingekehrt sind.«

»Wieso?! Ich hab ein anständiges Haus, da hats noch nie eine Klag gegeben!«

»Jetzt geh net gleich wieder auf wie eine Dampfnudel, Kolber. Davon red ich doch gar net.«

»Von was dann?«

»Ich frag mich, wieso sie nicht die neue Straß genommen haben. Dass sie sich verfahren haben, kann ich mir schlecht vorstellen. Alle Fuhrleut kennen die neue Streck. Wieso fahren sie dann über den alten Pass? Da kraxeln doch bloß noch die Vaganten, das Hausierergeschmeiß und das ganze Gesindel drüber, weils kein Geld für die Maut haben.« Er sah Kolber von der Seite an. »Und weiters – wieso fahren sie eigentlich net weiter? Sei mir net bös, Kolber – aber es gibt schon noch noblere Wirtshäuser als das deine.«

»Was weiß ich? Kanns doch net fragen.«

»Wär aber schon interessant«, sinnierte Hassl.

»Der Herr Direkteur sagt, dass er ganz froh ist, ein paar Tag Erholung zu haben. Wird ihm halt gefallen bei uns.«

»Und wie lang wollens die Leut im Dorf noch bremsig machen?«

Kolber zuckte mit den Schultern. »Weiß ich genauso wenig.«

Hassl warf ihm einen lauernden Blick zu.

»Na, einen Grund wirds schon haben, wann sich der Herr Erzbischof spreizt. Meinst net, Kolber?«

Zwischen den Brauen des Wirts bildete sich eine Falte.

»Er tut – was?«

»Nichts«, beschwichtigte Hassl. »Es schaut halt bloß danach aus, als ob sie noch net auf Salzburg hineindürften. Kann aber genauso gut Gered sein. Wann ich ehrlich bin, täts mich aber net wundern. – Schau du bloß, dass du net auf deiner Zech hocken bleibst, Kolber!«

Kolber riss den Mund auf.

»Ich hab nichts gesagt, Kolber«, beeilte sich Hassl hinzuzufügen. »Ist bloß ein ganz allgemeiner Rat, gelt?« Er wechselte rasch das Thema.

»Sag – wo ist denn eigentlich deine Sepha? Habs noch gar nicht gesehn?« Er lachte bräsig. »Musst es gar einsperren, dein Töchterl? Du – haha! –, was gar zu Bremsiges können wir nicht brauchen, ist dir schon klar, Wirt?«

»Haha! Einsperren! Du gefällst mir!«, rief der Wirt. Er warf sich in die Brust. »Das glaub mir: Was meine Tochter ist, mupft mir net auf!«

Hassl ließ wieder eine Rauchwolke aufsteigen. Er grinste anzüglich.

»Na? Dann wolln wir bloß hoffen, dass sie sich net was abschaut von der geilen Bagasch, gelt?«

»Die Sepha wird sich unterstehn!«, versicherte Kolber. »Aber jetzt red net so dumm daher, Hassl, sonst muss ich glatt noch grantig werden. Ich häng dir keinen angepatzen Hadern an. So was Sauberes wie meine Sepha sieht eins net alle Tag. Und denk dir bloß nichts: Wenn wir zwei net schon alles ausgemacht hätten, gäbs bestimmt noch andere.«

»Aber keinen, der so viel Sach zum Zeug bringt, Kolber. Muss man schon auch sehen«, erwiderte Hassl.

»Stell ich doch net in Abred!«, entgegnete der Wirt. »Aber sie ist meine Tochter, und ein Vater darf empfindlich sein, wanns einer meint, er müssts am Respekt fehlen lassen.«

»Dass du aber auch gar keinen Humor hast«, seufzte Hassl. »Aber, verstehst, um deiner Sepha überhaupt einen Respekt zukommen zu lassen, müsst ich sie doch halt auch einmal sehen.«

»Siehst sie oft genug, Hassl.«

»Möcht ihr doch bloß Grüßgott sagen, Kolber! Als ob da was dabei wär.«

Der Wirt sah zur Seite. Hassl nahm seine Pfeife aus dem Mund.

»Was ist auf einmal, Kolber? Was hast denn dagegen?« Er runzelte argwöhnisch die Stirn. »Wir haben doch schon alles ausgemacht?«

»Schon.«

»Na ja«, korrigierte sich Hassl, »fast alles. Was du ihr mitgibst, da ist das letzte Wort noch net geredet.«

»Wirst schon net zu kurz kommen«, gab der Wirt unwillig zurück. »Ich lass mir schon nichts nachsagen.«

Hassl sah an ihm vorbei. Ruhig sagte er: »Manche tuns aber.«

»Waas? – Wer?!«

Hassl überhörte die Frage.

»Schau, Kolber«, begann er kühl, »wie wir drüber geredet haben, was du hast, respektive was du der Sepha mitgibst, war nie die Red davon, dass du am Rintsbach oben auch noch Waldrecht hast, und zwar kein geringes.«

»Weils so wenig Wert hat, dass ichs glatt vergessen hab. So weit oben im Gebirg einschlagen, da kostet mich der Transport mehr wie das, was da zum Erwirtschaften ist.«

Hassl spitzte die Lippen. »Kann sein«, meinte er. »Wenn mans aber der Saline verpachtet, die allweil ein Holz braucht und auch gut dafür zahlt, dann hats schon ein bissl einen Wert. Meinst net?«

»Aha«, sagte Kolber giftig. »Du informierst dich.«

Hassl sah ihn direkt an.

»Ich schau aufs Zeug, Kolber. Das darfst mir net übel nehmen. Bloß so bringts eins zu was. Und deine Sepha wird auch ihren Profit davon haben, wanns ein Mannsbild hat, das sich net über den Tisch ziehen lasst. – Also? Wo ist sie? – Herrgott noch einmal, was stellst dich denn gar so an?«

Der Wirt wand sich.

»Na ja… die Leut halt… verstehst…«

»Was ist damit?«, fragte Hassl misstrauisch.

»Na ja… Jetzt ist deine Frau noch kein halbes Jahr unter der Erd, und…«

»Ach, jetzt kommt der alte Käs schon wieder.« Hassl winkte gelangweilt ab. »Das brauchst mir net sagen, Kolber. Du scheißt dir also wegen der Leut in die Hosen? Weil denen net gefallen könnt, dass ich net lang den trauernden Witwer spiel, dafür aber auf deine Sepha reflektier?«

Kolber nickte gequält. Die Hasslin war im Dorf sehr beliebt gewesen. Mehr als einmal hatte Kolber in der Wirtsstube missbilligende Bemerkungen aufgeschnappt, nachdem bemerkt worden war, dass Hassl schon wenige Monate nach der Beerdigung der Wirtstochter den Hof machte.

»Das also ist es, Kolber?«, hakte der Bauer ärgerlich nach. »Gut, wenn du unbedingt meinst… dann spielen wir halt noch eine Zeitlang Komödi.«

Der Wirt war erleichtert. Sein Blick fiel auf den Teller.

»Babett! Abräumen, hab ich gesagt!«, rief er. Die Magd kam und murmelte eine Entschuldigung, die Kolber mürrisch abtat. Sie griff nach Besteck und Geschirr.

Hassl verfolgte genießerisch ihre Bewegungen.

»Na?«

Babett sah ihn fragend an.

»Fragt man net: Hats geschmeckt?«, tadelte der Bauer herablassend.

»Und ob man das fragt!«, polterte der Wirt. »Du trübe Nocken! Bringst du dein Maul jetzt gar nimmer auf?«

»Hats geschmeckt?«, fragte sie leise.

»Runter gebracht hab ichs«, antwortete Hassl gnädig.

Ihr Gesicht ließ keine Regung erkennen. Sie stapelte das Geschirr und wandte sich zur Küche.

»So!« Der Bauer streckte sich. »Jetzt muss ich auch gleich weiter.«

»Wo gehts hin?«

»Heut gehts noch auf die Kogel-Scharten. Der Missjöh Paccoli ist ganz scharf auf den Sechzehnender, von dem ich ihm neulich erzählt hab.«

»Ha! Seit wann ist der Missjöh Paccoli ein Jäger?«

»Der ein Jäger? Der Stadtfrack?« Hassl lachte hämisch. »Der taugt doch net dafür. Angeben möchte er mit dem Geweih, sonst nichts. Aber«, Hassl rieb Daumen und Zeigefinger, »wanns da stimmt, dann tu ich ihm den Gefallen.«

Er wälzte sich aus der Bank. Auch der Kolber war aufgestanden.

»Na, dann soll er bloß Obacht geben.«

»Wegen was?« Der Hassl richtete seinen Hut.

»Na, wegen der Bergleut. Grad neulich hats doch wieder ein Unglück gegeben!«

»Habs gehört«, nickte Hassl. »Hats wenigstens ein paar erwischt von der Banda, der welschen?«

Kolber schüttelte grimmig den Kopf.

»Sind scheints zäher als eins denkt.«

Ein Teller zersplitterte auf dem Steinboden der Küche. Kolber wirbelte cholerisch herum. Durch die offene Tür sah er, wie die kniende Babett hastig die Scherben auflas. Er stampfte auf sie zu.

»Du...!!«

Babett hob die Hand schützend vor ihr Gesicht.

Hassl schlüpfte in seinen Rock, setzte seinen Hut auf und hob grüßend den Arm.

»Habe die Ehre, Kolber!«

Kolber erwiderte seinen Gruß. Als er sich wieder Babett wutentbrannt zuwenden wollte, war sie schon verschwunden.

»Lass sie in Ruh«, sagte die alte Köchin. »Kannst froh sein, dass du überhaupt ein so tüchtiges Gesinde hast.«

»Pah!«

8

Auch die folgenden Tage verwöhnten die unfreiwilligen Sommerfrischler. Die Luft war weich, die Sonne spendete eine angenehme Wärme. Der Wirt hatte seinen Hausknecht Gidi angewiesen, unter den Bäumen des Obstgartens hinter dem Wirtschaftshof Tische und Stühle aufzustellen. Die Compagnie machte gerne davon Gebrauch.

Peter Wallerschenk hatte schon das Geschnatter der Frühstücksgesellschaft nicht mehr ertragen. Und auch jetzt hielt er sich abseits. Untätigkeit hatte er nie gut ertragen können, sie schien ihm Sünde. Seit er von einem Tag auf den anderen das Landsberger Kloster verlassen musste – mit einem Federstrich des Papstes war der mächtige Jesuitenorden aufgelöst worden, dem er angehört hatte –, war sein Leben eine einzige Anstrengung gewesen. Einige Jahre hatte er sich als karg bezahlter Privatlehrer durchs Leben geschlagen, bis er bei einem Besuch eines einstigen Förderers den Direktor des Münchner Hoftheaters kennen lernte. Nach einigem Überlegen bewarb er sich dort. Seine Referenzen wirkten. Er wurde angenommen, durfte einige Wochen Stühle schleppen, Briefe austragen, Textbücher verteilen, Kortinen ein- und aushängen. Immer öfter wurde er als Probenhelfer eingesetzt, wenn ein Schauspieler unpässlich war und als Dialogpartner ausfiel. Er war unermüdlich, nahm Unterricht, lernte, wie man sich hielt, wie man würdevoll schritt, ohne dass einem der Galanterie-Degen zwischen den Beinen baumelte, der Chapeauclaque verrutschte oder die Knöchel knickten. Langsam gewann er ein Gespür für den Bühnenraum. Es war nicht gleichgültig, wohin ihn der jeweilige Regisseur stellte – jede Position erforderte ein anderes Spiel, ein anderes Durchmessen des Raumes, und sei es nur mit Blicken.

Mehr und mehr erlag er dem Zauber des Theaters. Wie eine noch so triste Szenerie durch eine einzige Geste zu einem funkelnden, von Hoffnung und Lebensfreude singenden Paradies werden konnte, sich eine fröhlich lärmende Tanzgesellschaft mit einem einzigen, tödlichen Wort zur erstarrten Trauergemeinde wandelte – es war die pure Magie.

Das Publikum jener Jahre war fordernd, schließlich hatte es gutes Geld für den Eintritt bezahlt. Man musste sich also anstrengen. Wallerschenk tat es mit Inbrunst. Seine Erfahrung, die er als Novize bei geistlichen Spielen gewonnen hatte, war ihm dabei zugute gekommen. Schon bei seinem ersten Auftritt erhielt er aufmunternden Applaus, und ein wohlwollender Kritiker schrieb vom ›anmutigen, zwanglosen Spiel‹ des Debütanten.

Schon nach einem Jahr ernannte ihn der Direktor des Münchner Hoftheaters zum festen Ensemblemitglied. Die Rollen wurden gewichtiger. Er spielte naive oder durchtriebene Liebhaber, schneidige Offiziere, freiheitsdurstige Sklaven und hehre Götter.

Er heiratete eine liebreizende Kollegin, hatte mit ihr ein wunderbares Jahr und stand an dessen Ende in trostloser Verzweiflung vor dem Grab, in das man sie – in einer winzigen Truhe an ihrer Seite der totgeborene Sohn – hinabgelassen hatte. Am selben Abend gab er einen leichtfüßigen Galan in einer französischen Komödie.

Wenig später kam die Hiobsbotschaft, dass der Kurfürst gestorben war. Sein Nachfolger hätte das Land lieber von der milderen Pfalz aus regiert und machte kein Hehl daraus, dass das alte Baiern für ihn ein rückständiges Binnenland war, mit armseliger Wirtschaft und ungehobelter Bevölkerung, störrisch und abergläubisch, unfähig zu Fortschritt und feineren Sitten. So löste er als eine seiner ersten Amtshandlungen das Ensemble des

Hoftheaters kurzerhand auf, um es durch eine Mannheimer Gesellschaft zu ersetzen.

Was Peter Wallerschenk sich erarbeitet hatte, was Jahre gegolten und begeisterte Zustimmung ausgelöst hatte, wofür man ihn verehrte – auf einmal war es als provinziell und unzeitgemäß geächtet. *Depassé* – überholt – dieses Urteil sauste wie das Henkersbeil auf ihn herab. Mit der Treue des Publikums war es ebenfalls nicht weit her. Es hätte durchaus Widerstand leisten können, huldigte dem neuen Ensemble jedoch bald so begeistert, wie es das frühere gefeiert hatte.

Wallerschenks Abstieg begann. Einige Monate noch wehrte er sich dagegen, sich unter seinem Niveau engagieren zu lassen. Doch weder in München noch in anderen Städten fand er, was dem Status entsprach, den er für sich in Anspruch nahm – immerhin war er Hofschauspieler gewesen.

Schon bald hatte er Schulden. Widerwillig begann er, die Angebote der vielen kleinen Privat-Gesellschaften zu sondieren. Anfangs wandte er sich mit Grausen ab, wenn er deren Spielplan studierte, aber bald trieb ihm die Not diesen Hochmut aus. Schließlich war er froh, überhaupt ein paar Gulden zu verdienen. Ein früherer Kollege vermittelte ihn schließlich zur Moser'schen Gesellschaft nach Nürnberg. Unter den privaten Compagnien war sie immerhin eine der, wenn schon nicht Angesehensten, so doch der Erfolgreichsten. Peter Wallerschenk fügte sich seinem Schicksal. Es würde eine Übergangsstation sein, sagte er sich. Irgendwann käme er wieder an die Stelle, die ihm gebührte.

Es war kein Kunststück gewesen, bei der Moser'schen Compagnie schnell zur Garde der Ersten Charakterschauspieler aufzurücken. Auch seine Finanzen begannen sich wieder zu konsolidieren. Aber mit der Stimmung im Ensemble ging es bald bergab.

Man unterstellte ihm Überheblichkeit – zu Recht, wie er sich eingestehen musste. Als sich ihm ein anderes Engagement im Sächsischen anbot, nahm er es sofort an. Sein Gastspiel bei der

Melina'schen Truppe währte jedoch nur kurz; kaum war er ihr beigetreten, wurde sie von Banditen überfallen und ausgeraubt, worauf sie sich auflösen musste. Auch sein Engagement bei der Mahr'schen Compagnie bereute er bald, denn sie gab ihm nicht einmal mehr die Zeit, sich wenigstens mit seiner Kunst Respekt zu verschaffen. Der Grund war für ihn klar: Intrigante Neider waren am Werk, aufgeblasene, disziplinlose Nichtskönner. Es kam zum Krach, und noch vor Ende der Spielzeit musste er seinen Abschied nehmen.

Selbst wenn seine Barschaft knapp wurde – für einen Schoppen Wein reichte es noch immer. Gelegentlich dabei ein wenig über die Stränge zu schlagen, empfand er anfangs als kleinen, legitimen Ausflug, den er sich zur Entspannung zugestand. Doch ehe er sich versah, hatte ihn der Dämon fest in seinen Krallen. Er ließ ihn nicht mehr los. Wallerschenk wurde zum Säufer. So viel Disziplin brachte er aber immerhin noch auf, dass er sich bei der Schikanederischen Compagnie bewarb, im Gespräch mit dem Prinzipal einen guten Eindruck machte und engagiert wurde. Auch war er noch vernünftig genug, um zu wissen, dass er es künftig besser für sich behalten sollte, was ihm längst immer schmerzlicher bewusst wurde: Dieses Theater war nicht mehr seine Welt.

Es war ihm zu leicht, zu fröhlich, es begab sich zu tief hinab in die Niederungen der billigen Lacher, der ordinären Effekte. Es war erbärmlich.

Und zugleich beunruhigend. Unübersehbar war nämlich, dass dieses neue Theater die Massen in einer Weise bewegte, die Wallerschenk ängstigte. Was ging hier vor? Er entdeckte, dass der Erfolg nicht allein auf dieser neuen, sich an das Publikum schmeißenden Manier beruhte. Auch das Repertoire hatte sich gewandelt. Der Anteil klassischer Stoffe schrumpfte, neue Stücke wurden stürmisch bejubelt. Und in diesen wurden Könige und Kaiser gestürzt, geköpft und gevierteilt, landeten ungerechte Richter am Galgen, wurden verlogene Pfaffen entlarvt und über Staatsraison, Moral und Gerechtigkeit debattiert, dass es eine reine Freude war. Was ging hier eigentlich vor? Holte das Volk, und beileibe nicht nur das niedere, sich hier etwas, was es unter der Fuchtel von Fürsten und Pfaffen an Freiheiten entbehrte? Nahm es plötzlich in Anspruch, seine Angelegenheit nicht mehr in Geheimkabinetten über seinen Kopf hinweg regeln, von kirchlichen Erlassen bestimmen zu lassen? Oder, schlimmer noch: War das nicht alles schon gefährliche Subversion, trug es nicht bereits den Keim eines Umsturzes in sich, vorerst noch unter dem Deckmantel einer sich harmlos gebenden, fröhlich lärmenden Kunst?

Und an dieser Aushöhlung aller Gewissheiten nahm er, Peter Wallerschenk, teil? Er spürte zudem seit geraumer Zeit, dass seine Leidenschaft versiegte. Er ersetzte sie durch könnerhafte Routine, was zwar noch immer Eindruck erzielte, ihm aber das schale Gefühl des Selbstverrats bescherte. Was für eine bittere, nur noch im Weinkrug zu ersäufende Erkenntnis: Vom wahrhaftigen Künstler war er zum willfährigen Lieferanten der jeweils gewünschten Effekte hinabgesunken.

In Augsburg war der ›Laertes‹ aus dem ›Hamlet‹ schwer erkrankt. Mit gemischten Gefühlen hatte Wallerschenk die Entscheidung des Prinzipals aufgenommen, ihm für die weiteren Aufführungen diese Rolle zu übertragen.

Er war alles andere als ein Freund dieses Shakespeare. Er war ihm zu wüst, zu unentschieden zwischen grobem Effekt und feiner Poesie, und er konnte keine Moral darin entdecken. Wurde diese – mit Vorliebe am Ende des Stücks – behauptet, so verdächtigte er den Autor, sie nur pflichtgemäß angehängt zu haben, sie als billigen Vorwand für sein theatrales Wüten zu benutzen.

So ganz konnte Wallerschenk aber die Augen nicht davor verschließen, dass der ›Hamlet‹ mittlerweile zu den Renommierstücken der Compagnie gehörte. Er musste zugeben, dass der Prinzipal darin beeindruckend war. Die Hauptrolle gab Schikaneder mit entfesselter Intensität und rauschhafter Traumverlorenheit. Die Zuschauer waren hingerissen. Nicht selten zwangen sie ihn mit frenetischem, nicht enden wollendem Applaus zur Wiederholung ganzer Szenen.

Wallerschenk fügte sich der *ordre du directeur*. Die Aufführung sollte in zehn Tagen sein. Eine Entscheidung, kurzfristig wie immer.

Wallerschenk wollte jede freie Minute nutzen, den Text zu memorieren. Er schlug das Textheft auf. Die Stelle war ihm vor Augen: Noch ahnen Laertes und Ophelia nichts von der sich anbahnenden Tragödie, der Gesprächston schwankt zwischen Ernsthaftigkeit und Tändelei. Den Rhythmus hatte er verinnerlicht. Was zu zeigen war, war ihm nicht fremd: Der liebevolle Bruder warnt seine Schwester vor den Männern, und er scheint gut zu kennen, wovon er spricht.

Wallerschenk setzte sich in Bewegung. Er holte Luft.

> »Wenn du zu gläubig Hamlets Liede lauschest,
> dein Herz verlierst, und deine Keuschheit
> sich seinem ungestümen Drange öffnet –
> Fürcht es, Ophelia! Fürcht es, teure Schwester,
> und lenke die noch unschuldsvolle Neigung
> fort vom Strome der gefährlichen Begier.
> Der Mädchen Schönheit ist verschwenderisch genug
> wenn sie allein dem Monde sich enthüllt.«

Etwas Weißes flatterte vor ihm auf. Eine Wäscheleine, behängt mit tropfenden Leintüchern, versperrte ihm den Weg. Wallerschenk sah ärgerlich auf. Dann entdeckte er die Wirtstochter, die etwas zu geschäftig in ihrem Wäschekorb wühlte. Sie wich seinem Blick aus. Ihre Wangen glühten. Es ist nicht zu ertragen, dachte Wallerschenk. War man hier nirgendwo unbeobachtet?

Das Mädchen richtete sich auf und grüßte stammelnd. Wallerschenks Ärger verflog augenblicklich.

»Sie hat mich belauscht?«, fragte er mit gespielter Strenge, fügte aber ein gnädiges Lächeln hinzu, das Sepha erleichtert erwiderte.

»Nein… ich –«

»Nun?«

»So schön…«, brachte sie heraus. Ihr Blick sengte ein Loch in seine Weste.

Wallerschenk nickte väterlich. Das Mädchen hatte schließlich Recht.

»Der Mädchen Schönheit ist verschwenderisch genug, wenn sie allein dem Monde sich enthüllt –«, wiederholte er bedeutungschwanger, drückte die Leine nach unten, umfasste ihr Kinn und hob ihr Gesicht. Sie ließ es wie betäubt geschehen.

»Doch welchen Reiz enthüllt das Licht des Tages?«

Ihre Brust hob und senkte sich. Dann wand sie sich aus seinem Griff.

»Weiß nicht…«, flüsterte sie befangen.

Wallerschenk legte den Kopf schief und betrachtete sie. Unglaublich – dieses reizvolle Wesen sollte die Tochter des vierschrötigen und schiefzahnigen Wirts sein? Diese sehnsuchtsvollen Augen, diese makellose Jugend! Wie alt mochte sie sein? Achtzehn, neunzehn? Wie würde sie erst aussehen ohne dieses hässliche Kopftuch, ohne Schürze und unförmigen Rock?

»Sie weiß es nicht…« Wallerschenk legte einen milden Tadel in seine Stimme. »Dann – kennt Sie wenigstens das Gedicht von jener Rose, die im Verborgnen blüht?«

Uralte Kamelle, schalt er sich. Bei den Damen des Ensembles konnte er damit schon lange nicht mehr landen.

»Warum…«, hauchte das Mädchen. Ihre Lider flackerten.

Wallerschenk schmunzelte.

»Warum! Oh, Mädchen! Schönes Kind! – Weil Sie ihr ähnelt!«

Sephas Finger bewegten sich, als suchten sie irgendwo Halt.

»Gehens, gnä' Herr…«, sagte sie verschämt.

»So lächle Sie doch«, sagte Wallerschenk mit warmer Stimme. »Oder ist es nicht erlaubt, die reine Wahrheit zu sagen?«

Ihre Augen schimmerten voller Seligkeit, und ihr Blick wanderte benommen über Wallerschenks Gesicht. Dann, wie vom Blitz getroffen, stürzte sie auf die Knie und wühlte hastig in ihrem Korb. »Ich muss… der Vater…« Sie machte eine hastige Kopfbewegung.

Wallerschenk runzelte ärgerlich die Stirn. Dann sah er hinter sich. Im Tor des Wirtschaftshofes stand Kolber. Er musste sie schon eine ganze Weile beobachtet haben.

9

Langsam wälzte sich Vesters Bewusstsein aus bleiernem Schlaf. Mit leisem Ächzen stemmte er sich von seiner Pritsche ab. Er stützte sich auf seine Ellbogen und blinzelte seine verklebten Lider frei. Der Schleier vor seinen Augen löste sich. Es musste bereits heller Vormittag sein; durch das rauchtrübe Fensterglas fiel ein bierfarbenes Lichttrapez auf die schmutzigen Bohlen. Fliegen summten träge durch die staubflirrende Luft. Von außen drang das Plätschern des Quellbrunnens in die Kammer.

Mit einem Schlag war Vester hellwach. Er riss Mund und Augen auf, sein Herz schlug wie ein Hammerwerk, in seinen Ohren begann es zu rauschen. Mit einem Fluch schleuderte er die Decke von sich. Sein Blick ruckte panisch im Halbdunkel umher. Dann sank er mit einem Seufzer zusammen. Die Bündel der Männer lagen noch auf ihrem Platz.

Die Erinnerung kam zurück: Gestern Abend hatten sie verabredet, den zerstörten Stollen noch einmal zu inspizieren. Aber wieso hatten sie ihn nicht geweckt? Vester war zornig. Er verzichtete auf Schonung, er war kein Krüppel. Er war noch immer der Steiger!

Er zurrte seinen Hosenstrick fester, humpelte nach draußen und spritzte sich kaltes Wasser ins Gesicht. Dann richtete er sich auf und streckte sich. Sein Magen knurrte vernehmlich. In der Anrichte neben der Feuerstelle fand er ein Stück trockenes Brot; Krister musste es ihm übriggelassen haben. Gedankenverloren kaute er daran. Er wollte gerade nach seiner Jacke greifen, als er Schritte auf dem Geröll vor der Hütte hörte.

»Wir wollten dich schlafen lassen«, erklärte Silvan.

»Habs gespannt«, knurrte Vester.

»Ein Steiger nutzt uns nit, wenn er nit wieder ganz auf der Höh ist«, sagte Tamerl.

»Ich bin auf der Höh.«

»Du horchst mir nit zu, Vester. Hab gesagt: *Ganz* auf der Höh!«

»Jaja«, brummte der Steiger. »Hättets mich trotzdem wecken können. Meint ihr nit, dass ich auch wissen muss, was da drinnen los ist?«

Er stand auf und schlüpfte in seine Jacke.

»Brauchst nit nochmal schauen. Wir haben auch noch Augen im Kopf drin«, sagte Jagge ärgerlich. Die anderen nickten.

»Aber ich muss wissen, ob –«

Severin sah auf. »Dann horch zu, Vester. Das Gute zuerst: Es ist weniger hin, als wir befürchtet haben. Bis zur neuen Zech kommt eins noch gut durch, da steht noch alles.«

»Wenn eins vom Wasser absieht, das bis an die Waden geht«, ergänzte Jagge. Er wirkte mutlos.

»Weiter?«

»Es geht dann noch gute hundert Fuß weiter. Bis zum Ort aber kommst du nit mehr. Auf eine Läng von guten sechzig Fuß ist der Bau beim Teufel. Auf Deutsch: Die ganze Streck, die uns in den letzten Wochen halbwegs was eingebracht hat, ist eingebrochen. Und die Brüh steht dir schon vorher bis zur Brust.«

»Der Bub muss einen Wasserlauf angeschlagen haben.« Silvan wandte sich zu Krister und grinste. »Der sollt doch besser als Brunnenbauer arbeiten.«

Der Junge lächelte angestrengt.

»Einen Wasserlauf kann eins ableiten«, sagte Vester.

»Aber nicht, wenns ein halber Fluss ist«, gab Tamerl zurück. »Dazu bräuchts einen Durchschlag zum vorderen Wasserstollen. Das hätten wir uns aber überlegen müssen, wie der Gang noch trocken gewesen ist.« Er hob die Hand, um einen Einwand Vesters abzuwehren. »Und mit Pumpen brauchst du erst gar nit anfangen. Das Wasser kommt zu stark nach. Im Moment wenigstens.«

»Wir sind nit die Einzigen«, beharrte Vester. »Die vom Nonnerboden drüben haben auch Wasser.«

»Richtig«, bemerkte Jagge. »Und als Dreingab die Gicht.« Er stützte die Hände auf seine Knie, stand auf und ging mit schweren Schritten in die Knappenstube. Tamerl griff in seine Schürzentasche und holte Pfeife und Tabaksbeutel heraus.

»Also«, begann Severin wieder. »Du musst nimmer selber schauen, Vester.«

»Wirst mir überlassen«, sagte Vester mürrisch.

Tamerl unterbrach das Stopfen der Pfeife. »Für blöd hältst uns aber nit?«, knurrte er.

»Ich halt euch nit für blöd. Aber ich muss wissen, ob wir –«

»Jetzt hör endlich auf«, brauste Severin auf. »Meinst, dass wir nit auch den toten Gang drüber angeschaut hätten?«

»Ja – und? Ist er noch ganz?«

»Ja! Aber da willst du wieder anschlagen?! Bist noch ganz gesund?«

»Er geht in die gleiche Richtung wie der Ort drunter«, gab Tamerl zu bedenken. »Von der Verwerfung ist aber weit und breit nichts zu sehen.«

Vester nickte stumm.

»Hm…«, machte Severin. »Denkst du vielleicht an einen Durchstich zur Alten Zech? Dass wir nit jedesmal erst baden müssen, bis wir zum Ort kommen?«

»Woll«, nickte Vester. »Genau dran denk ich.«

»Das heißt noch zwei, drei Wochen Hauerei, bis wir halbwegs wieder was abliefern können«, rechnete Tamerl laut. »Wie lang wirds Wetter noch halten? Im letzten Jahr hats auf Kirchweih schon Schnee gehabt.«

»Das wären noch gute sechs Wochen«, warf Krister lebhaft ein.

Tamerl sah ihn über die Schulter an. »Die Spatzen halten jetzt einmal den Schnabel.« Er drehte sich wieder zu Vester. »Aber auch dafür wirds nit ohne Stempenholz gehen.«

»Da hast jetzt einmal Recht«, sagte der Steiger. »Ohne das wirds nit abgehen.«

»Ja, aber –«

Jagge war in die Türöffnung getreten. Er legte sein Reisebündel auf die Bank, lehnte seinen Bergstock an die Wand und knöpfte seine Joppe zu.

»Was tust, Jagge?«, sagte Vester ungläubig.

»Seit wann bist blind?«

»Red!«

»Aber... Jagge...?«, stammelte Krister.

»Was werd ich tun. Ich geh mir eine andere Heimat suchen.«

»Ah! Und wo findst die?«

»Woll. Wo ich was zu fressen hab, Vester. Da ist die.«

Silva sprang auf.

»Es ist noch was im Berg drin, Jagge!«, rief er. »Es gehört uns!«

»Woll«, sagte Jagge. Seine Stimme klang brüchig. »Dann holst dirs, Silva.«

Er wich den Blicken der Männer aus, schob seine Hacke in den Hosengürtel und griff nach seinem Stock. Dann warf er sein Reisebündel über die Schultern und ging. Die Männer meinten, noch ein Schluchzen vernommen zu haben, bevor er unterhalb der Abraumhalde verschwand. Dann waren auch seine knirschenden Tritte verklungen.

»Ich ging auch«, seufzte Severin bedrückt. »Wann ich bloß wüsst, wohin.«

Vester spuckte aus.

»Was ist mit euch anderen? Keins hält euch.«

»Red nit blöd daher, Vester«, sagte Severin müde. »Sag lieber, was wir tun sollen.«

Tamerl nickte.

»Ja. Was sollen wir denn anstellen, Vester?«

»Ich werds euch zeigen«, sagte der Steiger.

10

Solange er nicht an seine missliche Lage dachte, fühlte sich Emanuel Schikaneder wohl. Die Pause tat ihm gut. Endlich hatte er wieder ein wenig Zeit, sich mit Ideen zu neuen Stücken zu beschäftigen. Die Entwürfe stapelten sich schon auf seinem Schreibtisch.

Es war vor allem sein Erlebnis am Jochenpass, das ihm nicht mehr aus dem Sinn gehen wollte. Existierte irgendwo bereits ein Stück, das das Leben der Bergknappen zum Thema hatte? Nein – Könige und Kaiser, Ritter und andere Adelige, noble Bürger, deren Geschichten gab es bis zum Überdruss – aber eine Geschichte über die geheimnisvolle Welt unter Tage? Er wäre der Erste!

Im Handumdrehen sah er bereits die ersten Bilder eines neuen Dramas vor seinem geistigen Auge: Eine Gruppe braver Bergmänner in wilder, entlegener Gegend… die alten Sagen um Zauberwesen im Berg, die verborgene Schätze hüteten… ein Stolleneinsturz mit Blitz, Donner und Feuer, als krache das ganze Theatergebäude gleich mit ein – gäbe das nicht einen großartigen, noch nie gesehenen Effekt?

Der Prinzipal war begeistert. Er lehnte sich auf seinem Stuhl zurück und sah zur Decke. Wie wäre dieser Einsturz technisch zu bewerkstelligen? Rauch, Explosion, Flammen und dergleichen waren für Theatermeister Millner kein Problem. Aber der Feuerschein war meist zu mickrig – ob er mit beweglichen Spiegeln noch verstärkt werden konnte? Und wie wären herabstürzende Felsquader zu markieren, ohne dass die Schauspieler zu Schaden kämen? Er müsste darüber so bald wie möglich mit Millner reden.

Aber natürlich war es mit diesen Bildern noch nicht getan. Die Menschen – was hatten sie dabei zu tun? Wie könnte ein Drama aussehen? Vielleicht so: Er nähme einen Bergknappen… einen hartherzigen Grubenbesitzer, kann durchaus noch einmal ein Adeliger sein… eine die Herzen rührende Liebhaberin… –

Schikaneder tunkte gerade seine Feder in das Tintenfass, als es klopfte.

Augenblicklich krampften seine Eingeweide. War es der Wirt?! Bei der Ankunft hatte ihm Schikaneder eine Anzahlung gegeben; der Rest sollte bei der Abreise beglichen werden. Damals war aber nur die Rede von zwei, höchstens drei Tagen gewesen. Wollte er jetzt die bisher aufgelaufenen Kosten eintreiben?

Aus dem Federkiel löste sich ein Tropfen und fiel auf die Tischplatte. Der Prinzipal hielt die Luft an.

Es klopfte wieder. Sehr zart. Schikaneder atmete aus. Nie würden die Pranken des Wirts derart schüchtern an die Tür schlagen.

»Entrez«, rief Schikaneder über die Schulter. Die Tür schwang zurück.

»Bitt den gnä' Herrn um Vergebung«, sagte Babett, und dabei knickste sie leicht. »Ists recht, wann ich schnell Menasch mach?«

Schikaneder nickte ihr zerstreut zu und wandte sich wieder dem Schreibtisch zu. Kaum hatte er die ersten Striche aufs Papier gebracht, bemerkte er, dass ihn etwas ablenkte. Aus den Augenwinkeln beobachtete er die Hausmagd, wie sie die Bettdecken aufschüttelte. Sie drehte ihm den Rücken zu.

Babetts Bewegungen waren leicht und mühelos. Er hörte Babetts gleichmäßigen Atem; sie arbeitete ruhig, konzentriert, sorgfältig. Er konnte seinen Blick nicht mehr von ihrer stolzen Nackenlinie lassen, von der Choreografie ihrer Rückenmuskulatur, der federnden Koordination von Handbewegungen, Hüftstellung und Schritten, dem Wippen der Fersen und dem Auf- und Ab des Rocksaumes über ihren milchweißen Waden. Dann und wann erhaschte er einen Blick auf ihr Profil. Warum war ihm die Schönheit dieses Mädchens nie zuvor aufgefallen?

»Haben der gnä' Herr gut geschlafen?«, fragte Babett über die Schulter, ihre Arbeit nicht unterbrechend.

»Wie ein Ross«, antwortete Schikaneder. »Herrlich.«

Sie nickte zufrieden.

»Ihre… der Aufenthalt in Ihrer schönen Heimat ist äußerst inspirierend, Madmoisell Babett.«

Sie warf ihm einen freundlich tadelnden Blick zu.

»Der gnä' Herr möchten mich tratzen, gelt? Mit so Wörter, wo ich net versteh.«

»Pardon!«, rief Schikaneder. »Tratzen? – Niemals!«

Sie winkte lächelnd ab.

»Aber es macht nichts. Was einen Taug hat, versteh ich schon. Und ums andere wirds net schad sein.«

»Inspirierend, das bedeutet anregend«, erklärte Schikaneder onkelhaft. Er machte einen Schritt auf sie zu, nahm ihr den Flederwisch ab und ergriff ihre Hände. Er fühlte die Wärme ihres Körpers.

»Sie ist ein hübsches Kind, Madmoisell Babett.«

Sie bedachte ihn mit einem amüsierten Blick und machte sich frei.

»Weiß ich. Dass es Gräuslichere gibt wie mich.«

Sie fuhr fort, die Kommode abzuwischen.

»Und sie ist so wunderbar bescheiden«, setzte Schikaneder nach.

Ihr Rocksaum streifte sein Schienbein, als sie sich zu ihm drehte. Sie legte die Hände auf ihre Hüften, warf den Kopf zurück und sah ihn von unten an. Ein Lächeln spielte um ihre Lippen.

Schikaneder verstand. Er kannte dieses Lächeln. Es war das Lächeln gebundener Frauen. Seine Botschaft war: Du könntest mir gefallen, mein Lieber. Aber unglücklicherweise bin ich bereits glücklich.

Charmant lenkte er ein: »Pardon. Es ist die Natur. Man ist nur Opfer.«

Sie musste lachen. So sah er aus.

»Der gnä' Herr brauchen mich net um einen Pardon zu fragen.«

»Aber ich wollte Sie keinesfalls insultieren!«, beteuerte er.

Sie kniete sich vor das Bett, fischte das Potchambre hervor, warf einen Blick hinein und ging zum Fenster.

»Und schon wieder tratzt er mich.«

»Ich – ich wollte Sie nicht beleidigen, meinte ich.«

Sie kippte die Brühe aus dem Fenster.

»Aber das tun der gnä' Herr doch gar net«, sagte sie heiter. »Bin ich dumm, dass ich sowas net auch gern hör? Sagens der gnä' Herr, so oft er mag. Ich halts gut aus. Es mag ein jedes Mädl, wanns begehrt wird, ihr aber die Freiheit gelassen wird, ja zum sagen oder nein.«

Schikaneder holte tief Luft. Das Mädchen gefiel ihm immer besser. Er musste die Strategie wechseln.

»Madmoisell!«, rief er leidend, »Sie will mich martern!«

Sie schien Erfahrung zu haben, denn auch diesen Trick parierte sie mühelos.

»Na, hörens, gnä' Herr!«, protestierte sie belustigt. »Hab jetzt *ich* angefangen mit dem schönen Reden?«

»Aber das ist doch bestimmt nichts Seltenes für Sie! Jeden Tag wird Sie es doch zu hören kriegen!«

Sie senkte die Lider. Mit der Handkante kerbte sie die Kissen.

»Das wär schön«, meinte sie. Sie wirkte plötzlich verschlossen.

»Sie hat bestimmt schon einen Hochzeiter, ders Ihr zehnmal am Tag sagt«, sagte Schikaneder.

Sie erwiderte sein Lächeln nicht mehr.

»Gnä' Herr, sinds mir net bös –«

»Schon gut.«

Trauer verschattete ihre Augen. Schweigend beendete sie ihre Arbeit. Achselzuckend wandte er sich ab und ging zum Schreibtisch.

»Weil Sie aber grad da ist, Madmoisell Babett –«, er hielt ihr den Brief entgegen. »Dürft ich Sie bitten, diesen Brief ins Schloss des Herrn Baron von Playen expedieren – Pardon – schicken zu lassen?«

Sie hatte bereits die Türklinke in der Hand gehabt. Stumm nahm sie das Kuvert entgegen, warf einen ausdruckslosen Blick auf die Anschrift, knickste leicht und verließ mit kaum hörbarem Gruß die Kammer.

11

Der Herbst war unmerklich näher gerückt. Noch sorgte die Sonne im Tal für milde Wärme. Doch kaum war sie hinter den Vorgebirgen im Westen versunken, kühlte die Luft rasch ab. Schon waren an manchen Morgen Felder, Wald und Dächer mit glitzerndem Reif überzuckert, und der Nebel über dem Flusstal löste sich erst in den späten Vormittagsstunden auf.

Von den Geldsorgen des Prinzipals bekam das Ensemble in diesen Tagen nichts mit. Überzeugend gab Schikaneder den Gelassenen. Auf Nachfragen, warum man nicht weiterreise, lieferte er plausible Erklärungen. Alles befände sich im Rahmen seiner Planung, kleine Verzögerungen seien nun mal das Los einer freien Truppe. Er rate, die Zeit dazu zu benutzen, Textunsicherheiten auszumerzen, zu proben und ansonsten Kraft für die kommende Spielsaison zu schöpfen. Sei das Wetter dazu nicht wie geschaffen? Jeder Tag sonnendurchtränkt, eine gesunde, berauschend frische Luft – in Salzburg erwarte sie bestimmt wieder Schnürlregen.

Wurde anfangs noch die Nase über diese oder jene Unzulänglichkeit der Unterkunft gerümpft, so schien das Ensemble den unfreiwilligen Aufenthalt von Tag zu Tag mehr zu genießen. Nachdem die vom Prinzipal angesetzten Proben absolviert waren, lockte der schattige Obstgarten. Die Landschaft um das Dorf lud zum Promenieren ein, einige folgten dieser Einladung verdächtig häufig. Der Prinzipal sah sich daher ein weiteres Mal veranlasst, seiner Compagnie eine strenge Mahnung zu erteilen:

Jede Handlung, die das Missfallen der Bevölkerung hervorrufen könnte, etwa das – hier fixierte Schikaneder nicht zufällig zwei heftig errötende Mitglieder des Ensembles – Baden in allzu spärlicher Bekleidung und dergleichen, sei zu unterlassen. Widrigenfalls scheue er nicht vor der Strafe einer empfindlichen Gagenminderung zurück. Desgleichen sollte der sonntägliche Kirchgang nicht vergessen werden; man hätte hier eine ausgezeichnete Gelegenheit, die einfache Bevölkerung von der Seriosität der Künstler zu überzeugen.

Dennoch schlich sich langsam ein Schlendrian ein. Proben fielen aus, man verplauderte sich, trank Kaffee und Wein. Die Herren schmauchten Pfeife, spielten Piquet und Ombre, die Damen aalten sich faul in der Sonne. Sogar der griesgrämige Wallerschenk war hin und wieder zu einem aufgeräumten Späßchen zu bewegen. Meist jedoch zog er sich unter dem Vorwand zurück, sich auf seinen Laertes vorbereiten zu müssen. Wenn er sich wieder einmal mit dieser Erklärung verabschiedete, konnten sich einige ein Grinsen nicht verkneifen. Geeignete Anspielpartner habe er doch, oder? Eine Ophelia im Besonderen?

Noch immer ließ es auch der Wirt an nichts fehlen. Die aufgetischten Mahlzeiten begannen sich zwar zu wiederholen, Kalbfleisch wurde seltener, dafür gab es jetzt häufiger Fisch. Die alte Sali jedoch verstand ihr Handwerk, und der gute Appetit der Komödi-Leute beflügelte sie. Sie bereitete die Fische gesotten, gebraten und gebacken zu, variierte die Beilagen, servierte die Kartoffeln einmal gekocht, ein andermal geraspelt oder gestampft, untermischte den Weißkohl mit Speck, dann wieder mit angebräunten Steinpilzen. Zu den Mehlspeisen zauberte sie ein köstliches Apfelkompott, an Sonntagen tischte sie gar Erdbeermus auf.

Die Abendmahlzeiten gingen jedes Mal in ein ausgelassenes Fest über. Die Musiker packten ihre Instrumente aus, und bald jagte alles in ausgelassener Quadrille oder im Contredanse durch das Salett. Lieder ertönten, Dramen wurden parodiert, die Spielweise einzelner Ensemblemitglieder bespöttelt. Einmal hatte sich der schüchterne Lehrer der Dorfschule dazugesellt, seine Geige ausgepackt und begeistert mitmusiziert. Am nächsten Tag jedoch war er den Schauspielern mit merkwürdig betretenem Lächeln ausgewichen. Der daraufhin befragte Kolber deutete an, dass es der Herr Richter wohl nicht gerne sähe, dass sein Lehrer in – äh, äh – diesen Kreisen verkehre. Eine ähnlich scheue Distanz pflegten auch die anderen Dörfler. Keiner hatte bisher erkennen lassen, dass ihn die lauten nächtlichen Vergnügungen störten, obwohl ihnen selbst jegliches Tanzvergnügen – von wenigen Tagen abgesehen – streng verboten war. Mit anderen Gästen gab es ebenfalls wenig Probleme. Der Wirt hatte der Schikanederischen Gesellschaft in weiser Voraussicht das geräumige Salett zugewiesen. Die Einheimischen hielten sich seit je in der alten Wirtsstube auf, doch auch sie war an den Wochentagen meist gähnend leer.

So war es auch in der vergangenen Nacht wieder sehr spät geworden. Eine kleine Abwechslung hatte es gegeben: Am Nachmittag hatte sich ein junger Reisender eingefunden. Zwar war er etwas schäbig gekleidet, doch er verfügte über gewandte Manieren und einen reichen Vorrat an unterhaltsamen Geschichten. Nachdem er in der Wirtsstube gespeist, und die Köchin in den höchsten Tönen gelobt hatte, war er gerne der Einladung der Komödianten gefolgt. Ausgelassen sang, lachte und tanzte er mit, bis auch die Letzten auf ihre Lager fielen.

Der Weinkeller des Wirts schien unerschöpflich. Er enthielt nicht gerade die Krone der Kelterkunst; der Wein war eher gewöhnungsbedürftig erdig, aber dafür süffig – zu süffig für manche. Auch für den Prinzipal.

Emanuel Schikaneder erwachte deshalb an diesem Morgen spät. Und er hätte noch weiter geschlafen, hätte ihn nicht ein ungewohnter Lärm auf dem Dorfplatz geweckt. Er wälzte sich aus dem Bett, blieb eine Weile auf der Bettkante sitzen und ließ das taube Summen in seinen Adern abklingen. Er rieb sich die Augen, streckte sich, wankte zum Fenster und öffnete es. Obwohl der Himmel noch vom Morgennebel verschleiert war, blendete ihn das Tageslicht. Er schloss die Augen. Ein frischer Wind kühlte sein Gesicht.

Er sah nach unten. Was war es, das ihn aufgeweckt hatte? Oder hatte er das laute Geschrei vor dem Fenster nur geträumt?

Er blinzelte. Niemand war auf dem Platz.

Er lehnte sich aus dem Fenster und sah zur Seite. Vor dem Richterhaus stand ein offener Einspänner. Neben dem Pferd zwirbelte ein Soldat gelangweilt an seinem Schnauzbart. Das Tor des Richterhauses war verschlossen.

Er rieb sich den Nacken. Er war einer Einbildung erlegen. Der verfluchte Wein…

»Gutmorgen, Schani«, hörte er eine schlaftrunkene Stimme in seinem Rücken.

»Dein Gatte heißt Emanuel!«, brummte er, ohne sich umzudrehen.

»Ist mir zu lang… so früh am Tag… komm her zu mir«, säuselte Eleonore.

Schikaneder antwortete nicht mehr. Das Tor des Richterhauses schwang zurück. Ein zweiter Soldat trat ins Freie. An einer Kette führte er den jungen Reisenden, der mit ihnen in der vergangenen Nacht so vergnügt gefeiert hatte, nun aber gar nicht mehr fröhlich wirkte. Mit hängendem Kopf stolperte er hinter seinem Bewacher her.

Hinter ihm erschien der Wirt. Sein Gesicht war feuerrot.

»Fressen und Saufen bei mir, und dann abhauen wollen!«, brüllte er. »Aber nicht beim Kolber! Du Malefizer, du elendiger!«

Er trat ihm in den Rücken, setzte nach und prügelte mit den Fäusten auf ihn ein.

»Und dann tut er noch wie ein Studierter! Wie ein weiß was Nobler! Ha! Das sind mir die Rechten! Die sind die größten Lumpen!«

Vergeblich versuchte der junge Mann, den Tritten und Schlägen des Wirts auszuweichen. Er geriet ins Torkeln. Der Soldat machte keine Anstalten, den Wirt in seine Schranken zu weisen. Mit einem Ruck riss er den jungen Mann vorwärts.

»Du gehörst aufgehängt, du Lumpenhund!«, kreischte der Kolber.

Der Soldat zerrte den Delinquenten auf den Wagen und nahm neben ihm Platz. Dann gab er den Befehl zur Abfahrt.

»Halunk! Spitzbub!«, brüllte der Kolber hinterher. Er reckte noch einmal drohend die Faust. Dann stapfte er in das Gasthaus zurück. Das Tor fiel krachend ins Schloss.

Schikaneder schloss hastig das Fenster. Seine Hände zitterten.

Eleonore hob träge den Kopf aus dem Kissen. Ihre halbgeöffneten Augen schimmerten.

»So komm doch«, lockte sie.

»Jetzt nicht«, sagte Schikaneder. Seine Kehle war eng geworden. Er räusperte sich und fügte geschmerzt hinzu: »Der Wein gestern... irgendwas war mit dem nicht in Ordnung.«

Eleonore war mit einem Mal hellwach. Forschend sah sie ihn an.

»Du lügst«, sagte sie. »Was ist da draußen los gewesen?«

»Nichts, was uns was angeht.«

»Also gehts uns was an. Heraus damit.«

Flucht, dachte Schikaneder. Flucht, auf der Stelle.

12

Aus der Küche war bereits das Klappern der emsigen Sali zu hören, als Babett zwei Briefe brachte. Der erste trug das Siegel des Salzburger Hofrates: Herr Schikaneder möge versichert sein, dass sein Begehren *in Prozess* sei, er möge sich gedulden. Weitere dringliche Briefe seien weder vonnöten noch dienlich.

Der zweite war nicht wesentlich länger: Freiherr Viktor von Playen würde es sich als außerordentliche Ehre zurechnen, wenn er *Monsieur le directeur* baldmöglichst als Gast auf Schloss Playen begrüßen dürfe. Wenn es der Zeitplan von *Monsieur le directeur* erlaube, schon heute. Der Wirt ließ nicht erkennen, ob ihn der Name des Barons, wie auch die Tatsache, dass Schikaneder auf das Schloss eingeladen war, besonders beeindruckt hatte. Er wirkte vielmehr ein wenig reserviert, besann sich aber schließlich doch auf seine Gastgeberpflicht und stellte seinen Einspänner zur Verfügung. Sein Knecht Gidi würde den Weg kennen. Für die Heimfahrt würde gewiss der Herr Baron sorgen.

Schon auf der Schwelle stehend, erkundigte sich Schikaneder in beiläufigem Ton nach den Neuigkeiten. Er hätte heute Morgen den Eindruck gewonnen, als hätte der Wirt Ärger gehabt. Kolber winkte ab. Ein kleiner Betrüger, nichts weiter. Das passiere hin und wieder. Trotzdem sei er nicht gewillt, diese Dinge hinzunehmen, wo käme man da hin. Dem Spitzbuben würde vor dem Landgericht der Prozess gemacht. Glücklicherweise sei der Herr Landrichter jemand, gegen den der hiesige Bergrichter geradezu gütig zu nennen sei. Würde dem Angeklagten nachzuweisen sein, schon mehrere dieser Betrügereien auf dem Kerbholz zu haben, so warte der Strick auf ihn. Erst vor guten zwei Monaten sei ein Betrüger aus Ötting, dem auch noch Bigamie vorgeworfen wurde, öffentlich gehenkt worden. Er, der Kolber, habe sich die Sache interessehalber auch angesehen. Wie jedesmal sei es ein beeindruckendes Schauspiel gewesen. Der Verurteilte jedoch habe sich sehr unwürdig benommen und den ganzen Weg zum Schafott um Gnade gewinselt.

Schikaneder hatte es plötzlich eilig. Er müsse sich noch umziehen. Die Abende würden bereits empfindlich kühl werden.

Während der Fahrt zum Schloss war der Hausknecht Gidi zunächst noch zurückhaltend. Erst nach einer Weile taute er ein wenig auf. Nein, über den Herrn Baron könne er nicht viel erzählen. Dieser ließe sich so gut wie nie im Ort sehen. Ob er sich zu nobel dafür sei, wisse er nicht, hohe Herren seien vermutlich nun einmal so. Die Bediensteten des Herrn Baron kenne er ebensowenig, sie kämen sämtlich von außerhalb. Gelegentlich nähme er hiesige Handwerkerdienste in Anspruch, aber auch diese Kontakte wickle ein Angestellter ab. Man erzähle sich, dass die Familie vor Generationen sehr einflussreich gewesen war, sich irgendein Vorfahr des heutigen Barons aber wohl einmal mit der Obrigkeit angelegt oder mit der Lutherei geliebäugelt hatte, was die Familie nahezu ruiniert habe. Vom Schmied, der vor einigen Jahren die Dachtraufen des Schlosses erneuert hatte, wisse er jedoch, dass immer noch ausreichend Geld für einen herrschaftlichen Haushalt zur Verfügung stehe. Der Herr Baron bezahle seine Dienste jedenfalls stets prompt. Hin und wieder würden wohl Feste gegeben, zu denen Besucher von weither anreisten.

Die Kutsche folgte der in leichter Neigung ansteigenden Straße zum Jochenpass, bog am Ende des Tales jedoch ins südliche Oberland ab, querte mehrere Hochrodungen und tauchte schließlich in den Hochwald ein. Nach einigen Windungen erreichten sie eine kleine Anhöhe gegenüber des Schlosses, rollten die Senke hinab und kamen vor dem Tor zu stehen. Schikaneder sprang ab und reichte Gidi ein Trinkgeld, das dieser ohne Zögern einsteckte. Dann wendete er die Kutsche und fuhr ins Dorf zurück.

Das Playen-Schloss mochte im Mittelalter eine eher kleine, doch einigermaßen wehrhafte Anlage gewesen sein, vermutlich zu dem Zweck errichtet, den alten Pass zu bewachen. Einer der früheren Besitzer musste es später zum ländlichen Schloss umgestaltet haben. Verspielte Seitentürmchen machten aus dem ehemals gedrungenen Stock einen heiter anmutenden Landsitz, und aus der talwärts gerichteten Gebäudefront buchtete sich ein schmaler Erker über dem Portal. Ein imposantes Walmdach aus wettergrauen Holzschindeln krönte das Gebäude. Der Verputz mochte irgendwann einmal kalkgelb gewesen sein, jetzt ließ er an mehreren Stellen bereits rohes Mauerwerk sehen, von wucherndem Efeu gnädig überdeckt.

Das Schloss schien wie ausgestorben, nur von irgendwoher wehten die Töne eines Klaviers. Auf sein Klopfen öffnete eine junge Bedienstete. Sie führte ihn in einen holzvertäfelten Raum.

Baron Victor von Playen war ein zierlicher Mann mit wachen Augen. Unauffällig humpelnd und leicht gebückt, aber mit lebhaften Schritten und ausgebreiteten Armen eilte er auf Schikaneder zu. Der Prinzipal verneigte sich und nannte seinen Namen. Als er seinen Beruf hinzufügen wollte, winkte der Baron ab.

»Monsieur le directeur belieben einen Scherz zu machen!«, sagte er mit gespielter Entrüstung. »Wer Sie nicht kennen würde! Nürnberg! – Götz von Berlichingen! – Sein Hamlet! Lassen Sie sich von der Waldeinsamkeit hier heroben nicht täuschen. Man ist den Dingen der Welt oft näher, wenn man sich ein wenig von ihnen zurückzieht. Glauben Sie mir! Dennoch freue ich mich außerordentlich über Ihren Besuch.«

Er wies auf eine Sitzgruppe am Fenster und ging voraus.

»Am meisten hat mich jedoch Ihre ›Minna von Barnhelm‹ beeindruckt, Monsieur le directeur! – Bitte nehmen Sie doch Platz!«

Der Baron klatschte in die Hände. Ein Dienstmädchen in frischgestärkter Schürze trat ein. Es knickste leicht.

»Zu Diensten?«

Der Baron wandte sich an Schikaneder.

»Sie akkompagnieren mich doch bei einem Gläschen Porto, Monsieur?«

Schikaneder nickte. Das Mädchen streifte ihn mit einem freimütig neugierigen Blick, knickste wieder und drehte sich zur Tür.

»Ach, und«, rief ihr von Playen nach, »und melden Sie unserem Gast, dass Monsieur Schikaneder eingetroffen ist!«

Der Baron bemerkte Schikaneders fragenden Blick. »Der Sohn eines guten Freundes, und wie sein Vater ein äußerst bemerkenswerter, noch dazu liebenswürdiger und talentvoller Mensch«, erklärte er, während sie sich setzten. »Er kommt gerade aus München. Er wollte hier noch einmal Station machen, bevor er sich morgen wieder unter die Fittiche der strengen Salzburger Herrschaft begeben muss.«

»Ich verstehe«, sagte Schikaneder höflich.

Viktor von Playen legte die Fingerspitzen aneinander.

»Wo waren wir eben? – Ahja! ›Minna von Barnhelm‹! Ein außergewöhnliches Stück! Ein freier Geist, dieser Lessing, nicht wahr? Ein klingenscharfer Vernünftler und großer Humanist!«

»Wer würde hier zu widersprechen wagen«, pflichtete ihm Schikaneder bei.

»Aus jeder Zeile leuchten die Ideen Rousseaus, nicht wahr? Und abgesehen davon, dass Sie, Monsieur le directeur, als Tellheim großartig waren, beglückwünsche ich Sie zur Ihrem Mut.«

»Das ehrt mich.« Schikaneder lächelte geschmeichelt. »Aber – Mut, Euer Hochwohlgeboren? Welcher Direkteur nicht erkennt, welches –«

»Bitte, Monsieur!«, unterbrach der Baron. »Wenn es Ihnen irgend möglich ist – bitte nicht ›Euer Hochwohlgeboren‹! Es würde mich ausgesprochen beglücken, wenn Sie auf diese alten Zöpfe verzichteten!«

»Pardon!«

»Jemand wie ich ist schließlich nicht gnadenvoller als jeder andere Mensch!« Von Playen lächelte verbindlich. »Aber jetzt ist es an mir, Sie um Pardon zu bitten. Ich hatte Sie unterbrochen. Bitte fahren Sie fort.«

Schikaneder räusperte sich.

»Nun, ich, eh, wollte lediglich sagen: Ein Direkteur, welcher nicht augenblicklich zugreift, wenn ihm ein derartiges Stück unter die Augen kommt, sollte seinen Beruf wechseln.«

»Wie wahr, Monsieur! Wie wahr! Sie sprechen mir aus der Seele, Monsieur.«

Das Mädchen stellte zwei Gläser auf das Tischchen vor ihnen.

»À votre santé, Monsieur le Baron, Monsieur Schikaneder.«

Von Playen bedachte sie mit einem zufriedenen Blick.

»Merci, ma fille.«

Sie lächelte ihm zu, knickste und ging. Der Baron hob das Glas.

»À la votre, Monsieur!«

Vergeblich kramte Schikaneder in seinem Gedächtnis nach der korrekten Antwort. Er hüstelte und hob das Glas. Der Baron nippte genießerisch und stellte das Glas ab.

»Und doch gibt es in Ihrer Zunft einige, die davor zurückzuschrecken scheinen. Erkundigt man sich aber nach den Gründen, so erhält man Antworten, die auf nichts als billige Ängstlichkeit schließen lassen. Ich frage mich nur, wie die Menschheit voranschreiten soll, wenn sich so davor gescheut wird, einen beherzten Schritt nach vorne zu tun? Haben Sie eine Antwort darauf, Monsieur?«

Schikaneder schüttelte den Kopf.

»Ich weiß nur, wieso es mich nicht gerade leidenschaftlich danach drängt, in die Dienste des Hofs zu treten.«

Der Baron nickte anerkennend.

»Sie tun recht daran. Wenngleich ich mir gut vorstellen kann, dass Sie – als freier Unternehmer – durchaus Ihren Preis dafür zu zahlen haben. Fällt ein Direkteur des Hoftheaters eine falsche Entscheidung, ist seine Gage noch immer gesichert. Unterläuft es Ihnen, hat es fatale Folgen. Habe ich Recht damit, Monsieur?«

Schikaneder seufzte tiefer, als er wollte. Noch war es zu früh, sein Anliegen auf den Tisch zu legen. Er setzte ein überlegenes Lächeln auf.

»Audaces fortuna iuvat –«

»– timidosque repellit!«, vollendete der Baron mit leuchtenden Augen. »So ist es. Das Glück belohnt die Mutigen, straft die Zaudernden.«

Danke, Wallerschenk, dachte Schikaneder. So ist deine Lateinprotzerei doch noch zu etwas nütze. Fatal wäre nur, wenn der Baron jetzt auf Latein weiter parlieren wollte –

»Ihr Besuch beglückt mich außerordentlich, Monsieur Schikaneder. Ich sage es noch einmal. Wie bedaure ich, nicht öfters Gelegenheit zu haben, Ihre Kunst zu bewundern. Leider lässt meine Gesundheit keine längeren Reisen mehr zu. Um der Wahrheit die Ehre zu geben, auch keine kürzeren mehr.« Bevor Schikaneder etwas antworten konnte, hob er abwehrend die Hand. »Bitte, Monsieur! Kein Bedauern! Dinge, die des Lebens Lauf sind, sind mit Demut hinzunehmen. Wenn wir anerkennen, Teil der Natur zu sein, haben wir auch zu akzeptieren, dass wir ihren Gesetzen unterliegen. Diese Einsicht stimmt mich mehr als gelassen. Sie sehen mich als zufriedenen Menschen, was das betrifft. Was andere Dinge in dieser unserer Welt betrifft, so mag sich diese Gelassenheit immer weniger einstellen.«

Schikaneder nickte nachdenklich. Er hatte längst eine Idee. Allerdings durfte nicht *er* sie vorschlagen.

»Wie lange werden Sie hier im Ort bleiben, Monsieur Schikaneder?«

»Nur noch wenige Tage.«

»Schade, dass man mich nicht früher von Ihrem Aufenthalt in Kenntnis gesetzt hat! Ich wage ja kaum zu fragen, Monsieur le directeur, ob Sie nicht an einem der nächsten Tage –«

Ja!, dachte Schikaneder. Heraus damit!

Die Türe hatte sich geöffnet. Ein kleiner, schlanker Mann in legerer Reitkleidung trat ein. Er strahlte über das ganze Gesicht.

»Haha! Das is kurios!«, rief Mozart.

Schikaneder schluckte unwillkürlich. Dieser unmögliche Kerl hier?! Dieser Rüpel, der vor einigen Wochen bei einer Vorstellung in Augsburg aufgetaucht war und sie mit seinem unbeherrschten Gegacker gestört hatte? Glücklicherweise hatte es sich nicht ergeben, dass sie anschließend einander vorgestellt wurden; man hätte ihn wahrscheinlich festhalten müssen, um diesem Flegel nicht an die Gurgel zu gehen. Damals hatte er ihm beinahe eine Vorstellung vermasselt, und jetzt musste er gerade in dem Moment seine Visage präsentieren, als der Baron im Begriff war, die rettende Idee auszusprechen! Ein Albtraum!

»Kurios, ja«, musste Schikaneder zugeben.

Mozart ergriff seine Hand und schüttelte sie überschwänglich.

»Mon très cher Monsieur Schikaneder! – Also, das ist mir ein Plaisir!«

Schikaneder zwang sich zu einem Lächeln. Mozart wollte seine Hand nicht loslassen.

»Mein aufrichtiges Compliment, Monsieur Schikaneder! Schon ewig und drei Tag wollt ich Sie kennen lernen!«

Von Playen war aufgestanden und sah zwischen den beiden Männern hin und her.

»Aha?«, sagte er erfreut. »Man weiß voneinander?«

»Wer – eh – würde Herrn Mozart nicht kennen«, sagte Schikaneder steif.

Mozart wandte sich lachend an den Baron und wies mit dem Daumen auf Schikaneder.

»Er ist das fröhlichste Sauviech auf der Bühn, das ich je gesehn hab!«

Der Baron gluckste vergnügt.

»Schluss mit den Compliments, meine Herren!«, rief er. »So nehmen Sie doch Platz, Monsieur Mozart.«

»Wenn Sie es mir nicht übelnehmen, meine Herren, ich stink immer gleich wie ein alter Bock, wenn ich bloß eine Viertelstund auf dem Pferd sitz. Ich war aber fast zwei Stunden so unterwegs, also dünst ich jetzt nach meiner Addition wie acht alte Böck!

Drum bitt ich die Messieurs um Exküs, wann ich mich erst einmal wieder zivilisiert mach!« Er sah Schikaneder an. »Sie sind doch hoffentlich noch eine Weil hier zu Gast, Monsieur? Ja? – Machens mich nicht bös! Ich täts Ihnen tausend Jahr und länger nachtragen, das tätens nicht überleben!«

Der Baron bemerkte Schikaneders Zögern und nickte ihm aufmunternd zu.

»Sie leisten uns doch heute Abend Gesellschaft, Monsieur le directeur? Bitte machen Sie mich und Herrn Mozart nicht unglücklich! Außerdem ist die Küche längst dafür präpariert!«

Schikaneder verneigte sich.

»Mit größtem Vergnügen, Herr Baron.«

Von Playen rieb sich zufrieden die Hände.

»Wunderbar!«, rief er.

13

Auch Caselli war erst gegen drei Uhr früh auf seine Strohmatratze gesunken, alles andere als nüchtern. Die Schlafkammer hatte vor Wärme und Körperausdünstungen gedampft, Millner, Wallerschenk und der Hornist hatten ein unerträgliches Schnarchkonzert veranstaltet. Obwohl sterbensmüde, konnte er nicht einschlafen, und vage erinnerte er sich am nächsten Morgen, dass ihn noch eine Weile eigenartige Geräusche aus dem Gesindetrakt beschäftigt hatten. Später träumte er, dass er als Polonius auf der Bühne stand und seinen Text vergessen hatte. Wie gerädert war er aufgewacht.

Auch beim Frühstück ließ ihn eine merkwürdige Unruhe nicht los. Ein Spaziergang durch das Dorf brachte keine Abhilfe.

Was war los mit ihm? Am Wetter gab es nichts auszusetzen, der Prinzipal hatte zudem keine Probenorder hinterlassen. Woher kam seine Unrast? Die wenigen Dörfler, die er zu dieser Stunde traf, schienen ihm auszuweichen, als trüge er eine ansteckende Krankheit mit sich. Caselli erinnerte sich daran, dass gestern zwei der Tänzerinnen aus nichtigem Anlass in Streit geraten waren, und zuvor hatten sich die Musiker in den Haaren. Bahnte sich nun auch bei ihm ein Dorfkoller an?

Millner und Aloys hatten schließlich eine Partie Ombre vorgeschlagen.

Und jetzt schien dieser Bengel von Aloys schon wieder ein verdammt gutes Blatt gezogen zu haben. Da galt es, die eigene Lage hinter einer undurchsichtigen Miene zu verbergen. Doch wenn man dauernd mit einem laut grummelnden, rastlos auf- und abgehenden Kollegen konfrontiert war, war dies schwer. Caselli fauchte Wallerschenk an: »So hockens Ihnen endlich hin! Oder stierens woanders die Erd auf. Ist ja nimmer zum Aushalten!«

»Mit einer guten Karte wär man nicht so grantig«, bemerkte Aloys ungerührt. Er sah seine Mitspieler an: »Aufgeben?«

Caselli nickte resigniert und warf seine Karten auf den Tisch. Er drehte sich ärgerlich um.

»Sie sind schuld, Wallerschenk! Mit Ihrer nervösen Herumhupferei!«

»Ich? Daran schuld, dass Sie Ombre nicht beherrschen?«

»Ja! Dauernd laufens herum und schnauben wie ein altes Ross!«

»Ich werde wohl meine Gründe haben!« Wallerschenk wedelte mit einem Stapel loser Papierbögen. »Ich lese nämlich das neue Stück, an dem unser genialer Directeur gerade laboriert! Kein Wunder, dass die salzburgische Theaterkommission zögert, den Verantwortlichen für derartige Machwerke ins Land zu lassen!«

»Was für eines?«, wollte Millner wissen. Er griff nach der Weinkaraffe.

»›Das Regensburger Schiff‹«, las Wallerschenk angewidert ab.

»Aber Sie haben doch eine schöne Rollen drin?«, warf Caselli ein.

»Schön? Eine Figur aus Leder! Wenn überhaupt, dann künstlichstes Gefühl! Keinerlei Tiefe! Einen beschränkten Handwerker darf ich geben!«

»Und Sie meinen, es passt nicht auf Sie?«, hörte er hinter sich Demoisell Bichlers Stimme. Sie räkelte sich in ihrer Liege und ließ den giftigen Blick Wallerschenks an sich abperlen. Er drehte sich wieder aufgebracht zu seinen Kollegen.

»Was haben diese Bauern, diese Knechte, diese Schankwirte und was noch alles –, was hat dieses ganze Pöbelpersonal überhaupt auf der Bühne zu suchen? Dann noch – unglaublich, aber zugegebenermaßen beinahe schon bewundernswert konsequent – auch noch Affen und Bären! Sind wir Schauspieler oder Dompteure, frage ich Sie, meine Herren!«

Millner wischte sich mit dem Handrücken über den Mund. »Ist doch bloß ein Lustspiel«, wiegelte er ab.

»Machen doch jetzt alle so, das mit den Viechern«, stand ihm Aloys bei. »Den Leuten gefällts halt neuerdings.«

»Von der Böhm'schen Gesellschaft hört eins, dass sie eine halbe Schafherde durchs Stück treiben«, wusste Millner. Lachend fügte er hinzu: »Da heißts halt nach jeder Szene den Dreck wegputzen, gelt?«

»Sie solltens halt endlich einmal hinnehmen, dass Sie nicht mehr am Hoftheater sind«, riet Caselli. »Sonst schlägts Ihnen am End auf die Gallen.« Er füllte sein Weinglas nach. »Drüber hinaus find ich, dass wir uns mit unseren anderen Stücken überhaupt nicht zu verstecken brauchen.« Er sah Zustimmung heischend um sich. Die anderen nickten.

»Jaa!«, höhnte Wallerschenk. »Shakespeare, was?! Ja, es sind wieder diese englischen Moden, die unser Herr Direkteur meint kopieren zu müssen! – Aber das will das Publikum nicht! Ich wette mit Ihnen, meine Herren, in ein paar Jahren wird kein Directeur, der noch halbwegs bei Sinnen ist, diesen Unsinn auch nur mit der Zange anfassen!«

Caselli setzte das Weinglas ab, lehnte sich zurück und seufzte. »Wer wirds je wissen, was das Publikum will?«

»Diesen Shakespeare jedenfalls nicht!«, beharrte Wallerschenk gereizt. »Hämlett! Mackbett! – Gewiss, da gibt es den einen oder anderen eingängigen Effekt. Aber sonst! – Chaos! Tiefstes Parterre! Es wirft jedenfalls ein bezeichnendes Licht auf den Geschmack unseres Herrn Direkteurs!«

»Habens vielleicht eine Abfuhr gekriegt, Herr Wallerschenk? Zieht Ihre Obstgarten-Ophelia nimmer mit?«, lästerte Demoisell Bichler träge.

»Ha!« Wallerschenk warf den Kopf zurück. »Demoisell Bichler, wenn ich das Bedürfnis habe, mit Ihnen zu diskutieren, lasse ich es Sie wissen. Dieses Bedürfnis verspüre ich jedoch äußerst selten – genauer gesagt: nie! –, weil ich mir keinerlei geistigen Gewinn davon verspreche! Im Übrigen dürfte Ihnen vielleicht aufgefallen sein, dass mein Thema ein anderes war. Ich sprach vom verhängnisvollen Opportunismus unseres Herrn Directeurs!«

»Ich weiß, Herr Wallerschenk«, sagte Demoisell Bichler schneidend. »Und da solltens schon auch wissen, wo die Brems ist – gelt?!«

Er schwieg betreten. Ihr Tonfall hatte ihm schlagartig klar gemacht, was längst kein Geheimnis mehr war: Demoisell Bichler stand dem Chef um einiges näher als er. Sie würde es ihm brühwarm berichten.

Millner und Caselli warfen sich einen vielsagenden Blick zu. Demoisell Bichler hielt ihr Gesicht wieder in die warme Sonne und verscheuchte eine Fliege, die sich auf ihre Stirn gesetzt hatte. Wallerschenk drehte ihr brummend den Rücken zu.

In diesem Moment überquerte Kolber den Wirtschaftshof.

»He! Herr Wirt!«, rief Wallerschenk befehlend.

Kolber hielt inne und sah ihn fragend an. Wallerschenk winkte herrisch. Der Wirt näherte sich mit ungläubiger Miene.

»Eine Reklamation, Herr Wirt!«

»Eine – was?«

»Eine Beschwerde! Ist Ihm bewusst, dass Er die Gesundheit seiner Gäste aufs Spiel setzt?«

»Gehens zu, Herr Wallerschenk«, ließ sich Caselli hinter Wallerschenks Rücken vernehmen. »Erst saufens wie ein Ochs –«

Wallerschenk hörte nicht hin.

»Aufs Spiel, jawohl!«, bekräftigte er. »Und ich bin nicht länger gewillt, dies hinzunehmen!«

Im Gehirn des Wirts arbeitete es. Dann runzelte er die Stirn.

»Von was redet der Herr?«, fragte er beherrscht.

Wallerschenk stemmte seine Fäuste in die Hüften.

»Von jenem Getränk, das Er uns als Wein verkaufen will, Herr

Wirt! So viel ich nämlich weiß, sind gewisse Verfeinerungen mit Vortagsresten oder gar Wasser nicht erlaubt! Wenn sich das nicht ändert, behalte ich mir vor, die hiesige Behörde davon in Kenntnis zu setzen!«

Der Wirt glotzte ihn an. Sein Gesicht hatte sich verfärbt.

»Was für ein nagelneuer Witz«, sagte er, gefährlich ruhig.

»Da wage ich zu widersprechen!«, tönte Wallerschenk überheblich. »Mich jedenfalls führt Er nicht hinters Licht, damit Ers weiß!«

Die Männer am Kartentisch hielten den Atem an. Es bestand kein Zweifel, dass in der nächsten Sekunde etwas geschehen würde, an dessen Ende eine Neubesetzung im ›Hamlet‹ stände – ein auf Krücken gehender und lispelnder Laertes war schlecht denkbar.

Doch der Wirt bewegte sich nicht. Seine Finger waren zu Fäusten geballt, seine Nasenflügel bebten, und seine Schläfenadern traten pochend hervor. Er durchbohrte Wallerschenk mit einem vernichtenden Blick. Wallerschenks Lider flatterten unmerklich.

Als hätte sich sein Gegner urplötzlich in Luft aufgelöst, drehte sich Kolber zu den Kartenspielern.

»Wann ist Ihr Herr Direkteur retour?«, fragte er rau.

Die Männer zuckten die Achseln.

»Richten die Herrschaften ihm aus, dass ich was mit ihm zu reden hab. Geschäftlich!«

Er drehte sich schroff um und stapfte davon.

Wallerschenk atmete hörbar aus. Er wandte sich zu seinen Kollegen.

»Das wird ihm eine Lehre sein!«

Millner wiegte den Kopf.

»Na? Da bin ich neugierig.«

»Sinds mir nicht bös, Wallerschenk«, sagte Demoisell Bichler. »Aber Sie sind ein Idiot.«

14

Schon lange habe er nicht mehr so hervorragend gespeist, sagte Schikaneder. Baron von Playen quittierte es mit zufriedenem Lächeln.

»Ich werde Ihr Lob an unsere Köchinnen weitergeben, Monsieur.«

Er schielte unauffällig zu seinen beiden Gästen. Bereits während des Hauptgangs war ihm aufgefallen, dass Schikaneder zwar mit ihm lebhaft plauderte, von seinem Gegenüber jedoch kaum Notiz nahm, so sehr sich Mozart auch darum bemühte.

Der Baron fand, dass dieser mittlerweile sogar etwas vergrämt wirkte. Mozart kramte Pfeife und Tabaksbeutel hervor. Von Playen warf ihm ein aufmunterndes Lächeln zu.

»Erzählen Sie von Paris, Monsieur Mozart!«

»Ja, bitte«, sagte Schikaneder höflich.

Mozart füllte den Pfeifenkopf und drückte den Tabak fest. Er lächelte schief, ohne den Baron anzusehen.

»Wissen Sie was? Ein Fuchs ist kein Has.«

Der Baron schmunzelte väterlich.

»Er ist ein rechter Kindskopf!« Er hob mahnend den Finger. »Aber Er kommt uns nicht aus.«

Mozart entzündete einen Span am Kerzenlicht, setzte die Pfeife in Brand, zog daran und lehnte sich zurück.

»Ach! Paris! Das oh-la-la-Paris!« Er ließ eine Rauchwolke zur getäfelten Decke emporschweben. »Da erhältst eine Einladung bei seiner Hochmut Komtess-Mätress, und sie lasst dich drei

Stunden warten in der eiskalten Hallen, bis dir die Finger zu Eiszapfen geworden sind, und danach sollst ihr ein flinkes Menuett servieren – während das gnädige Mätrazzerl mit allerlei Chapeaus und Cavaliers zu scharwenzeln hat und gar nicht hinhört! So schnurrige Histoirs wollens hören? Na, mir hebts weiters nicht die Laun.«

Der Baron legte die Hände übereinander.

»Aber vom kretischen König wird doch Erfreulicheres zu berichten sein«, setzte er milde nach.

»Komponiert ist es schon«, sagte Mozart. »Bloß noch nicht geschrieben.«

Von Playen neigte sich zu Schikaneder. »Monsieur Mozart ist nämlich der Kompositeur einer Opera über Idomeneo, den König von Kreta. Im Auftrage unseres Kurfürsten.«

Schikaneder lächelte gezwungen.

»Bravo!«

»Vielleicht tragen unsere obersten Herren in München doch ein wenig zu unrecht an dem Ruf, über zu wenig Kunstverstand zu verfügen«, meinte der Baron.

»Bei gewissen anderen Gelegenheiten haben Sie ihn allerdings vermissen lassen«, versetzte Mozart griesgrämig.

Von Playen nickte verständnisvoll.

»Ich hatte kürzlich Gelegenheit, mit Graf Seeau noch einmal über Ihre Causa zu disputieren, Monsieur Mozart. Er war ja damals höchst unglücklich, als sich die Angelegenheit mit Ihrer Anstellung am Hof zu München zerschlug. Er versicherte mir jedoch glaubhaft, dass zu diesem Zeitpunkt tatsächlich keine Vacatur bestand und dass die Gründe für Ihre Zurückweisung keinesfalls künstlerischer Art waren. Der einzige, aber nicht entscheidende Einwand, den er der Äußerung des Kurfürsten überhaupt entnehmen konnte, wäre jener gewesen, dass er Sie für noch etwas zu jung hielt.«

»Grässliches Schicksal«, sagte Mozart gallig. »Wär ich nur schon ein Greis. Dann könnt ich mich vor Ehrerbietung gar nicht mehr retten.«

Der Baron verzog den Mund zu einem geschmerzten Lächeln.
»Oh! Mein lieber Monsieur Mozart! Wenn Sie sich da nur nicht täuschen. Es kann auch völlig anders kommen. Der Beispiele gäbe es viele. – Wie auch immer: Graf Seeau bat mich, Ihnen kundzutun, dass Sie am Hof zu München nach wie vor ein exzellentes Renommee, besitzen. Die Aufträge, die er Ihnen zukommen ließ, möchten Sie bitte als Ausdruck dessen sehen.«

Mozart nickte selbstbewusst. »Das tue ich. Nur hilft es mir nicht viel.«

»Haben Sie Geduld«, riet der Baron.

Mozart nickte gedankenverloren. Um seinen Kopf stand mittlerweile eine Rauchwolke. Der Baron wechselte das Thema.

»Mit Kaplan Varescos Libretto lässt sich arbeiten?«, fragte er.

»Es tuts schon«, gab Mozart in beiläufigem Ton zurück. »Zum Glück hab ich meine Mannheimer im Orchester. Eine Blamage wirds schon nicht werden.«

Schikaneder hüstelte verhalten.

»Das Antike ist außerdem grad Mod«, warf er launig ein.

Mozart hob den Kopf.

»Das ist gefehlt, Monsieur Schikaneder«, sagte er scharf. »Was Mod ist, interessiert mich grad so viel, als ob Sie einen Furz gehen lassen oder nicht!«

Seine Worte hallten in einer peinigenden Pause aus. Schikaneders kontrolliertes Lächeln verrutschte. Das hatte er nicht beabsichtigt. Während des ganzen Abends war es ihm gelungen, sich zusammenzunehmen, obwohl er ein fast übermächtiges Bedürfnis verspürt hatte, diesem Schnösel endlich die Meinung zu sagen. Aber jetzt? War der Wein daran schuld, dass er die Beherrschung verloren hatte? Was war er für ein Idiot! Mozart steht bei von Playen in höchstem Ansehen, ist zudem sein Gast! Und er, Schikaneder, pöbelt diesen Gast auch noch an! Himmel, hilf!

Der Baron hob die Brauen. Er musterte Mozart, dann wanderte sein Blick zu Schikaneder.

»Pardon, ich –«, begann dieser schwächlich.

Mozart schoss aus der Lehne und beugte sich vor.

»Monsieur! Ich habe stets aufrichtiges Vergnügen an Ihrer Kunst gehabt! Wie auch an Ihrer Person, und –«

»Aber für mich gilt doch nichts anderes!«, protestierte Schikaneder. Zu spät, höhnte eine innere Stimme, du hast es vermasselt.

»Woher dann diese rigolöse Distanz, Monsieur Schikaneder? Sie verdrießt mich!«

»Distanz?«

»Distanz, ja!« Mozart schlug mit der Handfläche auf den Tisch. »Ich mag zuweilen ja ein recht kurioses Viech sein! Aber für einen dummen Esel dürfen Sie mich nicht halten! Distanz, jawohl! Wenn ich Anlass gegeben habe, bitte ich um allergnädigste Auskunft, Monsieur. Sie erhalten jede Satisfaktion!«

Der Baron faltete die Hände.

»Gewiss ein Missverständnis.«

Mozart schüttelte lebhaft den Kopf. »Einen wahren Künstler missversteht man nicht! Und wenn es einen Beruf gibt, dessen Angehörige, obs ihnen zupass kommt oder nicht, zur Lüge schlicht zu ungeschickt sind, dann sind es die Theaterleute. Deshalb gehe ich davon aus, dass sich Monsieur Schikaneder in aller Präzision geäußert hat, wie ich mit gleicher Präzision erspüre, und das bereits den ganzen Abend, dass ihm eine Laus über die Leber saust!« Er sah Schikaneder direkt an. »Welche ist es?«

Schikaneder war tiefer in den Stuhl gerutscht. Er war wie gelähmt, sein Blut sirrte. Du vermaledeiter Idiot!, hallte es in seinem Kopf.

»Sie können völlig frei sprechen«, sagte der Baron.

Schikaneder setzte sich aufrecht. Er räusperte sich und atmete durch.

»Es würde mich – eh – außerordentlich quälen, Ihre geschätzte Gastfreundschaft durch eine unmaßgebliche – eh – Empfindlichkeit meinerseits zu –«

»Plapp-plapp!«, unterbrach der Baron energisch. »Und uns

würde außerordentlich quälen, wenn Sie sich *nicht* frei äußern würden. Wofür halten Sie mich? Wofür Monsieur Mozart? Für eitle Schwatzköpfe?«

Mozart setzte nach: »Heraus damit! Frank und blank!«

Schikaneder straffte sich. Es war eh alles längst zu spät. Der Besuch beim Baron war zwar für die Katz gewesen, und die Zeit hätte er besser genützt, wenn er an einem Plan getüftelt hätte, wie er und das Ensemble sich unauffällig aus dem Staub machen könnten. Aber wenigstens blieb ihm jetzt die Genugtuung, es diesem eingebildeten Flegel zu zeigen.

Er fixierte Mozart streng.

»Nun gut!«, begann er. »Augsburg!«

Mozart nahm die Pfeife aus dem Mund.

»Augsburg? Ja? – Habe ich da nicht die Aufführung Ihrer ›Lyranten‹ besucht?«

»Sie haben!«, nickte Schikaneder. »Ich jedenfalls erinnere mich noch ausgesprochen gut daran.«

Mozart lachte ungläubig. »Aber das ist kurios! Wir sind einander nicht präsentiert worden! Sie waren von begeisterten Bewunderern umstellt, und ich, glaube ich, hatte noch einen wichtigen Besuch abzustatten.«

»Ich erinnere mich dennoch.«

»Aus Kuriosum wird Mysterium!«, bemerkte Mozart.

»So? Dann frage ich: Wie – wie gefiel die Aufführung?«

»Ecoutez, Monsieur! So hören Sie: unvergleichlich!«

Schikaneder starrte ihn verblüfft an.

»Pardon?«

»Wie ichs sag, Monsieur!«, rief Mozart. »So waschens Ihnen wenigstens die Ohren, wenns Ihnen am Arsch zu mühsam ist! Ich sagte: unvergleichlich!« Er schüttelte belustigt den Kopf. »Also, das ist wirklich kurios.«

»Aber – aber Er hat die ganze Zeit einen Rumor gemacht!«, platzte Schikaneder heraus, noch immer empört. Wollte sich dieser hochnäsige Kerl schon wieder über ihn lustig machen?

Mozart ließ sich lachend in die Lehne zurückfallen.

»Das ist es?!«, prustete er.

»Er fand es wohl sehr lächerlich«, schmollte Schikaneder. Er hörte, dass seine Stimme bereits kläglich klang. Er verstand nichts mehr.

Mozart schüttete sich vor Lachen aus, bis er nach Luft schnappen musste. Er beugte sich wieder vor und sah Schikaneder an.

»Mein lieber, bester Monsieur Schikaneder«, sagte er eindringlich. »So glauben Sie mir. Doch nicht lächerlich! Gewiss, einige Ihrer Musikanten tätens vertragen, dass man sie ein bisserl striegelt. Aber ich schwöre: Selten war ich vergnügter.«

Schikaneder suchte nach Worten. Hilfesuchend sah er zum Baron. Dieser schmunzelte vielsagend.

»Monsieur Mozart kennt eben keine Schranken, wenn es gilt, seine Emotions aller Welt mitzuteilen.«

»Wozu auch?«, rief Mozart. »Sind wir Geister? Huh-Huh?! Wie steht uns das? Blöd, was? Wozu hätt der Mensch denn Fleisch und Blut und Gemüt und Stimm? Muss ich ausgerechnet Sie das fragen, Monsieur Schikaneder? Und jetzt will ich keine Klag mehr von Ihnen hören, sonst könnens mich da lecken, wos grad extra gut schmeckt! Wenn Sie nämlich spielen, dass ich vor Gaudium durchs Theater kugeln muss, dann haben Sie sichs selber zuzuschreiben!« Mit breitem Grinsen hob er die Handflächen. »Mich könnens nicht kulpieren! Ich weise jede Schuld von mir!«

Der Baron hob das Glas. Seine Augen strahlten.

»Messieurs? – Auf Bacchus, den Gott des Genusses!«

15

Im Salett tobte bereits wieder das fröhlichste Fest. Babett und Sepha flitzten mit Weinkrügen hin und her, und wenn sie die Tür öffneten, schwappten für Sekunden Gelächter und Musik in die Wirtsstube. Hinter der Schänke schwitzte der Wirt.

An dem Platz, der den Großbauern und den Honoratioren vorbehalten war, saß Hassl und stierte in seinen Bierkrug. Zwei Tische neben ihm hatten sich zwei Bauernsöhne niedergelassen, die immer wieder neugierig in Richtung des Saletts sahen.

»Kolber!«, rief Hassl mit schwerer Zunge. »Geh einmal her.«

Der Wirt wischte sich mit dem Handrücken über die Stirn.

»Was willst denn, Hassl? Siehst doch, dass ich –«

»Kolber!«, nörgelte Hassl. »Ist dir deine eingesessene Kundschaft nimmer gut genug?«

Der Wirt trocknete sich die Hände an seiner Schürze und trat an den Tisch des Bauern. Was hatte der Bauer?

»Auf keinen Fall, Hassl!« Er lachte besänftigend. »Wie kommst denn auf so einen Krampf?«

»Ist kein Krampf net.«

»Na, was passt dir denn net?«, rief der Wirt aufgedreht. »Sags mir, und es wird gerichtet!«

Hassl machte eine verächtliche Kopfbewegung in Richtung Salett, aus dem in diesem Augenblick wieder lauter Beifall zu hören war.

»Alle heiligen Zeiten kommt einmal eine Kellnerin zu uns herein. Schwänzeln viel lieber bei den Grattlern da herum.« Er rülpste. »Wenn wir dir nimmer gut genug sind, brauchst es uns bloß zum sagen.«

»Krampf!«, wiederholte der Wirt. »Die Leut vom Dorf sind mir genauso viel wert wie jeder andere.«

»Wie ist des überhaupt mit dem Tanzen?«, meldete sich einer der jungen Männer. »Unsereins darf eine Mords Straf zahlen, wenns uns unterm Jahr erwischen, und die dürfens, oder was?«

»Für durchreisende Gäst gibts eine Ausnahm vom Herrn Richter, das wissts ihr genau«, gab der Kolber zurück.

»Und wieso? Sind die da drüben vielleicht was Besseres?«, maulte der Zweite.

»Sagt keins«, beschwichtigte der Wirt. »Und red net so einen Blödsinn.«

»Was wär jetzt so eine Sünd dabei, wann wir ein bissl mit tanzen dürften? Das möcht ich wissen.«

»Untersteh dich, du Lackl. Fangt ihr jungen Hupfer jetzt bloß an zu rebellieren! Da kennt unser Herr Richter überhaupt keinen Spaß!«

»Aber gerecht is' net«, beharrte der junge Bauer. Sein Nachbar stimmte ihm zu.

»Herrgott! Hab ich die Gesetzer gemacht?«, rief der Wirt. »Das ist so, solang ich denken kann. Meinst, uns ists anders gegangen, wie wir jung waren?« Er wandte sich wieder Hassl zu. »Was, Hassl?«

Der Großbauer stierte mit wässrigem Blick an ihm vorbei.

»Kolber«, sagte er finster.

Der Wirt runzelte die Stirn.

»Was?«

»Siehst nichts?«

Hassl senkte die verquollenen Lider. Der Krug, der vor wenigen Minuten noch halbvoll gewesen war, war jetzt leer.

»Unsereins möcht genauso anständig bedient werden wie des«, ein Rülpser unterbrach den Satz, »des noble Geschmeiß im Salett, hörst? Wennsd mir jetzt net auf der Stell dein hochnasiges Töchterl herschickst, Kolber, dann scheiß ich auf deine notige Wirtschaft. Ich find mir gut und gern eine andere.«

Der Wirt ließ sich seine Beunruhigung nicht anmerken. Er brachte ein leidlich überzeugendes Lachen zustande.

»Haha! Dass du mir verdurstest, das kann ich freilich net zulassen!« Er drehte sich um und brüllte nach seiner Tochter, deren fliegender Rock soeben durch die geöffnete Türe wischte.

»Gleich!«, hallte ihre Stimme in der Diele. Die Küchentüre klapperte.

»Her da!«, donnerte Kolber. Sie steckte den Kopf durch die Küchentüre. Ihr Gesicht war vor Eifer gerötet. Der Wirt zeigte mit Generalsgeste auf Hassl und sagte streng: »Was hab ich euch gesagt? Hab ich euch net gesagt, dass beim Kolber ein jeder gleich gut bedient wird?«

»Tun wir doch, Vater«, verteidigte sich das Mädchen. Hassl verzog das Gesicht. Er hasste Sepha jetzt schon.

»Das merk ich«, raunzte er.

Der Wirt wies auf den Bauern. »Und was ist mit dem Hassl?!«

»Was mag er denn?«

»Vielleicht fragst du ihn selber, wie sichs gehört!?«

Sie trottete an den Tisch. Hassl fixierte die Wand hinter ihr.

»Was werd ich wohl mögen«, grunzte er.

Der Anflug eines pflichtgemäßen Lächelns zuckte über ihr Gesicht. Sie nahm den Krug und verschwand hinter der Schänke. Der Wirt beobachtete befriedigt, wie sie wenig später den gefüllten Krug vor dem Bauern abstellte.

Hassl lächelte verkniffen. Er schielte zu ihr hoch.

»Dank dir schön«, blubberte es zwischen seinen Lippen hervor. Er grinste schief. »Hock… hock dich doch ein bissl zu mir her, Sepherl.«

Er war zu langsam. Sie war bereits wieder zur Küche unterwegs.

»Jetzt! Wo ich so einen Haufen Arbeit hab!«, rief sie über die Schulter. Die Tür schwang hinter ihr zu.

»Lass dirs schmecken, Hassl«, sagte der Wirt gönnerhaft. Er

ließ noch einen prüfenden Blick über die anderen Gäste schweifen und ging wieder hinter die Schänke.

Einer der jungen Männer hob seinen Bierkrug.

»Fesche Katz, die Sepha. Was, Hassl?«

Der zweite drehte sich um, legte seinen Arm auf die Stuhllehne und prostete dem Bauern ebenfalls zu.

»Aber schwer zum Einfangen, gelt?«, sagte er mitfühlend.

Ein bösartiges Glitzern aus den Augen Hassls antwortete ihm.

»Magst eine Schellen?«, knurrte der Bauer.

»Nein.« Die beiden jungen Männer grinsten sich zu. »Keinen Humor hat er heut, der Hassl.«

Hassl umkrampfte den Krug. Eine Weile brütete er vor sich hin. Dann presste er seine Fäuste auf die Tischplatte, stemmte sich aus dem Sitz und wankte in den Tenn. Das ausgelassene Gelächter der Komödianten rauschte in seinen Ohren.

Auf dem warmen Sitzbrett des Aborts musste er sich zu beiden Seiten mit den Händen abstützen. Soßig rann es unter ihm heraus. Er war krank, das wusste er jetzt. Nach einer Weile, in der er sich stöhnend vor- und zurückbewegt hatte, wurde er etwas nüchterner. Er spürte den warmen Dampf, der aus dem Loch nach oben stieg. Seine aufgepeitschten Nerven beruhigten sich.

Er zog seine Hose hoch, schob die Hosenträger über die Schultern und ging nach draußen. Die Nacht war kühl, über ihm glänzten die Sterne. Er schlich dem fahlen Lichtschein zu, der aus der rückwärtigen Tür des Gasthofs fiel. Kurz bevor er den Gang zur Gaststube betrat, hörte er ein Wispern. Und ein leises, klingendes Lachen.

Sepha! Es traf ihn wie ein Keulenschlag. Seine Sepha! Von der jeder im Dorf wusste, dass er in Kürze um sie anhalten würde.

Die andere Stimme gehörte einem Mann. Hassl setzte vorsichtig Schritt für Schritt. Sein Herz schlug so laut, dass er befürchtete, es könnte ihn verraten. Er stieß an eine Steinkante und stöhnte unwillkürlich auf. Sofort verstummten die Stimmen. Er hörte ein Rascheln, dann hastig trippelnde Schritte, die das Haus sogleich verschluckte.

Aus dem Schatten der Remise trat eine Gestalt.

»Guten Abend, mein Herr«, sagte Peter Wallerschenk höflich.

Hassl starrte ihn wie einen Geist an. Eine ungekannte Schwäche überfiel ihn. Seine Knie drohten nachzugeben. Wallerschenk lachte künstlich.

»Immer wieder verlaufe ich mich auf dem Weg zum Abort. Ist das nicht dumm von mir? Dabei müsste ich ihn doch langsam kennen.«

Hassls Kehle war wie zugeschnürt. Sein Magen krampfte sich, als habe ihm jemand einen Schlag versetzt. Wallerschenk war längst wieder verschwunden, als sich Hassl in Bewegung setzte. Er ließ die Tür zur Gaststube hinter sich zukrachen, stampfte, nicht nach links, nicht nach rechts blickend, durch den Raum und griff nach seinem Hut.

Kolber, der gerade mit Gidis Hilfe ein neues Fass auf die Anrichte gewuchtet hatte, ließ den Zapfhahn sinken und verfolgte Hassls Bewegung alarmiert.

»Hassl?«, rief er.

Doch der Bauer hatte schon die Türe hinter sich zukrachen lassen. Kolber rannte ihm nach. Hassl saß schon auf der Bank seines Einspänners, als der Wirt in die Zügel griff.

»Was ist los, Hassl? Red!«

Der Bauer starrte böse auf die Fäuste des Wirts.

»Lass den Riemen aus«, knurrte er.

»Was du hast, möcht ich wissen!«

»Nichts hab ich, Kolber. Du hast was. Nämlich eine Tochter, bei ders zu einer Hur bald nimmer weit hin ist. Such dir einen anderen Deppen für deine Sepha! Soll sie sich ruhig weiter von der Zigeunerbagasch karessieren lassen – ich nehm so einen Drecksfetzen jedenfalls nimmer. Net einmal zum Händabwischen.«

»Spinnst du jetzt komplett, Hassl?«

»Lass den Riemen aus!«, zischte der Bauer.

»Jetzt lass mit dir reden, Hassl! Kreuzsakrament nocheinmal! Du sagst mir jetzt auf der Stell, wieso du dich auf einmal so anstellst! Herrgott! Es ist doch schon alles so gut wie ausgemacht!«

»Aber Gott sei Dank noch net geschrieben, Kolber! Gott sei Dank ist mir noch ein Licht aufgegangen, was du mir da andrehen hast wollen!« Er hob die Zugriemen. »Und was deine noblen Gäst betrifft, auf die du dir gar so viel einbildest, Kolber – ich gönn dir, dass du auf deiner Zech hockenbleibst! Wüah!!«

Er schlug die Zügel auf den Rücken des Pferdes und rollte davon.

Der Wirt starrte dem Wagen nach. Dann raste er zurück.

»Sepha!«, brüllte er.

Er fing sie vor dem Eingang zum Salett ab.

»Aber ich muss –«

Sie bekam es mit der Angst zu tun, als sie in sein vor Wut zerrissenes Gesicht sah.

Seine Nägel krallten sich in ihren Arm, der Wein schwappte über ihre Schürze. Er zerrte sie mit sich.

In der Remise ließ er sie die Karaffe noch abstellen. Dann packte er sie wieder, schleuderte sie in die Ecke, setzte nach, holte weit aus und ließ seine Schaufelhände in ihr Gesicht klatschen, links, rechts, wieder links. Ihr entsetzter Aufschrei ging in ein Winseln über. Sie rutschte an der Wand entlang zu Boden.

Er richtete sich schnaubend auf. »Du poussierst mir noch einmal mit einem von den Zigeunern! Noch einmal!«, krächzte er. »Du und der Hassl, ihr seids versprochen! Geht das noch immer net rein in dein dummes Hirn?«

»Wann er doch so blöd ist… und so schiach…«, schluchzte Sepha. Ihre Hände zuckten vor ihr Gesicht. Mit einem Satz war Kolber über ihr. Wieder sauste seine Pranke auf sie herab.

»Brauchst noch eine, du Flitschen?!«, brüllte er. »Getan wird, was ich sag, du Fetzen! Ist das ein für alle Mal drin in deinem Dickschädel?«

Sie sank zur Seite, schlug die Hände vor ihr Gesicht und wimmerte leise.

»Vater… nimmer hauen…«

»Obs drin ist!!?«

»Ja…«, flüsterte sie.

Der Wirt holte tief Luft. Dann drehte er sich um, stampfte zurück in den Tenn und stieß die Tür zum Salett auf.

»Schluss!«, schrie er. »Aus!«

Das Gelächter erstarb schlagartig. Der Geiger ließ sein Instrument sinken.

»Schluss! Es gibt nichts mehr! Überhaupt nichts mehr! Bevor nicht gezahlt ist, und zwar gleich, und«, Kolber reckte seine fleischige Handfläche nach vorne und tippte mit dem Zeigefinger der anderen Hand darauf, »hier auf die Hand!«

16

Baron von Playen klatschte vergnügt, nachdem Schikaneder sein Lied beendet hatte. Auch die drei jungen Dienstmägde hatten hingerissen gelauscht. Mozart stand vom Klavier auf, streckte sich und steuerte den Tisch des Barons an.

»Ein schönes Lied, dieses ›Lob der Weiber‹.« Er rückte sich den Stuhl zurück und setzte sich. »Der Text ist von Ihnen, Monsieur Schikaneder?«

Der Prinzipal nickte geschmeichelt. Er ließ sich neben Mozart in den Stuhl fallen.

»Mit Verlaub. Die Musik ebenfalls.«

»Respekt!«, warf der Baron ein. »Ich wusste nicht, dass Sie auch Compositeur sind, Monsieur.«

»Sie haben es mir nicht krumm genommen, dass ich die Melodie ein wenig verziert hab?«, erkundigte sich Mozart.

»Verziert?!«, rief Schikaneder. »Sie waren wie der Gartenmeister, der einen holzigen Apfelbaum so kuriert, dass er bloß noch die süßesten Früchte gibt.«

Eines der Mädchen eilte herbei und schenkte nach. Ein anderes steckte neue Kerzen auf. Der Baron winkte sie zu sich. Sie beugte sich herab.

»Ist geschehen, was ich befohlen habe?«, fragte er leise.

»Ich werde mich sofort kundig machen, Herr Baron.«

Sie knickste und ging wieder an ihren Platz zurück.

Von Playen umgriff die Lehnen seines Sessels, schob sich hoch und nahm das Weinglas.

»Meine Herren! – Nein, ich darf sagen: Meine Brüder! Trinken wir auf das Ewige der Kunst!«

Mozart hob lachend das Glas.

»Trinken wir lieber auf das Ewige der Künstler! Haben die was davon, wenn die Kunst blüht, und sie verwelken?« Er gab Schikaneder einen Stoß mit dem Ellenbogen. »Sind Sie einverstanden, Monsieur?«

»Wir trinken auf beides!«, sagte Schikaneder. »Blühende Künstler, deren Kunst welkt, sind mir nämlich ebenso verhasst.«

Glucksend stimmte Mozart zu.

»Einverstanden, Messieurs«, meinte der Baron. »Mögen die Götter unsere Anrufung hören.«

Sie tranken. Mozart griff nach der erkalteten Pfeife, schlug die Asche an der Tischkante ab und kramte nach seinem Tabaksbeutel. Bald umgab ihn wieder eine Rauchwolke, die sein Gesicht plötzlich fahl erscheinen ließ. Erst jetzt nahm Schikaneder die winzigen Narben wahr, die Mozarts Wangen bedeckten. Er wusste, was sie bedeuteten. Wer sie trug, hatte das Glück gehabt, die Pocken zu überleben.

Der Baron hüstelte.

»Monsieur Schikaneder, ich möchte noch einmal auf etwas zurückkommen, was mir nicht aus dem Kopfe gehen will. Ich berichtete Ihnen doch, dass meine Gesundheit keine längeren Reisen mehr zulässt. Sie erinnern sich?«

Schikaneder nickte beflissen. Endlich!

»Dennoch bin ich, wie man hoffentlich feststellen durfte, noch nicht im Zustand der völligen Interesselosigkeit, insbesondere die Musik und das Theater – um es präziser auszudrücken: beides – betreffend. Und daher möchte ich Sie fragen, ob es sich trotz Ihrer baldigen Abreise vielleicht noch einrichten ließe, dass Sie –«

Er brach ab. Fast unhörbar hatte sich das Dienstmädchen genähert. Sie flüsterte dem Baron etwas zu, der daraufhin zufrieden nickte und seine Gäste mit einem dunklen Blick umfasste. Mit einer unvermutet pastoralen, geheimnisverhangenen Stimme sagte er:

»Meine Brüder! Haben Sie die Güte, mich nach diesem Glas noch auf eine nächtliche Promenade zu begleiten? Die Sterne stehen günstig!«

»Aber gerne«, meinte Mozart.

»Mit dem allergrößten Vergnügen«, sagte Schikaneder, und wie immer, wenn er über die Maßen log, hörte sich seine Stimme ein wenig sandig an.

Der bekieste Weg, den sie wenig später entlanggingen, war von Öllichtern markiert. Nach wenigen Minuten betraten sie einen kleinen, von einer Steinmauer umfriedeten Park, der – soweit es in der sternklaren Nacht zu erkennen war – an seinem Ende von einer steil aufsteigenden Felswand begrenzt wurde.

Hier war der Weg nun mit Steinplatten belegt. Schlanke, mannshohe Säulen, denen rauchende Fackeln aufgesteckt waren, säumten ihn. Vor einer Treppe aus Marmor, die zu einem ägyptisch anmutenden Portal am Fuße der Felswand führte und hinter der der Eingang einer niedrigen Grotte gähnte, blieben sie stehen. In der Tiefe der Höhle schimmerte ein fünfzackiger Stern. Die Männer schwiegen. Nur das Fauchen der Fackeln und der gelegentliche Ruf eines Käuzchens erfüllten die geheimnisvolle Szenerie.

»Mein Heliopolis«, sagte der Baron ergriffen.

Schikaneder sah staunend um sich. Er hatte schon viele Schlossgärten gesehen. Dieser hier jedoch war mehr als ein Ort, an dem die Besitzer lustwandelten. Er erinnerte ihn an einen Tempel. Oder an eine Theaterszenerie. Nur – welche Stücke wurden hier gegeben?

»Ich fühle mich wahrhaftig wie im Tempel des großen Thamos«, sagte er mit ehrfürchtig gedämpfter Stimme.

»Thamos?« Mozart lachte spöttisch. »Thamos war doch nur ein ledriger Ägypter in einem ebenso zähen Theaterstück!«

Schikaneder pflichtete ihm schmunzelnd bei.

»Dann eben als Thamos' Sohn.«

»Thamos' Sohn? Haha!« Mozart schüttelte amüsiert den Kopf. Dann sah er auf. »Das wäre eine schöne Erfindung! Wie mag er sich wohl nennen, unser Thamos-le-jeune?«

Schikaneder zuckte die Schultern.

»Ich weiß nicht«, rätselte er. »Ich bin des Altägyptischen leider nicht mächtig.«

»Ach!« Mozart winkte ab. »Wer ist das schon?«

»Wäre es ein italienischer Ägypter, würde ich ihn Tamino nennen.«

»Haha! Ein italienischer Ägypter! Köstliche Betise! Sie sind ein Kindskopf, Monsieur Schikaneder!«

Von Playen war andächtig am Fuße der Steintreppe stehen geblieben. Er räusperte sich verhalten.

»Ich bitte Sie, die Würde des Ortes zu wahren.«

Schikaneder beobachtete den Baron von der Seite. Dieser machte keine Anstalten, die Treppe zu betreten, sondern sah versunken zur Grotte empor.

»Herr Baron entführen uns in – eine andere Welt«, sagte Schikaneder nach einer Weile.

»Eine andere Welt?« Der Baron schien wieder zu erwachen. »Nein, Monsieur. Das Dunkle, Unergründbare – ist es nicht ebenso Teil der unseren?« Er streckte die Hand aus, wies zum Garteneingang und ging voran.

»Gewiss«, sagte Schikaneder.

Der Baron fuhr fort: »Erst wenn sich heller Tag und dunkle Nacht vereinen, vollendet sich das Mysterium allen Seins.«

»Gewiss.« Schikaneder hatte das schon einmal gehört, hatte es aber als Geschwätz verstiegener Philosophen abgetan. Es war ihm zu selbstverständlich, dass zum Tag Licht und Dunkelheit gehörten, zum Leben der Tod, zur Liebe der Schmerz. Wie fern musste man der Welt und ihrer Alltäglichkeit sein, wenn man diese schlichte Erkenntnis für eine Erleuchtung hielt?

Der Baron blieb stehen und sah ihn durchdringend an.

»Nicht wahr?«

Schikaneder nickte nachdrücklich.

»Es ist auch meine tiefste Überzeugung.«

Der Baron hob das Gesicht und sah in den Nachthimmel. Fast ein wenig beiläufig und als spräche er zu den Sternen, sagte er: »Von den… von den geheimen Bruderschaften der Illuminati… haben Sie doch schon einmal gehört, Monsieur?«

Schikaneder warf einen hilfesuchenden Seitenblick auf Mozart. Doch dieser sah ihn nur mit leicht gehobenen Brauen an.

17

Ich reise ab!« Wallerschenks Stimme übertönte das laute Schluchzen Demoisell Rosinas und der Tänzerinnen, das empörte Gemurmel der Musiker, sogar die erregten Debatten der Schauspieler.

Eleonore Schikaneder schoss aus ihrem Stuhl.

»Moment! – Herr Wallerschenk! – Gibts da nicht einen Kontrakt, den Er unterschrieben hat? Und zwar, soweit ich mich erinnere, nicht nur im – bei Ihm selten vorkommenden – Zustand geistiger Klarheit, sondern auch mit der größten Erleichterung, weil sich seit längerem keine andere Compagnie mehr seiner erbarmen hat wollen?!«

»Ha!«, bellte Wallerschenk zurück. »Ein Sklavenkontrakt ist es, jawohl!« Er schlug sich mit der Faust an die Brust. »Aber ich bin kein Sklave! Ich bin Charakterdarsteller!«

Millner beugte sich zu Bartholomäus. »Immer, wenn der Wallerschenk das sagt, dann fällt mir ein, dass die Wagachs' wieder eine Schmier vertragen könnt. Kannst du mir sagen, warum?«, raunte er.

Sein Nachbar warf ihm einen komplizenhaften Blick zu.

»Wallerschenk und Schmier – wie soll denn das zusammenpassen?«

Millner grinste müde. »Gelt? Ich komm auch nicht drauf.«

Caselli meldete sich zu Wort.

»Madame Schikaneder, ich muss leider sagen, dass Herr Wallerschenk nicht völlig Unrecht hat. Wir haben ein Anrecht auf

Verköstigung. Wird dieses nicht eingelöst, ist der Kontrakt gebrochen.«

Eleonore warf den Kopf herum. Ihre Augen sprühten.

»Wer wagt es, unseren Herrn Direkteur des Vertragsbruchs zu bezichtigen?«, rief sie drohend.

»Aber –«

»Ist das Treue?«, wetterte sie los. »Sich an der Seite seines Direkteurs mit Jubel und Beifall überschwemmen zu lassen, und – nicht zu vergessen! – mit solider Gage sogar auch dann, wenn das Publikum mit der einen oder anderen Leistung nicht völlig zufrieden ist und die Vorstellungen meidet –, aber ihn bei der geringsten Diffizilität im Stich zu lassen?«

»Geringste Diffizilität?!«, höhnte Wallerschenk. »Das ist sehr, sehr fein gesagt, Madame! Und – apropos Jubel! Und Beifall! Ha! Was habe ich davon bei der Moserischen Compagnie genießen dürfen!« Er beugte sich zu seinem Nachbarn hinunter. »Herr Millner! Erinnern Sie sich noch, wie ich den ›Kehlheimer‹ gegeben habe? In Regensburg? In Anwesenheit des Fürsten?«

Millner nickte wehmütig.

»Ja. Es war erschütternd.«

»Solch glänzende Erfolge, Madame, wird Herr Schikaneder niemals erringen! Niemals! Es fehlt nämlich nicht allein an Kunstverstand, sondern auch – jawohl! – an innerem Adel!« Er schob den Stuhl mit einem Ruck an den Tisch. »Ich reise ab! Dieser Mahlstrom aus Chaos und Unfähigkeit wird mich nicht verschlingen!« Er sah nach links. »Was ist mit den anderen? Die Compagnie schuldet uns noch den Anteil für diesen Monat. Wenn wir unsere Barschaft zusammenlegen, können wir einen Kutscher engagieren!«

Aloys Grill duckte sich unter seinem Blick hinweg.

»Und wohin?«, fragte Caselli.

»Wo ist denn der Herr Direkteur überhaupt hin?«, jammerte Demoisell Bichler. »Uns so in die Malaisen zu reiten! Also ich muss schon sagen –«

Kühl wie ein Feldherr vor der Schlacht hatte Eleonore Schikaneder in dieser kurzen Pause Angriffsplan und Waffen sortiert. Mit einer klirrenden Schärfe, die den Anwesenden durch Mark und Bein drang und den Tumult augenblicklich verstummen ließ, hob sie an: »*Was* war das, Herr Wallerschenk?! Das mit dem inneren Adel?!«

Wallerschenk war davon überzeugt, von der Zustimmung des Ensembles getragen zu werden.

»Das sage ich Ihnen, meine hochverehrte! gnädige! Madame Schikaneder!«, schäumte er. »Ihr werter Gatte ist ein völlig talentloser Emporkömmling! Ein dramatischer Sudler, wie ihn die Sonne noch nicht gesehen hat!«

Ein lähmendes Schweigen folgte diesen Worten. Jeder im Saal hielt die Luft an. Alle Augen richteten sich auf Eleonore Schikaneder. Kein Zweifel, man würde jetzt Zeuge einer grauenhaften Tat werden. Einer blutigen Verstümmelung. Eines Mordes.

»Na, was ist?«, sagte Emanuel Schikaneder aufgeräumt. Lässig warf er die Türe hinter sich ins Schloss. Er sah belustigt um sich. »Was ist denn hier los? Da ist ja eine Ruh heut wie auf einer Beerdigung? Und lauter offene Mäuler? Grad komm ich mir vor wie ein Gespenst. Ha!«

Niemand erwiderte etwas. Dreißig Kehlen schluckten gleichzeitig. Wallerschenk sank in Zeitlupe auf seinen Stuhl zurück, bleich wie ein Toter.

Schikaneder hob erstaunt die Brauen.

»Ja – und Wein seh ich auch keinen mehr! Rätsel über Rätsel! Kann mich einer aufklären?«

»Schani… Emanuel…«, hauchte Eleonore. »Der Wirt –«

»Sag bloß, er hat keinen Wein mehr! Das darfs doch nicht geben! Also, das kann ich mir doch beim besten Willen nicht vorstellen!« Er öffnete die Tür und rief in den Tenn: »Herr Wirt?«

Kolber stapfte angriffslustig heran, doch bevor er den Mund öffnen konnte, hatte ihn Schikaneders Charme schon überrumpelt. Der Prinzipal öffnete die Arme und strahlte ihn an: »Herr Wirt! Bitte sehr! Meine Leute verdursten! Und – bevor ichs vergess, lieber Herr Wirt – ich hab Ihm doch für diese Tage die Begleichung der Rechnung zugesagt, nicht wahr?«

Er schlug auf seine Rocktasche. Ein mattes Klimpern war zu hören.

Kolbers Lider zuckten. Schikaneder hakte sich bei ihm ein und zog ihn zur Seite.

»Wenn Er möcht, Herr Wirt, können wir das auf der Stelle erledigen. Es wär mir sehr recht. Er muss wissen, dass mir Verbindlichkeiten jeglicher Art immer eine innere Last sind. Deshalb bin ich bestrebt, mich so schnell wie möglich von ihnen zu befreien.«

Langsam gewann der Wirt die Fassung zurück.

»Nei-nei-nein! Das tuts doch morgen früh auch noch, Herr Direkteur!« Er drehte sich um und brüllte in Richtung Schänke: »Babett! Sepha! Auftragen!!«

Ein erleichtertes Seufzen ging durch das Salett. Der Wirt wischte sich über die glänzende Stirn. Schikaneder setzte nach: »Mir wärs wirklich lieber, wenn wir das jetzt gleich erledigen würden, lieber Herr Kolber. Wenn ich ehrlich bin, so habe ich nämlich schon eine gewisse Beunruhigung Seinerseits geglaubt feststellen zu können –«

Der Wirt hob abwehrend die Hände.

»Ahwas! Herr Direkteur! Niemals!«

»Ich bitte Sie dennoch inständig, lieber Herr Kolber: Tun Sie mir den Gefallen, und lassen Sie uns das hinter uns bringen, ja? – Nach meiner Erinnerung sind wir jetzt seit fünfzehn Tagen in Ihrer geschätzten Obhut, das dürften dann abzüglich meiner Anzahlung –«

Kolber faltete flehend die Hände.

»Lieber Herr Direkteur! Ich bin heut nimmer zur Rechnung imstand. Wenn der Herr Direkteur wüssten, was ich heut schon für Aufregungen gehabt hab!«

»Na gut«, lenkte Schikaneder ein. »Dann erhalten Sie jetzt von mir eine Handsumme von 20 Gulden als erweiterte Anzahlung. In Ordnung? Den Rest exekutieren wir bei Abreise.«

Kolber gab sich geschlagen. Er nickte erleichtert und nahm das Geld in Empfang. Hinter ihm huschte Sepha mit einem Weinkrug vorbei.

»Wo ist die Babett?«, rief Kolber.

Sie blieb kurz stehen und sah an ihm vorbei.

»Hast doch gesagt, dass du sie heut nimmer brauchst«, sagte Sepha leise. »Soll ichs holen?«

»Ja… nein!«

»Alles in Ordnung, Herr Wirt?«, erkundigte sich Schikaneder.

Der Wirt nickte abwesend.

»Gewiss… ja…«

Schikaneder nickte ihm gönnerhaft zu und ging in das Salett zurück. Die Stimmung hatte sich bereits wieder gebessert. Tastend setzte die Musik ein. Wallerschenk saß verstört in seiner Ecke. Niemand beachtete ihn.

Eleonore flog auf ihn zu.

»Erzähl«, sagte sie leise.

»Ich hab einen reichen Bauern erschlagen und ausgeraubt«, gab er ebenso leise zurück. »Aber erzähls nicht weiter, gelt?«

Sie packte ihn an der Weste. Ihre Nasenflügel bebten.

»Es ist ein Vorschuss«, raunte Schikaneder. »Wir sind erst einmal gerettet.«

»Und für was?«

Schikaneder drehte sich um, griff nach zwei Gläsern und schlug sie klingend aneinander.

»Ich bitte für einen Augenblick um Ihre geschätzte Aufmerksamkeit! Meine Damen, meine Herren, meine mir trotz mancher Schicksalsstürme stets so treu ergebenen Mitglieder der Schikanederischen Schau- und Operngesellschaft! Ich darf Ihnen eine unvorhergesehene Änderung des Proben- und Spielplanes verkünden, bei welcher ich selbstverständlich mit Ihrer Zustimmung rechne. Der gnädige Herr Baron von Playen gibt sich die Ehre, die Schikanederische Schau- und Operngesellschaft demnächst zu einer Soirée auf seinem Schlosse willkommen zu heißen! Das Programm wird morgen bekannt gegeben!«

Beifall brandete auf. Schikaneder sank in den Stuhl, ließ sich einschenken und nahm einen tiefen Zug. Er fühlte, dass die dunklen Augen seiner Frau bewundernd an ihm hafteten. Eleonore neigte sich an sein Ohr.

»Wann schmeißen wir den Wallerschenk raus? Gleich morgen in der Früh?«

Er schüttelte den Kopf.

»Ich brauch ihn erstens noch bei der ›Minna‹. An Lessing hat der Baron einen Narren gefressen. Zweitens würd er dann seinen Monatsanteil verlangen, den ich aber nicht hab. Und drittens wird er in den nächsten Tagen so handsam sein, dass du ihn nicht mehr wiedererkennst.«

18

»Babett?«

Als der Kolber an Babetts Kammertür klopfte und ihren Namen rief, erhielt er keine Antwort. Er stemmte sich gegen die Tür. Der Riegel gab leicht nach. Obwohl das Fenster geöffnet war, hing ihr Duft noch in der Kammer. Das Bett war unbenutzt.

Er ballte die Fäuste. Er hatte es geahnt: Sie hatte einen anderen. Und den musste sie so sehr lieben, dass sie das Risiko einer mehr als empfindlichen Strafe auf sich nahm, die jedem und jeder Unverheirateten drohte, der nach Einbruch der Dunkelheit noch auf der Straße gesichtet wurde.

Während er darüber nachgrübelte, wer dieser Nebenbuhler sein konnte, und was ihn vor ihn, den Kolber, auszeichnen konnte, kam ihm plötzlich eine Idee. Je mehr er über sie nachdachte, umso besser gefiel sie ihm.

»Na wart, du Hurenfetzen«, murmelte er.

Babett eilte währenddessen katzengleich den Pfad zur alten Kapelle hinauf. Sie musste sich auf den Weg konzentrieren, der sich vor ihr durch den Bergwald schlängelte, vom Mondlicht silbrig markiert. Sie hätte ihn mit geschlossenen Augen gehen können, kannte jede gefährliche Stelle über der sich von Schritt zu Schritt vertiefenden Bachschlucht, an der ein unbedachter Schritt den sicheren Tod bedeutete.

Sie fühlte sich leicht, fast gewichtlos. Der Boden unter ihren Sohlen war weich und elastisch, nur dann und wann knirschte feines Geröll, tappten ihre Schritte auf festen Fels. Dann dehnte sich eine weite Lichtung vor ihr. Im Mondlicht blinkte ein kleiner Gebirgssee, und über dessen Ufer glomm das Gemäuer der alten Knappenkapelle aus dem Wald.

Babett blieb stehen und sammelte sich. Jetzt, wo sie selbst keine Geräusche mehr verursachte, hüllte sie eine machtvolle Stille ein. Sie schloss die Augen und kostete die klare Luft.

Dann hörte sie das leise Brummen. Sie erstarrte augenblicklich. Über dem scharfen Riss einer Geländerippe zeichnete sich die Silhouette eines riesigen Bären ab. Er stand aufrecht und unbewegt, keine dreißig Schritte von ihr entfernt. Langsam wandte er den Kopf. Wieder ließ er ein leises Brummen ertönen.

Sie atmete flach. Sie wusste, dass der Bär längst ihre Witterung aufgenommen hatte. Doch noch immer bewegte er sich nicht. Und mit einem Mal klang ihr sein Brummen, als wollte er ihr etwas mitteilen. Alle Angst fiel von ihr ab, und ihre Gedanken antworteten ihm.

Was, würde sie sich nie genau erklären können. Vielleicht wollte er sagen, dass es reichlich ungewöhnlich sei, zu dieser Stunde jemanden im Wald anzutreffen, was ihm aber nichts ausmache, weil er sich hier heroben eh ein wenig langweile. Vielleicht antwortete sie darauf, dass es im Tal auch nicht viel angenehmer sei, und sie sich manchmal danach sehne, wie er zu leben. Vielleicht gab er daraufhin zurück, dass er das gut verstehen könne, denn auch er halte die Menschen für eine reichlich unangenehme Bagage, der er lieber aus dem Weg ginge. So plauderten sie eine Weile miteinander. Bis der Riese schließlich gähnte, sich auf seine Vorderpfoten sinken ließ und gemächlich trollte. Bald hatte ihn die Dunkelheit des Bergwaldes verschluckt.

Babett überquerte die Lichtung. Wenig später hatte sie die verlassene Kapelle erreicht, schob die knarzende Tür zurück und ging einige Schritte in das Innere des winzigen Raumes.

Ein Geräusch ließ sie herumfahren. Im Türrahmen, von Mondlicht umrankt, stand eine reglose Gestalt.

»Vester…?«

Er streckte die Arme aus. Sie stürzte auf ihn zu, umschlang ihn mit ihren Armen und küsste jede Stelle seines Gesichts.

»Dass du bloß lebst, Vester. Dass du bloß lebst.«

Er lachte kehlig.

»Den Vester kriegt keins so schnell nit los.«

Sie gab ihm eine zärtliche Ohrfeige.

»Aff, du.«

Eine schmale Mauerscharte warf graues Mondlicht in die Kapelle. Neben dem Altar hatten Hirten ein Lager aufgeschüttet. Babett und Vester tasteten sich voran und ließen sich auf dem Stroh nieder. Eine Weile lagen sie schweigend nebeneinander.

»Sag, Vester – ist wirklich alles hin droben?«

»Alles nit. Aber wir müssen einen neuen Stollen anschlagen.«

»Gut«, sagte Babett. »Gut.«

Vester wirkte auf einmal niedergeschlagen.

»Wann er was gibt…«

»Er wird, Vester.«

Wieder lauschten sie den Geräuschen des Waldes. Plötzlich presste er sie an sich und schluchzte: »Was hab ich geträumt, was ich mit dir haben werd, Babett. Und jetzt ist alles hin und verloren.«

Sie streichelte seine Wange. »Vester…«

»Ein kleines Gut vom Walserberg hab ich mir schon ausgeschaut gehabt… Nichts Großes, nichts zum Reichwerden… Aber… mit dir wär ich der Reichste gewesen, dens hat im Land.«

»Es wird was anders hergehen, Vester. Gehn wir ins Tirolische.«

Er zog den Rotz hoch.

»Grad da werden sie sich um uns reißen«, sagte er entmutigt.

»Und meine Godin, die hätt auch einen Vettern in Wien, und der –«

»Und der?«

»Der hat ein Ringelspiel, glaub ich. Oder sowas.«

»Ringelspiel«, wiederholte Vester, plötzlich unwirsch. »Jaja.

Und ich hab einen Vettern im Grödnertal. Wenn er nit auch schon verreckt ist, dann krebst er genauso vor sich hin.«

Sie schmiegte sich an ihn.

»Vester, bist ja ganz kalt. Lass dich wärmen.«

Er stöhnte leise.

»Es wird, Vester. Es wird.«

Er schwieg.

»Sag, Vester – ?«

»Hm?«

»Willst es denn überhaupt?«

»Was?«

»Dass es wird?«

Er drehte den Kopf zur Seite. »Als wann danach noch eins fragt.«

»Ich frag, Vester.« Ihr Blick glühte durch die Dunkelheit. »Sag, dass dus willst.«

»Ich –«

»Willst dus«, drängte sie.

Er sah sie forschend an.

»Und du?«

Sie lachte leise. »Du fragst vielleicht blöd. Ich wills, freilich. – Sag du jetzt!«

Er seufzte wieder.

»Woll…« brummte er dann.

Mit einem Schlag wurde ihnen bewusst: Sie hatten sich gerade versprochen.

Sie klammerten sich stöhnend, wie verlorene Kinder, aneinander. Sie löste sich hastig von ihm, zog ihr Kopftuch ab und löste ihren Haarknoten.

Als sie ihn umarmte und seine rissigen Lippen auf ihrer Haut fühlte, ertasteten ihre Fingerkuppen Narben auf seinem nackten Rücken.

19

War er ein seniler Narr? Warum tat er das? Freiherr Viktor von Playen hatte sich diese Frage nie wirklich beantworten können: Was ihn, den bald Siebzigjährigen, antrieb, sich gegen die Mächtigen in Politik und Kirche zu stellen, indem er sein Schloss für regelmäßige Treffen der bairischen Illuminaten zur Verfügung stellte?

Eines Bundes, der für die Aufhebung von Leibeigenschaft und Frondiensten plädierte, für die Begrenzung der Macht der Kirche, für eine Gesellschaft, in der sich jeder Mensch nach seinen Möglichkeiten frei entfalten können sollte.

Es hatte ihm nie an etwas gefehlt. Er war behütet aufgewachsen; umringt von dienstbaren Geistern, hatte es mit seinem Studium in Ingolstadt bestens getroffen, und auch danach erlaubte ihm sein Erbe ein sorgenfreies Leben. Warum ging er dieses Risiko ein? Die machtbewussten Klerikalen im Bund mit den fanatischen Rosenkreuzlern hatten am Hof des Kurfürsten längst wieder an Einfluss gewonnen. Sie überzeugten ihn, dass die Illuminaten eine Verschwörung gegen ihn planten.

Warum konnte der Baron das gefährliche Spiel nicht lassen, wie es bereits einige seiner Bundesbrüder getan hatten?

An manchen Tagen trat es klar vor seine Augen: Die Antwort war, dass sich etwas in ihm gegen die Gewissheit des Sterbens sträubte. Nicht nur seines eigenen, sondern auch das einer Welt, die sein Zuhause war. Hatte es ihn früher, als er jung und unerfahren war, noch empört, wenn die Privilegien des Adels in

Frage gestellt wurden, so war schließlich immer deutlicher in sein Bewusstsein gesickert, dass es in dieser Welt längst neue Herren gab. Der Besitzer einer modernen Manufaktur, der mit Übersee Handel treibende Geschäftsmann – sie alle waren bereits reicher als so mancher Landedelmann. Mochte jener sich noch in den Ehrbezeugungen seiner Untertanen sonnen – was er an Zehent, Frondiensten und Erbschaftsgebühren und dergleichen einnahm, war lächerlich gegen die Umsätze der neuen Herren. Längst standen die Paläste der Großhändler und Fabrikanten den Stadthäusern des Adels in nichts mehr nach.

Doch sollte es jenen geistlosen Großkrämern jetzt zukommen, die Entwicklung der Welt zu lenken? Das sollten die neuen Herren sein, die den Adel über kurz oder lang in die Bedeutungslosigkeit hinabstufen würden? Ungebildete Handwerker, feiste Geldsäcke, die lediglich die Nase in den Wind gehalten hatten, deren Weitblick nur die Strecke von einem Bilanzabschluss zum nächsten kannte, die keinen Dunst von Kultur und jenem tiefen Wissen haben, das die Angehörigen des Adels über Generationen angehäuft hatten? Viktor von Playen graute es, wenn er daran dachte.

Was aber konnte dagegen unternommen werden? Den Führungsanspruch des Adels noch von Gottes Gnaden abzuleiten, war natürlich längst lächerlich. Wenn aber weder göttliche Gesetze noch wirtschaftliche Macht ins Feld geführt werden konnten, so musste der Adel seine Führerschaft in geistigen Dingen beweisen – in Wissenschaft, in Kultur, in Philosophie. Der Baron kannte eine Unmenge von Edelmännern, die sich in kostspieliges Mäzenatentum stürzten, selbst eifrig Dramen verfassten, sich mit naturwissenschaftlichen Theorien überboten und die Geschichte bis tief in die frühe Antike nach der Weltformel durchforschten. Das jedoch waren nur jene, die das Ende vorausahnten. Die anderen seiner Standesgenossen, die sich noch in den Bezirken der politischen Herrschaft tummelten, waren zu sehr mit dem Erhalt ihrer Macht beschäftigt, um zu erkennen, dass sich die Welt um sie herum wandelte. Sie reagierten auf jede Kritik mit kopfloser Empörung. Statt beherzt Reformen anzugehen, überschlugen sie sich in drakonischen Maßnahmen, bauten ihre Geheimpolizei aus, verschärften die Gesetze und etablierten eine inquisitorische Zensur.

Dabei musste jeder halbwegs helle Kopf erfühlen, dass dies alles nur das Ende beschleunigen würde.

Damit war der Freiherr nicht alleine. Als einer seiner Freunde ihm schließlich unter dem Siegel strenger Verschwiegenheit gestand, sich einem geheimen Zirkel angeschlossen zu haben, welcher genau jene Ideen vertrat, die auch ihn bewegten, hatte er nicht gezögert. Es hatte nicht lange gedauert, dann war Schloss Playen eine *colonie* des Bundes.

Um die nötige Geheimhaltung gewährleisten zu können, tarnte man die Treffen als gelehrte Diskussionen über die Lehren der Antike. Längst waren hochrangige Wissenschaftler, Beamte und Diplomaten zu ihnen gestoßen. Aber noch war ihr Einfluss zu gering. Es musste weiter geworben werden. Die Künste waren dem Baron dabei ein besonderes Anliegen – auch er hatte sich in seiner Jugend als Dramatiker versucht.

Was Monsieur Schikaneder gestern von sich gegeben hatte, hatte es ihm angetan. War das Theater nicht jenes Medium, das – wie die Musik, aber auf anderer Ebene – die Menschen direkt berührte? Konnte Schikaneder nicht zu einem jener Köpfe werden, mit deren Hilfe die neuen Ideen populär zu machen wären?

Befriedigt hatte er wahrgenommen, dass sich der junge Herr Mozart und Monsieur Schikaneder nach anfänglichem Geplänkel sehr schnell aufs Prächtigste verstanden hatten. Nach dem nächtlichen Besuch in seinem ›Ägyptischen Hain‹ spekulierten sie sogleich über gemeinsame Projekte. Die Aussicht darauf, dass sich das vor Vitalität strotzende und – nach allem, was er davon gesehen und gehört hatte – höchst erfolgreiche Theater Schikaneders mit der Musik Wolfgang Mozarts zu etwas Neuen verschmelzen würde, versetzte ihn in erwartungsvolle Erregung.

Vor allem daran dachte er, als er an diesem Vormittag im Zimmer umherging. Er war ausgeruht und ausgeglichen, nicht verbittert wie viele seiner Standesgenossen, stand nicht vor dem Abgrund der Bedeutungslosigkeit. Was sein Leben auffüllte, würde strahlende Zukunft sein. Eine neue Welt, angeleitet von einer Elite des Geistes.

Es klopfte.

Der Baron hatte noch kein ›Entrez‹ gerufen, als die Türe bereits zurückschwang.

»Herr Baron Viktor von Playen, wie ich annehmen darf?« Der Offizier nahm Haltung an. »Im Namen seiner Durchlaucht, des Kurfürsten von Baiern, fordere ich Sie auf, mir zu folgen.«

Von Playen starrte ihn wie eine Erscheinung an. Im Türrahmen stand eine der Bediensteten und schluchzte leise in ein Tuch. Der Baron zwinkerte irritiert. Schließlich straffte er sich.

»Außer jener, zuweilen gegen meine Gesundheit zu freveln, bin ich mir keiner Untat bewusst. Wäre es zu viel verlangt, Monsieur le Capitaine, mir den Grund Ihres – nun, doch sehr überraschenden – Vorgehens mitzuteilen?«

Der Offizier spitzte süffisant die Lippen, bevor er, die höfische Ausdrucksweise des Barons aufnehmend, antwortete: »Keineswegs, Monsieur von Playen – oder würde es der *Illuminatus dirigens* vorziehen, mit dem Bundesnamen ›Zarastro‹ angesprochen zu werden?« Er genoss es zu sehen, wie die Schultern von Playens herabsanken.

»Aber um Ihre Frage zu beantworten: Es erwartet Sie ein Prozess vor der Geheimen Untersuchungskommission wegen Geheimbündelei sowie landesverräterischer Konspiration.«

»Landesverräterischer …?« Die Stimme des Barons war kaum zu hören. »Aber … ich diene meinem Land …«

»Offensichtlich nicht in jener Weise, Monsieur, wie es den Vorstellungen Seiner Durchlaucht entspricht«, versetzte der Offizier kühl. Er winkte einen der beiden bewaffneten Begleiter zu sich.

»Gründlichste Visitation! Bücher, Korrespondenz etcetera.

Achte Er vor allem auf die Namen Pestalozzi, von Knigge, Utzschneider, van Swieten, Goethe. Und im Besonderen auf Graf Montgelas! Sollte sich darüber hinaus der Name Paccoli finden – verstanden? Paccoli!? –, ist dies mir gesondert vorzulegen!«

Der Soldat salutierte.

»Zu Befehl!«

20

Die Dörfler bestaunten die fröhliche Ausfahrt. Der Wirt hatte seinen Landauer und zwei einfache Leiterfuhrwerke vorbereiten lassen, mit dem die Schikanederische Truppe am späten Nachmittag ins Oberland rumpelte. Demoisell Bichler hatte ein Lied angestimmt, in das die anderen mit voller Kehle einfielen.

Wenig später bildeten sie ein erwartungsvolles Halbrund vor dem Portal des Playen-Schlosses. Schikaneder schlug an die Tür. Wartete. Klopfte wieder. Nach einer Ewigkeit öffnete eine verängstigte junge Frau. Ihre Augen waren rotgeweint, und sie hielt ein zerknülltes Taschentuch vor ihren Mund. Nach wenigen stockend vorgebrachten Worten war alles klar.

Die Fuhrwerke hatten bereits kehrtgemacht. Bis zum Dorf war es mehr als eine Stunde zu gehen. Die bodenlangen Roben schleiften über den Schotter und wirbelten Staub auf, durch die dünnen Sohlen der Tanzschuhe stachen die Steine. Schikaneder und seine Frau marschierten an der Spitze des deprimierten Zuges. Der Prinzipal sah starr geradeaus. Madame hatte sich bei ihm eingehakt, konnte jedoch kaum Schritt halten. Lange sprach niemand ein Wort.

Wallerschenk ging am Ende des Zuges. Er brach den Bann.

»Verhaftet! – Wir sollten also in einer Verbrecherhöhle auftreten! Wohin wird uns unser Herr Direkteur das nächste Mal vermitteln? Gleich in den Kerker?«

»Aber da kann doch er nichts dafür«, widersprach Demoisell Bichler schwächlich.

Wallerschenk nickte grimmig.

»Er hat bloß eine außergewöhnliche Fortün bei allem, was er anlangt! Das ist jedenfalls der kurioseste Kontrakt, den ich in meinem ganzen langen Künstlerleben signiert hab.«

»Aber wir spielen doch bald in Salzburg«, wandte Aloys Grill ein.

Caselli ging vor ihnen.

»Das wirds in drei Wochen auch noch heißen«, sagte er über die Schulter.

»Das nenne ich jedenfalls exakte Planung«, lästerte Wallerschenk.

Seine Stimme war an der Spitze des Zuges zu hören gewesen.

»Ich erwürg ihn«, zischte Schikaneder durch die Zähne.

»Vergiften«, schlug Eleonore vor. »Fällt weniger auf.«

»Gibt mir aber nicht die Satisfaktion, die mir jetzt dringend Not tät. Rädern und vierteilen, unds Maul noch extra ausbrennen, danach wär mir eher.«

Sie stöhnte leise auf und blieb stehen. Der Trupp zog an ihnen vorüber. Eleonore zog das Knie an und schlüpfte aus ihrem Schuh.

»Bloß ein Stein«, erklärte sie den Vorübergehenden.

»Vielleicht ist der Schuh zu groß?«, stichelte Wallerschenk. Sie kippte die Augen nach oben. Der Trupp verschwand hinter einer Biegung. Sie schüttelte den Schuh aus und zog ihn sich wieder an. Schikaneder setzte sich auf einen Findling am Wegrand und nahm sein Gesicht in seine Hände.

»So nah ist also der Kerker…«

Eleonore ließ sich an seiner Seite nieder.

»Jetzt tu nicht, als ob wir nicht schon oft in so einer Lag gewesen wären. Sag mir lieber: Die Kassa geht also endgültig aufs Leersein zu?«

»Wie Mitternacht auf die Finsternis«, sagte er mit hängendem Kopf.

»Oh.«

Er nickte geschlagen.

»Ja…« Er sah auf. »Eleonore… gib mir deine Hand.«

Sie tat es gerührt.

»Eleonore!«, fuhr er auf. »Wo ist der Ring, den dir der Baron Tattelhuber geschenkt hat?!«

Ernüchtert zog sie ihre Hand zurück.

»Ah! An meine Bijous will er bloß! Kriminales Subjekt!«

»Wo er ist! Eleonore!«

»Längst solid versetzt, was sonst!«

»Wir sind verloren!«

Sie stöhnte auf.

»Mach nicht schon wieder ein Drama! Es schaut dir keiner zu. Sag endlich, wie lang das Geld noch reicht.«

»Wenn der Wirt nicht noch einen Wucherpreis wegen der Fuhrwerke draufschlägt, dann bis gestern. Mit gedehntestem Optimismus allerdings.«

Eleonore riss die Augen auf.

»Was?!«, platzte es aus ihr heraus. »Du Verschwender!! Wo –«

»Wo-wo-wo! Wer rechnet denn damit, dass wir in diesem Nest so lang arretiert bleiben? Was hätt ich denn tun sollen? Auf Salzburg fahren, den Theaterkommissär erschießen, und mir die Permission selber ausstellen? – Aber immer nur Vorwürfe, Vorwürfe, Vorwürfe!«

Sie sah ihn ungläubig an.

»Versteh ich recht?«, rief sie. »Du erwartest Lob und Dank dafür, dass wir –«

»Ja! Ein einziges Mal!«

»Dass wir praktisch bankrott sind?! – *Großartig! Danke!!*«

Schikaneder sank in sich zusammen.

»Bitte«, sagte er leise. »Ach… Jedenfalls… seit der gestrigen Übernachtung sind wir schon im finsteren Feld der Kriminalität…«

»Seit gestern? Aber – du hast den Wirt doch gestern bezahlt?«

»Da hab ichs grad noch so deichseln können, dass er nicht die ganze Summe verlangt. Aber es ist ja noch nicht alles. Die Leut werden auch bald ihre Monatsgage verlangen. Eleonore... wenn nicht noch ein Wunder geschieht, rücken wir bald ein in ein finsteres Gewölb...«

»Du«, korrigierte sie nüchtern.

»Gewiss«, flüsterte er geschlagen. »Ich. Wer sonst...«

»Hör auf mit dem Schwarzsehen«, sagte Eleonore beherzt. »Es nützt uns jetzt nichts. Es ist auch nichts mehr in irgendeiner Nebenkassa, aus der du dir die eine oder andere Aventür finanzierst?«

Schikaneder schüttelte nur den Kopf. Sie zog die Beine an und schlang die Arme um die Knie.

»Na, wenns halt so ist, dann muss sie sich halt wieder füllen, unsere Kassa.«

Das war zu viel. Er funkelte sie böse an.

»Grandiose Erleuchtung!«, sagte er ätzend. »Dass ich nie selber auf so was komm?! – Ja, das wäre gewissermaßen erwünscht, meine Liebe! Es ist mir aber – zu meinem Bedauern – du verzeihst – noch nicht möglich, Gulden zu scheißen!«

»Aha?«, sagte sie leichthin. »Gulden in Wein verwandeln, das kannst doch auch?«

Er starrte sie zornig an. Bevor er etwas entgegnen konnte, ergriff sie seinen Arm.

»Wieso kommst du eigentlich nicht auf das Allernächste?«

Sein Mund blieb einige Sekunden offen. Dann schluckte er.

»Das – das was?«, sagte er rau. Sein Blick irrte im Zickzack über ihr lächelndes Gesicht. »Das Nächste wär... was?«

Sie legte ihr Kinn auf ihre Knie und knipste einen Grashalm ab.

»Schau, Emanuel. Was tut ein Schuster, wenn er Geld verdienen will? Was ein Zimmerer? Und was ein Schmied? – Ich sags dir: Der Schuster macht Schuh. Der Zimmerer macht ein Dach. Und der Schmied einen Wagen.« Sie nickte aufmunternd. »Hm?«

Schikaneder schoss in die Höhe und baute sich vor ihr auf.

»Hier?!« Er schnappte nach Luft. »In diesem Nest?! – Ich?! –

Der Schauspiel- und Operndirekteur Emanuel Schikaneder soll seine Kunst einem unverständigen Publikum vor die ungewaschenen Füße schmeißen?! – Niemals! – Nie!!«

Sie sah ihn unverwandt an, die Lippen spöttisch geschürzt. Ihre Finger spielten mit dem Grashalm.

»Niemals!«, wiederholte er erschöpft. »Es geht nicht.«

»Tja, dann...« Sie stand auf und strich ihren Rock glatt. »Komm jetzt. Die anderen werden auf uns warten. Außerdem hats hier Ameisen.«

21

Als Schikaneder geendet hatte, standen alle Mäuler offen. Wallerschenk sah seinen Direkteur fassungslos an. Dann brach es aus ihm heraus: »Niemals! Nie!-mals! Ich –«

Schikaneder unterbrach ihn schroff: »Herr Wallerschenk! Wir spielen, und zwar hier. Nehmens übrigens grad Sie als bitter nötige Generalprob für die Salzburger Aufführung. Falls Sie es noch nicht dem Klang meiner Stimme entnommen haben: Das ist eine *ordre du directeur*!«

Er schickte ein bekräftigendes Nicken hinterher. »Ich gehe davon aus, dass ich verstanden worden bin. Besetzung und Probenplan in Kürze. Ich darf mich empfehlen.«

Die Tür des Saletts fiel hinter ihm ins Schloss.

»Eine was?«, erkundigte sich Aloys leise bei Millner.

»Wenn einer das nicht tut, dann kann er sich um ein neues Engagement umschauen«, nuschelte dieser zurück.

Wallerschenk wollte es noch immer nicht glauben.

»Aber… aber…! Ein Fürst von Thurn und Taxis hat mir applaudiert!«

»Weil Sie neben mir gestanden haben«, stellte Demoisell Bichler klar.

Millner setzte den Weinkrug ab und fuhr sich mit dem Handrücken über die Lippen. »Können wir denn so sicher sein, dass die Gschwollköpf mehr davon verstehen als die Leut hier? Also mir ists wurscht, ob wir da oder dort spielen. Diese Rumhockerei macht einen schon langsam trüb.«

Wallerschenk sah über die Schulter auf ihn herab.

»Für einen, dessen Talent bloß für einsätzige Boten und stumme Speerträger reicht, überrascht mich dieser Einwand nicht im Geringsten. – Ich spiele *nicht*!«

Madame Schikaneder lehnte sich zurück und legte ihre Rechte auf den Tisch. Gefährlich ruhig begann sie: »Herr Wallerschenk, entnehme ich Ihren Worten erneut eine gewisse Tendenz zur Insubordination, welche –«

»Ich erlaube mir lediglich –!«

Mit schneidender Stimme fuhr sie ihm über den Mund: »Welche laut Kontrakt eine sofortige Auflösung desselben haben würde?!«

Wallerschenk lief rot an. »Nein!... eh... ich... eh...«, stotterte er, sich unter ihrem bohrenden Blick windend. »Aber... ein freies Wort muss unter Künstlern doch erlaubt sein!« Flehentlich sah er um sich. Jeder wich seinem Blick aus, niemand schenkte ihm ein zustimmendes Nicken. Verzweifelt schleuderte er heraus: »Ich bin doch schließlich Charakterschauspieler!«

Millner neigte sich zu Bartholomäus.

»Du, weils mir grad einfällt...«, raunte er. »Braucht die Wagachs' nicht wieder mal eine Schmier?«

22

Schon nach zwei Tagen Arbeit mussten die Knappen der Grube Kogelscharte erkennen, dass die Verwerfung höher reichte, als sie vermutet hatten. Außerdem war das Gestein nahezu taub. Es blieb nur eines: Der eingestürzte Stollen musste wieder begehbar gemacht werden.

»Und das Wasser?«, hatte Silvan wissen wollen.

»Wir pumpen es erst einmal ab. Sobald es geht, täufen wir ins alte Revier hinab.«

»Aber das Auszimmern, Vester?«, gab Severin zu bedenken. »Wie willst das machen, ohne Stempenholz? Die alten Trämme rühr ich jedenfalls nit mehr an.«

Vester hatte sich langsam zu Severin gedreht.

»Mit Stempenholz, Severin. *Mit.*«

Dann war er ins Tal marschiert.

Als er die Stube des Bergschreibers betrat, war dieser gerade dabei, den Steiger der benachbarten Grube auszubezahlen. Der Steiger der Grube Fager Tal streifte ihn mit einem bedauernden Blick und rückte zur Seite, um ihm Platz zu machen. Vester blieb stehen, verschränkte seine Arme vor der Brust und lehnte sich an die Holzwand.

Der Bergschreiber schob einige Münzen über den abgewetzten Zahltisch.

»Zähl es nach. Drei Gulden, vierzig Kreuzer.«

Er griff nach der Schreibfeder, tunkte Tinte, zog sein Journal heran und trug Summe, Ertrag und Empfänger ein.

»…vierzehn Zentner… Grube Nonnerboden…«

Er schob das Buch wieder zurück und sah auf.

»Grube Fager Tal?!«

Der Steiger hatte sich noch nicht bewegt. Er sah ungläubig auf die Summe.

»Was steht er da wie ein Ochs?«, fuhr ihn der Bergschreiber an. »Wenn Er dem Monsieur Paccoli so eine windige Ausbeute bringt, dann ists mehr als genug! – Er kann auch andere Pächter finden.«

Der Steiger strich verdattert die Münzen ein und trottete auf seinen Platz zurück.

Der Bergschreiber korrigierte seine Kneifbrille und blinzelte in den Raum.

»Grube Fager Tal, habe ich gesagt! Schläft Er?«

Vester stieß sich von der Wand ab und stellte sich vor dem Zahltisch auf. Der Bergschreiber musterte ihn verärgert.

»Grube Fager Tal! Nicht Kogelscharte! – Ist Er taub?«

»Nicht mehr als du«, sagte Vester ruhig.

»Ich verbitte mir diese respektlose Anrede! Was soll diese Narretei! Seine Grube hat seit fast drei Wochen nichts mehr abgeliefert! Der Monsieur Paccoli zahlt nicht für nichts!«

Vester beherrschte sich.

»Ich möcht das Stempenholz, Bergschreiber. Es ist geschrieben, und es steht uns zu.«

Der Bergschreiber grinste dümmlich.

»Bin ich Euer Holzhacker?«

Vester beugte sich mit einem Ruck vor, packte ihn an seiner Weste, zog das schmächtige Männchen aus dem Stuhl und nahe an sein Gesicht. Der Bergschreiber, dessen Brille unter seinen Füßen knirschte, sah in eine wütende Fratze. Er stieß einen entsetzten Schrei aus.

»Du gehst jetzt auf der Stell zum Signor Paccoli und…«

Die Tür hinter dem Zahltisch hatte sich geöffnet.

»Was soll der Rumor?«, rief Paccoli streng. Er hob eine Braue. »Ah! – Der Steiger von der Kogelscharte…«

Vester ließ den Bergschreiber in den Sessel zurückplumpsen. Sofort duckte sich dieser hinter den Tisch und wieselte auf allen vieren aus dem Raum.

»Ja!«, bestätigte Vester finster. »Der, der schon seit fast zwei Monat auf sein neues Stempenholz wartet.«

»Und dem meine Gruben dauernd einfallen, weil Er nicht imstand ist, sie nach Vorschrift abzubauen!«

»Weil uns ein gewisser Halunk kein Holz dafür gibt!«, brüllte Vester. »Stehts uns zu oder nicht?«

»Es steht Euch zu«, sagte Paccoli kühl. »Es wird auch kommen. Was aber den tätlichen Angriff auf meinen Schreiber sowie die Beleidigung betrifft, so kann Er sich –«

»Morgen kommt es!«, knurrte Vester.

»Er wirds erwarten.«

»Morgen!«

»Wann es kommt, bestimme ich!«, blaffte Paccoli zurück. »Verlangt Er vielleicht, dass ich noch eifrig investiere? Bei dieser mageren Ausbeute, die Er mir schafft?!«

Rasend vor Wut hechtete Vester über den Tisch, stürzte sich auf den Grubenbesitzer und krallte seine Finger um dessen Hals. Paccoli schlug um sich und krächzte nach Hilfe. Vester drückte zu. Sein Blut kochte, in seinen Ohren toste es. Er war wie von Sinnen, hörte nicht, dass hinter ihm die Eingangstür aufgestoßen worden und der Bergschreiber zurückgekehrt war, zwei vierschrötige Schmelzarbeiter im Schlepptau. Ein Faustschlag donnerte auf seinen Hinterkopf. Mit einem Schrei ließ er Paccoli zu Boden fallen und wirbelte herum, direkt in einen Haken des zweiten Arbeiters.

Paccoli kroch hustend zur Tür.

»Schlagt ihn tot…«, krächzte er.

Vester flog durch den Raum und krachte an die Holzwand. Schon kamen die beiden Schläger wieder auf ihn zu und zogen aus. Sie kamen nicht weit. Denn die beiden anderen Steiger, die die Szenerie zunächst wie gelähmt verfolgt hatten, warfen sich jetzt brüllend auf die Angreifer. Von einem Kinnhaken getroffen, polterte der erste Schmelzer zu Boden. Der zweite geriet in Panik, flüchtete sich hinter den Zahltisch, hob ihn empor, stand für den Bruchteil einer Sekunde in einem Regen blinkender Münzen und aufspritzender Tinte, bevor er den Tisch den Angreifern entgegenschleuderte. Deren Zurückweichen nutzend, sprang er mit einem Satz durch splitterndes Glas und berstende Sprossen ins Freie.

Keuchend richteten sich die Männer auf. Hinter dem Gebäude entfernte sich Hufgetrappel.

»So nehmts doch Vernunft an…«, flüsterte der Bergschreiber. »Sonst ist bald alles zu End… ist eh bald alles zu End…«

23

Er könne es nicht länger hinnehmen, hatte der Kolber dem Richter erklärt. Dem Verfall der Sitten müsse endlich ein Riegel vorgeschoben werden. Sein guter Ruf stehe schließlich auch auf dem Spiel.

Der Richter hatte befriedigt genickt. Endlich erhielt er auch Unterstützung von den Dorfleuten. Umgehend hatte er die Verhandlung einberufen.

»Ruhe!« Er schlug mit seinem Hammer auf die Tischplatte. Auf den Sohlen wippend fixierte er die Angeklagte.

»Die Babett Hausmannin haben wir heut da! – Sie weiß natürlich wieder überhaupt nicht, weswegen sie vor Gericht steht, was, Jungfer Hausmannin? – Sie weiß es sehr gut, und darum erspare ich mir unnötiges Gerede. – Jungfer Hausmannin, gegen Sie wird Klage geführt wegen unerlaubten Verlassens Ihrer Unterkunft und nächtlicher Streunerei. Des mehrmaligen ist Sie dabei ertappt worden, dass Sie die Gesindekammer des Abends insgeheim durch das Fenster geflohen ist!«

Er sah über die Brille zur Zeugenbank. »Der Herr Kolber bestätigt es?«

Kolber nickte eifrig.

»Wie – wie kann Ers bez-bezeugen?«, stammelte Babett. Auf ihrer Wange hatten sich rote Flecken gebildet. Ihr Gesicht glänzte.

»Ja, weilsd net in der Kammer gewesen bist«, rief der Wirt.

»Gnä-gnädiger Herr! Wenns wahr wär, wa-was hätt der Herr Kolber aufd Nacht in meiner Kammer drin verloren?!«

Unter den Zuschauern breitete sich Unruhe aus. Wieder drosch Ratold mit dem Holzhammer auf die Tischplatte.

»Genug! Ihre pflichtvergessene Herumtreiberei des Nächtens ist erwiesen! Und Ihre freche Einlassung ist eine hübsche und unwiderlegliche Demonstration für die zweite Klag. – Babett Hausmannin, über Sie wird weiters Klag geführt, dem Willen Ihres Dienstherrn nicht allzeit fügsam zu folgen und ihm Respekt zu versagen, indem Sie sich seiner Fürsorg nicht dankbar zeigt, des Öftern mit Widerwort, gar mit hinterkünftiger Red repliziert.«

Babett konnte mit diesem Wort nichts anfangen. Ratold deutete ihr Schweigen anders.

»Sie streitet nicht ab«, stellte er fest. »Dann zum Dritten. Babett Hausmannin, gegen Sie wird ebenfalls Klag geführt, dass Sie sich des Öfteren in schändlich kurzen Röcken zeigt, das Haar ohne Kopftuch und wild trägt –«

»Wie eine Hex! Ja!«, schrie der Kolber.

Babett drehte sich empört zu ihm.

»Hast geschpächt! Geschpächt hast!«

Sie wandte sich wieder dem Richter zu und deutete mit zitternder Hand auf den Wirt.

»Gnä' Herr! Er – er – er – er ist es, der wo –«

Unter den Zuschauern wogte wieder empörtes Gemurmel auf. Die Köchin hatte ihre Hände gefaltet.

»Sags, Babett«, flüsterte sie. »Sags endlich!«

Der Knecht Gidi beugte sich zu ihr herab.

»Was solls sagen?«

»Nichts, Depp«, murmelte sie.

»Ruhe!«, wetterte Richter Ratold. »Genug! Du gehässige Metze! So dankt Sie Ihrem Dienstherrn die Fürsorg?«

Babett brach in Tränen aus.

»Ich… ich geh allerweil in die Mess…«

»Ja! Ha!«, geiferte der Wirt. »Damits net aufkommt, deine Schandhaftigkeit! Aber jetzt hat er dich aufgebracht, unser Herr Richter!«

Ratold winkte geschmeichelt ab. Der Hammer krachte auf den Tisch.

»Babett Hausmannin! Da die Ihr zur Last gelegten Verfehlungen außer Zweifel stehen, Sie uns selbst die schönsten Beweise für Ihre Verstocktheit gegeben hat und damit die dringlichste Notwendigkeit erwiesen ist, dass Ihr Ihre Zuchtlosigkeit nur durch nachhaltige und schmerzhafte Züchtigung ausgetrieben werden kann, verurteile ich Sie zu dreimal fünfundvierzig Kreuzer Strafe, oder –«

Sepha schlug entsetzt die Hand vor den Mund.

»So ein Haufen Geld!«

»Wenn Sies nicht binnen dreier Tage bezahlt, zu dreimal sechs Stunden Stehen in der Pranger-Geigen, zu Ihrer Schand und«, er fixierte die Zuschauer streng, »zur Erziehung aller, die Ihrem sträflichen Beispiel zuweilen gern folgen möchten!«

Babett stand wie vom Donner gerührt.

»Nein…«, flüsterte sie, »…net die Geigen…«

Der Hammer des Richters knallte wieder auf die Tischplatte.

»Die Verhandlung ist beendet!«

Ratold stand auf und ließ seinen Blick ein letztes Mal durch den Raum schweifen. Eigenartig – sonst arteten diese Verhandlungen doch immer in ein schadenfrohes Gaudium aus? Das Publikum heute war jedoch merkwürdig zurückhaltend gewesen. Laut war es immer nur dann geworden, wenn der Wirt das Maul aufgemacht hatte. Egal. Dem Recht war Genüge getan. Er hatte außerdem noch eine wichtige Verabredung.

24

Paccoli wartete bereits in seinem Amtszimmer auf ihn. Ratold verstaute die Akte im Schrank. Er seufzte.

»Ach! Wie glücklich könnte dieses Völkchen sein, wenn ihm nur ein wenig Zucht anzuerziehen wäre. Es ist wirklich harte Fron.«

Paccoli nickte verständnisvoll. Ratold ließ sich auf seinen Sessel fallen.

»Diese Unterbrechung war nicht vorgesehen, Monsieur Paccoli. Sie entschuldigen die kleine Verzögerung?«

Paccoli nickte großzügig: »Aber gewiss, Herr Richter.«

»Besten Dank. Fahren wir also fort, Monsieur. Wie steht es mit Ihren Gruben? Dass ich voller Anteilnahme für das Ihnen kürzlich widerfahrene Unglück und Ihre Not mit Ihren Pachtnehmern bin, muss ich nicht betonen. Aber was sind Ihre Pläne?«

Paccoli legte die Hände übereinander.

»Nun, die Grube auf der Kogelscharte ist nicht wieder zu aktivieren.«

Der Richter bemühte sich, sich seine Beunruhigung nicht anmerken zu lassen.

»Aber – warum nicht?«

»Der Bau dürfte zwar noch einigermaßen ergiebig sein, doch das Gestein ist an dieser Stelle zu brüchig. Das bisherige Personal hat sich außerdem als nicht ausreichend qualifiziert erwiesen, sonst wäre es nicht zum Einsturz gekommen. Ich sehe keinen anderen Weg, als die Pachtverträge aufzulösen.«

»Monsieur Paccoli! Sie schließen die Gruben? Und was ist mit meinen – eh –«, Ratold senkte die Stimme. »Sie verstehen, Monsieur Paccoli! Meine persönliche Ökonomie beruht zu einem nicht geringen Teil auf – eh –«

Paccoli spielte den Unverstandenen.

»Aber so zweifeln Sie doch nicht erneut an meiner tief empfundenen Dankbarkeit, bester Herr Richter!«

»Ja, aber dann –«

»Sehen Sie, Herr Richter – der von mir schon lange als viel zu riskant erachtete Abbau in diesem Revier war einer der Gründe, weshalb ich dort seit einiger Zeit nicht mehr mit der nötigen Überzeugung investieren konnte.«

»Ich verstehe. Sehr weitblickend. Aber – bitte verzeihen Sie die Nachfrage – Ihre Entscheidung hat wirklich nichts damit zu tun, was Ihnen kürzlich an Empörendem widerfahren ist? Wenn das nämlich der Grund wäre, so versichere ich Ihnen –«

Paccoli schüttelte den Kopf.

»Das ist er nicht. Dennoch muss ich offen eingestehen, dass es mich ein wenig befremdet, dass Sie trotz meiner Anzeige zu zögern scheinen, etwas zu unternehmen. Es liegen tätliche Angriffe und erhebliche Sachschäden vor. Sie fühlen sich doch nicht etwa überfordert?«

Der Richter unterdrückte einen ärgerlichen Impuls.

»Ich dachte, Sie würden mich besser kennen, Monsieur Paccoli. Natürlich wird die Angelegenheit Folgen haben.«

»Warum wurden die Täter noch nicht verhaftet?«

»Wie stellen Sie sich das vor? Dass ich meinen Gerichtsdiener auf den Berg schicke und die Steiger vor den Augen ihrer Kumpane verhaften lasse? Sie haben es selbst erlebt: Mit diesen Burschen ist nicht zu spaßen.«

»Man lässt sich also von diesem Gesindel ins Bockshorn jagen?«

»Keineswegs, Monsieur Paccoli, keineswegs. Ich möchte lediglich eine Eskalation vermeiden – eine Eskalation, deren Ergebnis wäre, dass die Arbeit in sämtlichen Gruben mit einem

Schlag zum Erliegen kommt. Damit wäre jedoch niemandem gedient. Finden Sie nicht auch?« Ratold wartete Paccolis Einwand nicht ab. »Nein. Diese Sache muss gut vorbereitet sein. Ich werde mich mit der Garnison ins Benehmen setzen. So sehr ich für Ihren diesbezüglichen Affekt Verständnis habe, so sehr bitte ich Sie, hier meiner Erfahrung zu vertrauen.«

»Nun – Sie haben mich überzeugt, Herr Richter.«

»Aber kommen wir wieder auf die Zukunft des hiesigen Bergbaues zu sprechen. Ich hatte Sie vorhin unterbrochen.«

»Nun, ich trage mich bereits des Längeren mit dem Plan, an einer anderen Stelle anschlagen zu lassen. Einer Stelle, an der nicht nur eine vergleichbare Ergiebigkeit vorhanden sein dürfte, sondern auch der Transport wesentlich unkomplizierter zu bewerkstelligen sein wird.«

»Diese Stelle liegt auf dem Rayon meiner Hofmark, darf ich hoffen. Aber wo?«

Paccoli lächelte fein.

»Nun – wie wir wissen, scheint sich unser guter Baron von Playen das Wohlwollen unseres allergnädigsten Kurfürsten nachhaltig verscherzt zu haben.«

»Das ist anzunehmen«, stimmte Ratold ernst zu.

»Sie bedauern es?«

Der Richter schüttelte entschieden den Kopf.

»Wenn es sich erweist, dass die ihm zur Last gelegten Delikte zutreffen, natürlich nicht.« Tatsächlich hatte das Unglück des Barons den Richter nicht sonderlich berührt. Ein verschrobener, noch dazu überheblicher Sonderling war von Playen. Ein einziges Mal war Ratold von ihm zu einem Abendessen auf sein Schloss geladen worden, dann nie mehr. Dennoch überlief den Richter ein leichter Schauder. Er hatte erfahren, dass die Verhaftung des Barons durch eine anonyme Denunziation ausgelöst worden war. Und es gab nur einen, der – wie sich in diesem Moment herausstellte – ein Motiv dafür haben konnte.

»Es ist also eine glückliche Fügung, dass das Anwesen des Barons in Kürze zum Verkauf anstehen wird«, fuhr Paccoli gelassen fort. »Und so betrüblich das persönliche Schicksal des armen Herrn von Playen ist, so sehr könnte es sich als Glücksfall für die künftige Industrialisierung des von Ihnen verwalteten Gebietes erweisen. Ich bin äußerst optimistisch.«

Der Richter lächelte angestrengt.

»Sie sind ein sehr geschickter Geschäftsmann, Monsieur Paccoli.«

Es klopfte. Gereizt sah Ratold auf.

»Entrez?«

Der Gerichtsdiener schob sein pergamentenes Gesicht durch den Türspalt.

»Ein Herr Direkteur Schikaneder bitten seine untertänigste Aufwartung machen zu dürfen.«

25

Meinen alleruntertänigsten Dank, Euer Gnaden.« Schikaneder verbeugte sich. »Gestatten – Emanuel Schikaneder, deutscher Schauspieldirekteur.«

Der Richter hatte sich erhoben. Er lächelte wohlwollend.

»Nun, ich bitte! Wer Ihn nicht kennen würde!«

Er wies auf Paccoli.

»Die Herren sind sich bekannt? Monsieur Paccoli, hiesiger Montan-Entrepreneur.«

Paccoli breitete die Arme aus. »Aber welche Frage, Herr Richter! Ich hatte das außergewöhnliche Vergnügen, seinem ›Hamlet‹ im Hoftheater beizuwohnen! Unvergleichlich!«

Schikaneder wehrte bescheiden ab.

»Pardon, Monsieur Schikaneder!«, rief Paccoli. »Das *muss* ich dem Herrn Richter berichten: Zweimal rief ihn das rasende Publikum wieder auf die Bühne, um ihn den letzten Akt wiederholen zu lassen!«

»Vortrefflich.« Der Richter verschränkte die Hände hinter seinem Rücken. »Dürfte ich jedoch nach dem Begehr des Herrn Direkteur fragen? Meine Zeit ist leider sehr begrenzt. Ich habe mit Herrn Paccoli wichtige Planungen zu bereden. Und zugleich die Frage, Herr Direkteur – erfordert die Angelegenheit Diskretion, oder kann Monsieur Paccoli unserem Gespräch solange beiwohnen?«

Schikaneder musterte Paccoli mit einem Lidschlag. Der Unternehmer schien das Theater zu lieben.

»Keinesfalls. Es ist zudem nichts, was die kostbare Zeit von Euer Gnaden über Gebühr beanspruchen würde. Eine pure Formalie.«

»Nun, dann – ?«

Schikaneder verbeugte sich leicht.

»Gewähren Euer Gnaden gnädigst die Genehmigung zur Aufführung eines Charakterstückes im Orte?«

»Etwa hier?«, platzte Paccoli ungläubig heraus. »Vor diesen Kloben?«

Ratold streifte ihn mit einem zustimmenden Blick.

»Gestatten Sie ebenfalls eine gewisse Verwunderung, Monsieur«, sagte er.

»Ich verstehe Sie.« Schikaneder lächelte gewinnend. »Gewiss, auch meine Compagnie, die Schikanederische Schau- und Opernbühne, ist erstklassiges und hochmögendes Publikum gewohnt. Doch nachdem wir nun schon seit beinahe drei Wochen der Ehre teilhaftig werden durften, in dieser Ihrer wahrlich idyllischen, jeder städterischen Dekadenz abholden Hofmark zu Gast sein zu dürfen, sind wir von einem gewissen Hunger des einfachen Volkes nach geistiger Erhöhung berührt worden. Es ist daher unser sehnlicher Wunsch, uns damit für die uns gewährte Gastfreundschaft erkenntlich zeigen zu dürfen.«

Ratold knetete sein Kinn.

»Nun... Erhöhung... Ich meine, auch im Geistigen sollte doch an der gottgefügten Ordnung zwischen Oben und Unten nicht gerührt werden.«

Schikaneder nickte mit Nachdruck.

»Euer Gnaden haben vollkommen Recht. Das von uns erwählte Stück jedoch hat geradezu zum Thema, die Legitimität der gottgefügten Ordnung erneut zu bestätigen!«

Er zog das Textbuch hervor, das er bis dahin unter seinen Arm gepresst hatte, und hielt es dem Richter entgegen.

»Darf ich mir erlauben, es Euer Gnaden zum Behufe allergnädigster Zensurierung zu überreichen?«

Zögernd nahm Ratold das Buch in die Hand. Er schlug die erste Seite auf.

»*Agnes Bernauerin*… hm… Oh! Graf von Toerring ist der Verfasser?«

Schikaneder nickte nachdrücklich.

»In Person.«

Ratlos ließ der Richter die Seiten durch seine Finger gleiten. Würde er den ganzen Sermon lesen müssen?

»Nun, Theater… Herr Direkteur verstehen, dass ich bei allem eine gewisse Skepsis pflege, was das Volk zu Müßiggang verführen könnte.«

Schikaneder hatte tiefstes Verständnis; er war die strahlende Zuversicht in Person: »Eine geneigte Zensurierung nähme sie Euer Gnaden mit Sicherheit! In diesem Stück ist von nichts anderem die Rede als von hoher vaterländischer Pflicht! – Ich darf Euer Gnaden doch Karten in bester Position expedieren lassen? – Auch Ihnen, Monsieur?«

Ratold schwenkte das Textbuch unschlüssig in der Hand.

»Aber – wo wollen Sie die Aufführung überhaupt exekutieren? Sie werden sicher bereits wahrgenommen haben, dass unser Ort über keine geeignete Lokalität verfügt.«

»Im Freien, Euer Gnaden. Ort und Landschaft dieser Ihrer herrlichen Hofmark bilden eine Kulisse, wie sie kein Künstler idealer gestalten könnte.«

»Hm, das… das, Sie verstehen, erfordert ein wenig Reflexion, Monsieur Schikaneder. Mit einem derartigen Ansinnen wurde ich noch nie konfrontiert.« Ratold sah auf. »Ich werde das Für und Wider gründlich abwägen und Ihnen umgehend Nachricht zukommen lassen.«

Schikaneder verstand den Wink. Er verneigte sich tief, ließ noch einmal sein gewinnendstes Lächeln sehen und ging.

»Äußerst kurios«, bemerkte Ratold. »Dieser Monsieur Schikaneder ist zweifellos ein Mann von angenehmer Kultur, anders als die dahergelaufenen Grimassenreißer, die ich bisher kennen lernen musste. Aber gerade deshalb frage ich mich, was ihn dazu bewegt, Perlen vor die Säue zu werfen. Nein, ich –«

»Wenn Sie meine unmaßgebliche Meinung hören möchten, Herr Richter: Es wäre nicht falsch, die Genehmigung zu erteilen.«

Ratold sah den Unternehmer verblüfft an.

Paccoli lachte herablassend. »Warum wird er spielen wollen? Warum spielen sie überhaupt, all diese Komödianten? Ich sage es Ihnen: Den Männern gehts um die Weiber, den Weibern um die Männer. Und wenns das nicht mehr ist, gehts ums Geld. Gut möglich ist auch, dass er vor Langeweile umkommt, oder seine Leute ein wenig auf Trab halten und nebenbei ein paar Gulden einnehmen will.« Er schüttelte bestimmt den Kopf. »Keine Angst, Herr Richter. Künstler wie Monsieur Schikaneder sind keine Rebellen. Sie werden nicht die Hand beißen, die sie füttert.«

»Dennoch erfühl ich bei diesem Komödiantenpack immer einen Rest untergründiger Resistenz und Aufsässigkeit«, wandte Ratold ein. »Kennen Sie das Stück eigentlich?«

»Nicht en detail. Soweit ich mich erinnere, ist es eine schmalzige Histoir' aus dem Mittelalter. Armes Mädchen aus dem Volke liebt Herzog und wird dafür in die Donau gestoßen. Schmachtende Jungfrauen, klirrende Schwerter – es wird den Leuten gefallen.«

Ratold ging nachdenklich auf und ab.

»Aber, Monsieur Paccoli – es müsste Ihnen doch ebenso Unbehagen bereiten, dass die Leute es womöglich gar als eine Art Belohnung begreifen könnten. Dazu gibt es jedoch gerade jetzt absolut keinen Anlass, im Gegenteil. Finden Sie nicht auch?«

»Ich bin völlig Ihrer Meinung, Herr Richter. Andererseits – eine Theateraufführung würde die Leute ein wenig ablenken. Wer sich amüsiert, denkt nicht an den Alltag und –«

»Ja eben!«, warf der Richter ein, von dieser Vorstellung erbost.

»Und damit auch nicht daran, was ihm an diesem Alltag missfällt! Herr Richter! Die Leute hier und überall begehren auf!

Seltsame Ideen sind im Umlauf. Gefährliche. Man schwatzt von Parlamenten, von Republik –«

»Ich bitte Sie sehr, Monsieur Paccoli! Aber doch nicht hier!«

»Wer kann es sagen? Die Bergleute meiner Gruben kommen aus Tirol, aus dem Venetischen, Savoyardischen, aus Frankreich – und mit ihnen wandern die Ideen. Und die Bergleute und die Hiesigen sitzen wiederum im Wirtshaus zusammen, treffen sich bei der Waldarbeit… Weiß man, was da diskutiert wird?«

»Sie – Sie denken an diesen Vester, nicht wahr?«

Paccoli nickte grimmig.

»Sie erraten meine Gedanken. Ich hatte Ihnen ja schon gesagt, dass ich ihn im Verdacht habe, ein gefährlicher Aufwiegler zu sein.« Er lachte hämisch. »Aber bald einer ohne Auskommen, wenn ich ihm die Pacht entziehe. Die Not wird ihm die Flausen austreiben. Und spätestens, wenn er im Zuchthaus schmort, wird er nachdenklich werden.«

Ratold wiegte besorgt den Kopf.

»Das wird Unruhe geben«, sagte er. »Deren Ziel ich und Sie sein könnten, Monsieur. Die Sache mit dem Grubenholz ist schließlich auch noch nicht –«

Paccoli trat nahe an ihn heran und sagte eindringlich: »Eben! – Herr Richter! Das ist es doch, wovon ich die ganze Zeit spreche! – Lieber Unruhe auf der Spektakelbühne als in der Wirklichkeit!«

Ratold sah ihn zweifelnd an. Paccoli zwinkerte verschwörerisch.

Allmählich hellte sich das Gesicht des Richters auf.

26

Demoisell Bichler sah hinreißend aus, wie sie mit wiegenden Hüften, mit der Hand ihren englischen Hut festhaltend, auf ihn zukam.

»Manü… hier bist. Ich such dich die ganze Zeit.«

»Jaja.« Schikaneder würdigte sie keines Blickes. Geschäftig schritt er die Entfernung von der Bootslände zur zweiten Stufe der Uferböschung ab.

»Das Wetter heut wieder … was? Ich fühl mich wie auf einer Sommerfrischen. Diese Luft –«

»Ist lind, ja.«

»Na? Heut bist aber brummig.«

»Ich bin beschäftigt. Das ist doch wohl nicht zu übersehen.«

Sie zog eine Schnute.

»Sag einmal: Hab ich dir was getan? Was bist denn auf einmal so ekelhaft?

Er deutete in den Himmel.

»Weil die Sonne scheint, Demoisell Bichler.«

Sie verstand.

»Aber es ist doch grad niemand in der Näh. Und die Madam hat sich grad vor ein paar Minuten hingelegt.«

»Mit Migrän vielleicht?«, erkundigte er sich.

»Woher weißt' das schon wieder?«

Er nickte sarkastisch.

»Weil ich das Stück, das da grad gegeben wird, sehr gut kenn, Demoisell. Sein Titel lautet: ›Die in Sicherheit gewiegte Ehebrecherin‹.« Er schob sie ungeduldig zur Seite und stieg einige Meter die Anhöhe empor. »Außerdem: Ich bin jetzt wirklich beschäftigt.«

Er kniff die Augen zusammen und fixierte eine Stelle flussaufwärts.

»Aber was machst du denn?«

»Ich imaginiere unter anderem gerade die Donau, in der die arme Agnes Bernauerin ihr Leben aushauchen wird.«

»Ein bissl schief, das Bild, wenn eins ertrinkt«, stichelte sie. »Außerdem, das Wässerl da nennen die Leut den ›Möslbach‹.«

»Ich bin Künstler, kein Kartograf.«

Sie schaukelte mit den Hüften.

»Da hast jetzt wieder Recht.« Sie machte eine kleine Pause. »Aber manchmal schadets nicht, die Dinge so zu sehen, wie sie wirklich sind… oder wie sie wirklich werden.«

»Demoisell Bichler!«, sagte Schikaneder unwirsch. »Ich bin grad bei der Arbeit, ja? Hab ich nicht ausdrücklich Order gegeben, dass –«, er schwenkte herum und sah sie argwöhnisch an, »was meinst du mit ›die Dinge so zu sehen, wie sie wirklich sind‹?«

Sie lächelte treuherzig.

»Ich hab noch drangehängt: ›Oder sie wirklich werden…‹«

Er stürzte auf sie zu.

»Der Unterton! Ich… ich ahne etwas!«

Sie nickte nachsichtig.

»No, vielleicht ahnst du sogar richtig?«

Er fühlte, wie seine Kehle trocken wurde.

»Kein… kein Täuschen möglich?«, stotterte er.

Sie schüttelte ihre Locken, legte ihre Hand auf ihren Bauch und lächelte selig.

»Es zieht schon die ganze Zeit… da… und da…«

Im Zickzack raste sein Blick über ihren Körper. Schließlich fasste er sich.

»Das bildest dir alles bloß ein.« Er wies mit einer Kopfbewegung in Richtung des Gasthofs. »Geh rüber zu den andern. Was hab ich für Order gegeben, nochmal?«

»Dass der Text für die Bernauerin memoriert werden soll.«

Er nickte.

»Und genau das tust jetzt.«

Schikaneder wandte sich ab und steuerte die Lände an. Sie trippelte ihm nach.

»Gern. Wann mir wer sagen tät, was ich spielen soll?«

Er blieb stehen und überlegte.

»Die Zofe im vierten Aufzug.«

»Ist das ein Monolog?«

»Im Prinzip, ja«, sagte er abwesend.

»Was bedeutet ›im Prinzip‹ – Manü?« Eine Ahnung befiel sie.

»Das bedeutet«, schulmeisterte er herablassend, »dass diese Rolle eine ungeheure Bedeutung für das Stück hat, textlich aber gewissermaßen auf das Äußerste verknappt ist.«

Sie runzelte die Stirn.

»Wie knapp denn – verknappt?«, fragte sie spitz.

»Ziemlich knapp. Reduktion ist bekanntlich die Kunst des wahren Genies.«

Sie sah zur Seite, dann wieder zu Schikaneder.

»Also bloß eine Seite?«

Sie erhielt keine Anwort. Schikaneder hatte gerade die Distanz von Orchesterstandplatz und erster Reihe auszumessen.

»Eine halbe – Seite?«

Die Distanz war ungünstig. Schikaneder legte die Stirn in Falten und kratzte sich am Hinterkopf.

»Eine viertel – Seite?«

...hm... wenn er das Orchester auf die andere Seite platzieren würde, dann... hm...

»Ein Satz bloß?!«

...aber dann wäre es wieder für den Auftritt der Ritter ungünstig...

»Ein! Wort! Bloß *ein* Wort!!?«, rief Demoisell Bichler entgeistert. Sie suchte nach Worten. »Ma-Manü... ich...!!«

Als erinnere er sich erst in diesem Moment wieder an ihre Anwesenheit, sah er sie mit erstaunten Augen an.

»Mono-log«, erklärte er, ein wenig betreten.

Ihr Mund zuckte. Zwischen ihren Brauen erschien eine winzige Falte. Beherrscht begann sie: »Ich versteh ja –«

»Gelt? Ich habs immer gewusst.«

Sie lächelte milde.

»Ich versteh ja, dass man vor gewissen Perspektiven manchmal ein bisserl in Verwirrung geraten kann. Aber was diese Zofenrolle betrifft, die für das ganze Stück von so unermesslicher Bedeutung ist, da musst du einfach was durcheinander gebracht haben, Manü.«

»Durcheinander gebracht? Nicht, dass ichs wüsst. Wieso?«

Sie trat nahe an ihn heran, als wollte sie ihn gleich umarmen.

»Weil ich die Bernauerin spiel«, sagte sie.

Er fuhr herum. In seinen Augen flackerte Panik.

»Nein!«, keuchte er.

»Aber ja, Manü. Ich möcht dir endlich einmal zeigen, was ich kann. Das darfst mir nicht übelnehmen.«

»So schau doch«, stammelte er, auf den Fluss deutend. »Dieses grausige Gewässer, in das die Bernauerin gestürzt werden soll! Wie gefährlich! Schnappende Fische, Blutegel, Schlangen gibts darin! Verunstaltet fürs Leben könntest du werden! Dir den Tod holen! Nein – das kann ich dir nicht antun! Noch dazu in deinem« – er musste Luft holen und verschluckte sich – »deinem Zustand!!«

»Aha? Und bei der Madame wärs dir wurscht?«, erwiderte sie spitz. »Hätt ich ja glatt noch eine Perspektive.«

»Was mich als Ehemann aushält, hat quasi grenzenlose Resistenz!« Er reckte sich wie ein Feldherr.

»Die Agnes Bernauerin spielt meine Frau!!«

Sie musterte ihn unbeeindruckt. Dann lächelte sie mild.

»Manü… Jetzt echauffier dich doch nicht wegen so einer Lappalie.«

»Lappalie?!«, japste er. »Was mein Herz ins Rucken bringt,

als bliebs gleich stehen wie ein Postkarren im Dreck, sowas nennst du eine ›Lappalie‹?«

Sie legte ihm mütterlich die Hand auf die Schulter und sagte nachsichtig: »Du wirst jetzt glauben, ich würd dir drohen, Madame zu gestehen, dass ich von dir schwanger bin. Bloß, um die Bernauerin spielen zu können – hm?«

Erleichtert atmete er auf.

»Nicht, gelt? So bist du nicht! Ich habs immer gewusst!«

Ihre Stimme klang noch immer honigsüß: »Doch, Manü. *So bin ich…*« Unvermittelt heftig, und jetzt mit eisiger Schärfe, die ihm einen Schauder über den Rücken jagte, fuhr sie fort: »Wenn ich die Bernauerin nicht spiel, geh ich auf ein Haferl Kaffee mit der Madame Schikaneder. Und in den werd ich ihr was reinrühren, damit er ihr besonders gut schmeckt!«

»Verbrecherin«, tobte er.

Sie schüttelte amüsiert den Kopf. »Was du schon wieder denkst? Ts ts ts. Nein. Ich werd mit ihr schwätzen, über dies und das. Das ist doch nichts Kriminales. Das ist weibliche Solidarität.«

Schikaneder stöhnte gepeinigt.

»Du Natter!«

»Ich habs nämlich satt – satt-satt-satt! Deine Versprechungen! Bei dir würde ich in zehn Jahr allweil noch die zweite Geigen spielen dürfen, und danach gleich übergangslos ins Wurzen-Fach fallen können! Aber dazu bin ich zu gut, Manü! Und dazu bin ich auch *mir* zu gut!«

»Aber das ist doch gar nicht –«

Sie ließ ihn nicht mehr ausreden, drehte sich mit schwingendem Rock und ging. »Dir wird bestimmt was einfallen, Manü«, rief sie ihm über die Schulter zu. Tröstend fügte sie hinzu: »Ich hab doch so ein grenzenloses Vertrauen in dich.«

Schikaneder sank auf die Böschungskante und sah ihr nach, wie sie mit schwingenden Hüften auf das Dorf zuging, gelassen und aufrecht.

»Die Ehr«, murmelte er. »Die große Ehr…«

27

No? Ist was verkehrt gewesen?«, murrte die Köchin. Sepha stellte Geschirr und Besteck auf den Waschstein. Einer der beiden Teller war noch nahezu unberührt.

»Der Herr Direkteur hat heut gar keinen rechten Appetit net«, berichtete das Mädchen. »Ganz blass ist er gewesen.«

Die Köchin schüttelte missbilligend den Kopf.

»Das ist ja gspaßig. Sonst haut er doch allweil rein, dass eins Angst haben muss, er frisst gleich noch den Teller mit.«

Wenn es jemand wagte, den Teller nicht bis auf die letzte Soßenschliere auszuschlecken und ihre Kunst somit nicht zu würdigen, fühlte sich die alte Sali persönlich beleidigt. Während sie überlegte, ob sie – Direkteur hin oder her – hinaufgehen und den heikligen Oberkomödianten zur Rede stellen sollte, was ihm einfiele und was er sich überhaupt einbilde, wurden zwei Stockwerke über ihr ebenfalls Gedanken gewälzt.

Emanuel Schikaneder feilte an den letzten Details eines Auftritts – eines Auftritts, der auf keinen Fall danebengehen durfte.

Eleonore war besorgt: »Was bist denn so desperat heut, Emanuel?«

Schikaneder schien aus tiefer Versunkenheit zu erwachen.

»Was… wieso?«

»Es ist die Hitzen, gelt? Mir ist auch schon den ganzen Tag so… so schwummerig.«

»Die Hitzen wenns bloß wär«, sagte Schikaneder mit mürber Stimme.

»No? Was wärs denn dann?«

Er drehte sich auf seinem Stuhl zur Seite und ließ den Kopf hängen.

»Es ist… ach… die Sorgen sinds…«

»Aber Emanuel. Wir spielen doch morgen. Da kommt doch wieder was rein in die Kassa.«

Er nickte matt. »Weiß ich, weiß ich. Aber was ist danach? Die paar Leut vom Dorf, ein paar noch aus der Umgebung, Eintritt können wir auch bloß die Hälfte verlangen… und zwei Vorstellungen sind vielleicht voll… aber dann ists vorbei…«

»Aber bis dahin ist die Permission aus Salzburg doch bestimmt da!«

Schikaneder ließ seinen Kopf kraftlos pendeln. »Ich glaubs nicht mehr, Eleonore… Da sind finstere, ungreifbare Mächte, die sich gegen mich verschworen haben…«

Er stemmte sich ächzend aus dem Stuhl und schlurfte zum Fenster. Wehmütig sah er ins Freie. Er seufzte.

»Was hast denn auf einmal, Emanuel?«

Sie stand beunruhigt auf und stellte sich neben ihn. Vergeblich suchte sie seinen Blick.

»Eleonore… Liebste…«, brach es aus ihm heraus. Ein Zucken durchfuhr seine Schultern. Er bedeckte sein Gesicht mit den Händen.

Sie runzelte besorgt die Stirn.

»Du wirst mir doch nicht… Was bist denn auf einmal so trübsinnig?!«

»…bevor ich mit Schimpf… und mit Schand ins Zuchthaus geworfen werd… da… nein… nein…«

Sie erschrak.

»Um aller Heiligen willen! Emanuel! Untersteh dich, so zu reden! Tu dich nicht versündigen!«

Schikaneders Schultern zuckten heftiger. Er schniefte leise. Mit bröckelnder Stimme fuhr er fort: »Eleonore… verzeihst du mir alles, was ich dir je angetan hab?«

»Aber was meinst denn damit?!«

Drehte er jetzt durch? Wurde ihm alles zu viel? War er doch nicht so stark, wie sie immer dachte?

»Du weißt schon… ich war dir nicht immer ein… der gute Ehemann… den du verdient hast…«

»Aber wir sind doch quitt, Schani!«, rief sie. »Was du mir angetan hast, hab ich dir doch jedesmal gleich zurückgegeben! Bei mir jedenfalls ist keine Rechnung offen!«

Er schien ihr nicht mehr zuzuhören. »…und … und versprichst mir, dass du mir allweil ein ehrendes Angedenken halten wirst?… Und… und dass ich einen Grabstein krieg und nicht verscharrt werd in irgendeinem finsteren Winkel?… Einen aus…«

»So hör endlich auf!«

»…geschliffenem Hauzenberger Granit… der kostet zwar einen Haufen Geld, aber hält dafür auch länger, und…« – er wurde von einem Schluchzen geschüttelt – »…auf dem bloß steht: Hier ruht mein geliebter Gatte… der großartigste Schauspieler und Direkteur, der… Deutschland je mit seiner Kunst beglückte… nein, mehr… mehr muss gar nicht sein, sonst täten die Leut noch sagen, dass du übertreibst… und meinen Namen… Johann Emanuel… gelt, Emanuel nicht vergessen…«

Sie packte ihn bei den Schultern und schüttelte ihn.

»Emanuel! Horch zu! Ich hab eine Idee! Die ganze Zeit hab ich sie schon gehabt! Erinner dich! Wie wars seinerzeit in Nürnberg oben? Erinnerst dich nimmer? Wie oft bist zum Magistrat, bist rumgeschwänzelt, hast palavert, hast die Leut eingeseift! Und nichts ist gewesen mit der Spielerlaubnis! Bis ich selber hin bin und sie allesamt um den Finger gewickelt hab!«

Es schien Schikaneder unendliche Mühe zu bereiten, seine Lider ein wenig anzuheben.

»Du meinst… dass *du* auf Salzburg…?«

»Genau das mein ich! Und wirst sehen, übermorgen haben wir die Permission!«

Ein mattes Lächeln erschien auf seinem Gesicht, erlosch aber sofort wieder.

»Aber Eleonore… ich brauch dich doch. Wer soll denn die Bernauerin spielen, wenn nicht du?«

Sie zuckte die Schultern.

»Gibs halt der Bichlerin«, meinte sie. Eine Spur zu beiläufig, als dass Schikaneder nicht sofort gespürt hätte, dass es jetzt um alles ging.

»Der?«, rief er aufgebracht, als hätte diese grauenhafte Vorstellung seine Lebensgeister wieder geweckt. »Nie! Sie steht ja meter- ah, was sag ich! – meilenweit unter dir. Nein, Eleonore – nur du kannst sie spielen! Und außerdem –«

Sie winkte ab. »Ach was. Für die Dorfleut tuts es schon.«

»Und außerdem kann ich dieses Opfer nicht von dir annehmen!« Er reckte das Kinn. »Nein! Ich verbiete dir –!«

Wie ein Fallbeil durchtrennte sie seinen Satz: »*Wer* verbietet mir was?!«

Sofort sackte Schikaneder wieder in sich zusammen.

»Eh… vielleicht… vielleicht hast du Recht… Vielleicht ist es doch meine Pflicht, von meinen persönlichen Gefühlen abzusehen…?«

»Das seh ich auch so.« Sie nickte befriedigt. »Also, keine Zeit verloren! Ich fahr, und zwar auf der Stell!«

Mit diesem Satz schwenkte sie herum und ging mit energischen Schritten zur Tür.

»Eleonore…?«, sagte er demütig.

»Was noch?«

»Ich kann dich also gar nicht mehr umstimmen?«

»Kennst mich doch.«

Er seufzte geschlagen.

»Tja, dann stimme ich schweren Herzens zu.«

»Jaja. – Noch was? Ich möcht gleich anschirren lassen.«

Sie öffnete die Türe und trat auf den Gang.

»Ah – Eleonore!«, rief er ihr nach. Sie drehte sich ungeduldig um. »Wann wirst denn wieder zurück sein?«

»Übermorgen in der Früh.«

Er sah sie wie ein kranker Hund an.

»So lang…«, klagte er.

Sie winkte ab und ging resolut zur Treppe. Er hörte, wie sie plötzlich stehen blieb. Sein Herz setzte aus. Sie kam wieder zurück und blieb im Türrahmen stehen. Der forschende Blick, mit dem sie ihn sekundenlang musterte, kam ihm wie eine Ewigkeit vor. Dann lief sie nach unten.

Kurze Zeit später hatte die Köchin wieder einen Grund, sich über diese närrischen Komödi-Spieler aufzuregen. Ärgerlich blaffte sie Sepha an, die der Direkteur vor wenigen Minuten zu sich gerufen hatte.

»Was?!«, keifte sie. »Jetzt hat er auf einmal doch wieder einen Hunger?! Darf ich wieder anschüren! – Also, ein bissl spinnen tun sie schon, die Komödi-Leut!«

Sepha lachte begütigend.

»Wird sich schon so gehören bei denen, Sali. Ich bin jedenfalls schon gespannt aufs Theater morgen.«

28

Tu nicht schnabeln, Gidi«, schimpfte der Wirt. »Sonst fängst gleich eine!«

Der Knecht hatte nur unwillig gebrummt, als ihm der Wirt immer noch eine der schweren Heutrockenstangen auf den Rücken lud. »Meinst du vielleicht, ich schirr deinetwegen den Ochsen an? Nichts da. Der steht zum Verkauf. Der braucht seine Rast.«

»Und die Knecht brauchen die net?«, fragte Gidi. Er wandte den Kopf und zog die Schultern an. Der Schlag des Wirts landete auf seinem Hinterkopf.

»Halt dein Maul, wennsd mit mir redest! Ihr habt Rast grad genug! Von fünf in der Früh bis um sieben aufd Nacht Arbeit ist net zu viel. Frisst ja auch gescheit bei mir.« Er gab ihm einen Stoß. »Und jetzt schleun dich!«

Der Knecht trottete los.

Gidi war im vergangenen Jahr neunundzwanzig geworden – wenn er sich nicht vertan hatte, er war sich seit einigen Jahren nicht mehr sicher. Er war das zehnte von zwölf Kindern gewesen. Der heimatliche Hof war gerade einmal so groß, dass er eine Familie mit Mühe ernährte. Der Erbe sah sich außerstande, seine Geschwister auszubezahlen. Die zwei – nach dem Hoferben – ältesten Brüder, grobe und zähe Klacheln, in denen es vor Unzufriedenheit rumorte und vor deren Jähzorn sich die Geschwister in Acht nehmen mussten, schlossen sich Auswanderern an. Doch schon ein Jahr nach ihrer Abreise waren deren

Lebenszeichen ausgeblieben, und ihr letzter Brief hatte den Stempel einer spanischen Reederei getragen. Einem anderen seiner Brüder war es zunächst gelungen, sich als Holzfäller in den Salinenwäldern ein kärgliches Auskommen zu ergattern. Bei einem Unfall beim winterlichen Holztransport wurde er schwer verletzt und starb wenige Wochen später. Seine Witwe mit ihren drei Kindern wurde der Communbehausung übergeben und zog seither von Hof zu Hof. Seine ältere Schwester war von einem Bergknappen geheiratet worden, der im Tal noch einen winzigen Hof unterhielt. Die beiden wirtschafteten einige Jahre unter armseligen Bedingungen vor sich hin, bis sie, mitsamt ihren vier kleinen Kindern, vom Antoniusfeuer – dem erbarmungslosen ›hitzigen Fieber‹ – innerhalb weniger Tage dahingerafft wurden. Ein weiterer war beim Wildern im Hammer Wald von einer Jägerpatrouille gestellt worden, hatte eine blutige Stecherei angezettelt und kam, kaum von seinen schweren Wunden genesen, vor das Landgericht. Nach Entlassung aus dem Zuchthaus wurde er der kaiserlichen Armee unterstellt, von dort aber aus Gründen, die nie in Erfahrung gebracht werden konnten, entlassen. Als man ihn in den Kerker warf, war Gidi noch keine zehn gewesen. Er hatte ihn sehr geliebt und tagelang geheult. Ein reisender Händler hatte geschworen, ihn einmal auf einem Marktplatz in Laibach als Bärenführer wiedererkannt zu haben, und er sei, merkwürdig guter Dinge gewesen. Die anderen Geschwister hatten nicht einmal das Erwachsenenalter erreicht.

Nicht, dass Gidi all dies abgestumpft hätte. Er hatte nur akzeptiert, dass er nie ein Bauer werden würde. Und er war zu der Überzeugung gekommen, dass dieses Leben nur zu bewältigen war, wenn man um sein Innerstes einen schützenden Panzer aus Gleichmut und Gottergebenheit schweißte. Die Grobheiten des Wirts spürte er jetzt nicht mehr, und nie hätte er ihm den Gefallen getan, sich davon verletzen zu lassen.

Als besitzloser armer Schlucker war er für die jungen Frauen des Dorfes nicht interessant. Doch manchmal ließ sich eine

Magd von ihm berühren und schlief mit ihm in irgendeiner rindengedeckten Kate im Wald. Doch kaum, dass sie ihr geheimes Glück genossen hatten, sickerte ein giftiges Gebräu zwischen sie, das ihre Liebe abtötete. Es war ein Gemisch aus Angst vor Bestrafung, der Furcht, der letzten Würde und Achtung endgültig beraubt zu werden, sowie der Gewissheit, niemals eine gemeinsame und ehrliche Zukunft haben zu können. Er nahm auch das hin. Weil es so war, und weil es immer so bleiben würde. Man musste ja leben, da kam man nicht drum herum.

Die sperrige Last, die ihm der Kolber aufgeladen hatte, beugte Gidi mit jedem Tritt tiefer. Eine der Stangen löste sich immer wieder ab, schwang mit seinem stolpernden Gang und scheuerte an seiner Hüfte. Seine Muskeln brannten.

Er blieb stehen. Mochte der Wirt auch toben – er würde die Last jetzt aufteilen, einen Teil hier, hinter diesem Gebüsch am Ende des Gartens, lagern und den Weg zweimal gehen. Vorsichtig ging er in die Knie, löste die Kordel und ließ die Stangen vom Rücken gleiten. Er stand auf, streckte und dehnte sich erlöst. Langsam klang der Schmerz in seinem Rücken ab.

»... strömet, strömet fort, stille Wogen ...«

Gidi hatte sich gerade wieder bücken wollen, als er die Stimme hörte. Er duckte sich und linste durch das Blattwerk in den Garten. Demoisell Bichler, feierlich Fuß vor Fuß setzend, bereitete sich auf ihre Rolle vor. Sie kam näher.

»... strömet nach dort, wo mein Geliebter ist. – Ihr zeigt mir sein Bild? Wälzt es fort mit euch, und wenn Albrecht mit Euch am Ufer kämpfet, zeigt es ihm wieder, und die Träne, die im Auge mir zittert, von seiner Agnes Sehnsucht geweint ...«

Gidi verstand jedes Wort. Er atmete flach. Ein merkwürdiges Gefühl hatte von ihm Besitz ergriffen.

»... Liebe! Liebe! Gib mir meine Ruhe wieder, wie, als ich Albrecht noch nie gesehen hatte. Als in sorgloser Unschuld, stille meine Tage einer nach dem anderen hinflossen, wie diese kleinen Wogen. Gib sie mir wieder, oder meines Albrecht Umarmungen. – Was klag ich? Warum wein ich? Was soll diese ängstliche Beklemmung? Der leise Frost, der über die Glieder hinabschauert? Das Beben, als wär ich eine Verbrecherin? – Verbrecherin? Gott! Du weißt es, was ich litt…«

Gidi schmeckte eine salzige Flüssigkeit auf seinen Lippen. Dann bemerkte er, dass auch seine Wangen nass waren. Tränen sickerten durch seinen Schnauzbart in den Mund, rieselten über seinen Hals auf seine Brust. Sein Kinn zitterte.

»…Gott! Du schufst mich ja! Du webtest in mein Inneres das, was mich in Albrechts Arme warf! – Ich bin auch ein Mensch! Du bists auch, Albrecht! Sollt ichs jemals büßen, dich geliebt zu haben? – Stille, mein ängstliches Herz! Poche nicht so. Er liebt mich ja, er ist mein Gemahl. Er kommt ja wieder – kommt wieder. – Noch nicht stille, mein Herz? Immer ängstlicher? Bänger? Ach! Liebe! Ist das dein Lohn?«

Gidi drückte seine Faust auf seinen Mund und schluchzte gepresst. Noch nie hatte er einen Menschen so wunderbar, so innig sprechen hören, über Dinge, von denen er gar nicht wusste, dass es dafür überhaupt Worte gab.

Demoisell Bichler bewegte sich wieder auf die Mitte des Gartens zu. Sie verschwand hinter einem Baumstamm. Gidi wollte sich gerade aufrichten, als er wieder eine Stimme hörte. Diesmal war es ein Mann. Gidi erkannte ihn – es war einer der Komödi-Leute, ein hochnäsiger und meist unfreundlicher Griesgram. Er schien wütend zu sein. War er es, dem die Frau ihren Kummer verdankte? Gidi duckte sich wieder hinter das Gebüsch.

Wallerschenk stiefelte aufgebracht heran.

»Gehts schon an!«, schimpfte er. »Kaum hat sie eine Hauptrolle, da wird aus so einer zweitklassigen Mamsell eine Grand-Dam, die meint sich alles rausnehmen zu können! – Demoisell Bichlerin!!«

Sie wand sich um den Baumstamm.

»Hörens, Herr Wallerschenk. Sie sollten Ihre Stimm schonen. Sie ist kratzig genug.«

»Um zwei Uhr steht bei mir! Zwei Uhr! Vierter und Sechster Auftritt! – So arbeitet man nicht am Theater!«

Sie kam mit provozierender Gelassenheit näher.

»Blähens Ihnen nicht auf, Wallerschenk. Wie viel Prob brauchens denn überhaupt noch? Bei mir sitzts schon längst.«

Gidi konnte nicht genau hören, was die beiden sprachen. Er sah nur, dass sich die Frau selbstbewusst zur Wehr zu setzen schien. Gut, dachte er. Lass dir nichts gefallen.

»Ich bin ebenfalls schon sehr weit vorgedrungen, Demoisell Bichlerin.« Wallerschenk grinste maliziös. »Ich bin übrigens äußerst dankbar, dass Sie mir helfen, meinen Part viel besser zu verstehen.«

»Oh, charmant!«, gab sie spöttisch zurück. »Ich bin Kollegen, die für so was ein bisserl länger brauchen, immer gerne behilflich. Was habens denn durch mich besser verstanden, Herr Wallerschenk?«

»Na: *warum* der Vicedom die Bernauerin umbringen möcht!«

Sie schnappte nach Luft.

»Na wartens, Wallerschenk! Nach der Aufführung wird ein gewisser angeblicher Charakterdarsteller endgültig den Beweis auf der Hand haben, dass ihm der Hanswurst doch besser ansteht! Bald werd nämlich *ich* mitzureden haben, wer in unserer Compagnie was spielen darf! Und wessen Kontrakt verlängert wird!«

Wallerschenk warf ihr einen mitleidigen Blick zu. Wenn sie wüsste, wie viele das schon vor ihr gehofft hatten… Er drehte ihr den Rücken zu, um im gleichen Augenblick wieder herumzuwirbeln.

»Verhaltet Ihr den Mund!«, schrie er.

»Waas?! Sie wagen – ?«

Wallerschenk deutete mit boshaftem Lächeln auf sein Textheft.

»Hier – ›Vicedom: Verhaltet Ihr den Mund!‹ – Und jetzt die Bernauerin! – Oder bleiben wir vielleicht jetzt schon hängen?«

»Pffh!« Sie warf den Kopf zurück und deklamierte: »Wohin? Wohin? Gute Baiern! Eures Herzogs Albrechts Frau!«

»Eine Hexe ists, die man verbrennen sollte! Eine Närrin!«, dröhnte der Vicedom.

»Albrecht!«, wimmerte die Bernauerin. Sie sank auf die Knie. »Gott! Barmherzigkeit!«

Wallerschenk packte sie am Arm.

»So stürb! Des Teufels Metze!«

»Man mordet mich! Eilt niemand mir zu Hilfen!«

Gidi sprang aus seinem Versteck, raste heran und holte noch im Lauf mit der Rechten aus. Bevor Wallerschenk irgendetwas begriff, wankte er schon, von Gidis schmetternder Ohrfeige betäubt, durch den Garten. Demoisell Bichler kreischte entsetzt auf.

»Zu Hilfe!«

Wallerschenk rappelte sich auf und schob seine Spielperücke zurecht, die ihm über die Augen gerutscht war.

»Ist er verrückt geworden?! Kerl!!«, krächzte er. »Herr Wirt!! Hilfe!!«

Gidi griff nach der Hand der Bichler und zog sie in Richtung des Gasthofs.

»Laufens weg, Frau! Ich kümmer mich schon um ihn! Der wird Ihnen nichts mehr tun!«

Sie sah ihn fassungslos an.

»Aber… aber…«, stammelte sie. Sie riss sich frei. »Hilfe!!«

Der Wirt raste heran, stampfend wie ein wildgewordener Stier. Er stürzte sich auf Gidi und versetzte ihm eine schallende Ohrfeige.

»Du Hundsfott!«, brüllte er. »Meine Gäst anpacken! Viech, narrisches!!«

»Er wollt sie umbringen!«, schrie Gidi zurück.

»Bist du jetzt komplett narrisch geworden? – Es ist eine Komödi, du Aff!«

Gidi riss den Mund auf.

»Ja! Du Rindviech, du saublödes!« Der Wirt holte wieder aus.

Gidi wich dem Schlag aus.

»Weil ichs net wüsst!«, rief er. »Aber – aber – nimmer anschauen mag ichs mir! Nimmer anschauen, wie umgesprungen wird mit unsereinem! Nimmer hineinschauen mag ich wie in einen Spiegel, der einen ausbleckt und einem sagt: So ists und bleibts! Bist unten, bleibst unten! Und wanns den Oberen gefällt, wirst zertreten!«

Der Wirt trat einen Schritt zurück.

»Genau das wird dir blühen«, röhrte er. »Du Rebeller, du vermaledeiter!«

Er holte wieder aus. Gidi drehte den Kopf nicht mehr zur Seite. Er fing den heranfliegenden Arm des Wirts und hielt ihn in der Luft fest. Der Wirt wand sich ächzend im eisernen Griff seines Knechtes. Er trat nach ihm. Gidi schlug mit der anderen Hand zu.

Die Gesichtszüge des Wirts erstarrten. »Das büßt du...«, würgte er heraus. Doch da war Gidi bereits verschwunden.

29

Herr Direkteur! Auf ein Wort!«

Schikaneder drehte sich alarmiert um. Millner und Bartholomäus, die sich gerade mühten, eine Standarte auf einem Kahn zu befestigen, sahen fragend auf den Richter, der, von Kolber gefolgt, mit energischen Schritten und flatternden Rockschößen über die stoppelige Wiese heranstiefelte.

Der Prinzipal begrüßte sie mit einem entwaffnenden Lächeln.

»Euer Gnaden und der Herr Wirt sind auf Promenad? Herrliches Wetter, nicht wahr? Wie geschaffen für die Aufführ –«

»Welches Stück hat Er uns da untergeschoben?«, bellte Ratold los.

»Untergeschoben?« Schikaneder hob erstaunt die Brauen. »Mit Verlaub, Euer Gnaden! Sie selbst haben –«

Der Richter wedelte mit seiner Hand.

»Jajaja! Aber ich kann mich nicht mehr so recht an den Inhalt erinnern. Worum geht es in diesem Stück?!«

»Nun… wie der Titel verrät, um das Schicksal der armen Agnes Bernauerin.«

»Und? Wie ist dieses Schicksal? Er sprach von einem vaterländischen Stück!«

Kolber wackelte mit dem Kopf.

»Wie kann so was vaterländisch sein, wenn die Leut schon aufmüpfig werden, wenns bloß eine Prob sehen? Der Gidi ist gutmütiger gewesen wie der gutmütigste Ochs!« Der Richter brachte ihn mit einer Handbewegung zum Schweigen.

»Wie ist dieses Schicksal!«, drängte er. »Antworten Sie!«
Schikaneder lächelte ungläubig.

»Nun, wie aus der Historie allgemein bekannt –«

»Die Historie ist völlig unwichtig! Entscheidend ist, was Ihresgleichen daraus macht! Der Autor Graf Toerring mag ein respektabler Mann sein; das, was er fabriziert, scheint mir dagegen eher suspektabel. Also?«

Der Prinzipal holte Luft.

»Wie bekannt, wird das holde Wesen von einem verbrecherischen Richter zum Tode verurteilt und –«

»Von einem verbrecherischen Richter…«, stöhnte Ratold.

»Und in die Donau geworfen. Sie werden selbst sehen: Es ist der ergreifende Höhepunkt des –«

»Und – dieser Richter? Was geschieht mit ihm?«

»Was denken Sie?« Schikaneder zuckte die Schultern. »Ihm wird natürlich Gerechtigkeit widerfahren.«

»Ich ahne Entsetzliches – wie?!«

»Er wird – äh – hingerichtet.«

»Ein Richter – hingerichtet!«, hauchte Ratold. Er schüttelte entgeistert den Kopf. »Das – das geht doch nicht!«

»Das ist doch noch nie gegangen«, sekundierte Kolber.

Schikaneder stemmte seine Arme in die Hüften und sah streng auf die beiden herab.

»Wie! Das Stück ist bereits bei Hofe aufgeführt worden. Sollten Geschmack und Urteil Seiner kurfürstlichen Durchlaucht etwa in Zweifel gezogen werden?«

Ratold war zusammengezuckt.

»Natürlich nicht!«, beteuerte er. Er senkte die Stimme und beugte sich zu Schikaneder. »Aber… könnte man nicht dieses Ende des Stücks etwas, sagen wir, *modifizieren*?«

»Pardon, Euer Gnaden. Ich verstehe nicht.«

Kolber wies mit dem Daumen auf den Richter.

»Der Herr Richter meint, ob es nicht dieser Richter sein könnt, wo der Gerechtigkeit zum Sieg verhilft. So, wie wirs bei uns halt gewohnt sind, netwahr, Euer Gnaden?«

Ratold winkte unwirsch ab. Der Prinzipal betrachtete ihn nachdenklich.

»Hm....« Er verschränkte die Arme vor der Brust und knetete sein Kinn. »Euer Gnaden meinen, dass ein anderer den Verbrecher gibt?«

»Jaa! Bloß kein Richter net!« Kolber nickte eifrig. »Netwahr, Euer Gnaden?«

Der Richter hing erwartungsvoll an Schikaneders Lippen. Dieser spielte den Einlenkenden: »Hm... Ernst oder... Albrecht vielleicht?«

»Ja!«, krähte der Kolber. »Ist doch wurscht, wies heißen!«

Schikaneder warf sich jäh in Pose und rief empört: »Man verlangt von mir nicht nur, eine seit Jahrhunderten im Volke bekannte Historie zu *modifizieren*, sondern auch noch, dass ich Angehörige des bairischen Herrscherhauses zu Verbrechern machen soll?!«

Der Richter schrumpfte unter dem flammenden Blick des Prinzipals.

»Natürlich nicht«, stammelte er. Verstohlen deutete er auf Kolber.

»Der – eh – Vorschlag kam übrigens von ihm.«

»Waas?«, brauste der Wirt auf. »Von – von – ?«

»Ja!«, keifte Ratold entrüstet. »Wie kann Er es wagen, das bairische Herrscherhaus –«

»Meine Herren, meine Herren!« Schikaneder hob beschwichtigend die Hände und strahlte die beiden Männer an. »Ihre Eschoffasch' ist völlig grundlos. Es handelt sich, meine Herren, um ein Stück aus fernster Geschichte! Ein Theaterstück! Es ist Kunst, meine Herren! Sie führt uns himmelnah, hoch über allen niedrigen Alltage, empor in eine Welt«, er zeigte ehrfürchtig nach oben, »in der allein die Gottheit der Poesie waltet!« Einer Entgegnung zuvorkommend, fuhr er mit warmer Stimme fort: »Seien Euer Gnaden vergewissert – und auch Sie, lieber Herr Wirt – mag das Publikum sich auch zerschmettert zeigen, mag es bittere Tränen vergießen über das Schicksal der armen, unschuldigen Jungfrau, mag es die Taten des Ruchlosen verdammen – am Ende wird die erlösende Erkenntnis stehen, wie unendlich gerecht die *moderne* Gerichtsbarkeit – vertreten durch Euer Gnaden – wirkt.«

Ratolds Lider zwinkerten nervös. Schließlich lächelte er schief. Kleinlaut sagte er: »Und – Sie sagen, das Stück sei bei Hofe bereits gegeben worden? Es – es hat den Beifall Seiner Durchlaucht gefunden?«

Schikaneders Augen funkelten vor unterdrücktem Stolz.

»Mehr als das. Seine Durchlaucht war diesem Stück geradezu *geneigt*.«

Der Richter presste die Lippen zusammen. Sein Blick irrlichterte über Schikaneders zuversichtliches Lächeln. Er räusperte sich.

»Dann… von mir aus!«, sagte er heiser. »Tun Sie, was Sie für richtig halten!«

»Aber –«, begann der Wirt.

»Ach, halt Er den Mund!«, fuhr ihn Ratold an. »Seinetwegen gerate ich auch noch in schändlichsten Verdacht! Kümmere Er sich ordentlich um Seine Dienstleute, dann hauen sie Ihm auch nicht ab, ja? Und schiebe Er vor allem nicht die Schuld auf«, er suchte Schikaneders Blick, »ehrbare Künstler!«

30

Seit Paccoli sein Reichenhaller Palais bezogen hatte, gähnte ihn die Wand des großen Salons an. Mit den verstaubten Trophäen, die er vom Vorbesitzer übernommen hatte – ein paar mickrige Hirschgeweihe, eine Reihe Gams- und Rehkrückerl und ein abgemausertes Luchspräparat –, war einfach kein Staat zu machen, und sich mit repräsentativen Geweihen einzudecken, indem er sie einem klammen Aristokraten abkaufte, kam natürlich nicht in Frage.

Er wollte den erst vor kurzem im Bannwald aufgetauchten, sagenhaften Sechzehnender, von dem ihm der Bauer Hassl berichtet hatte, selbst zur Strecke bringen. Die Genehmigung durch Richter Ratold war kein Hindernis gewesen; dieser hatte – nach Überreichung einer kleinen Spende, die der Herr Richter nach eigenem, weisen Gutdünken verwenden wolle – vollstes Verständnis gezeigt, jedoch darauf bestanden, dass er nicht nur von Hassl, sondern auch von zwei seiner Amtsjäger begleitet wurde. Der Bauer mochte gewiss ein kundiger Waidmann sein, aber dem Gesetz musste schließlich auch Genüge getan werden.

Nach zweistündigem Aufstieg zum Bannwald hatten sie eine Plattform auf einer Bergrippe erreicht, von der aus sie eine von Buchen bestandene und von mehreren Lichtungen gesprenkelte Senke übersehen konnten. Im Westen schimmerten die Abraumhalden der Grube Kogelscharte durch den nachmittäglichen Dunst.

Hassl hatte vorgesorgt. Er übergab den beiden Jägern einen Scherz Brot und einen Riemen saftigen Geselchtes. Sie sollten es sich hier gut gehen lassen, er wisse schließlich um die magere Entlohnung durch den Richter. Würden sie gebraucht, würde er sie rufen. Die Amtsjäger verstanden.

Noch brannte die Sonne kräftig auf die beiden Männer herab, die jetzt, triefend vor Schweiß, einen schmalen Felsbalkon erkletterten, der wie eine Schanze aus dem Bergwald ragte. Eine grob geschichtete Steinbalustrade, von Jägern in früheren Jahren errichtet, diente als Gewehrauflage.

Paccoli fingerte ein besticktes Tüchlein aus seiner Rocktasche und wischte sich die Stirn. Auch Hassl ließ seinen hämmernden Puls abklingen. Er spuckte einen Speichelklumpen aus. Dann zog er ein Fernrohr aus seinem Rucksack und begann, die Senke abzusuchen. Paccoli stopfte sein Schweißtuch in die Tasche und stellte sich erwartungsvoll an die Seite des Bauern.

»Sehen Sie ihn?«

Hassl schüttelte den Kopf.

»Habs Ihnen ja gesagt. Ist net grad die beste Zeit. Wir hätten früher aufsteigen sollen.«

»Ging doch nicht, Herr Hassl. Hatte noch einen wichtigen Termin mit dem Herrn Richter.«

»Ein Has oder ein Fuchs wär kein Problem net.«

»Machen Sie Witze?«, brauste Paccoli auf.

Hassl setzte das Fernglas ab, grinste beschwichtigend und schwenkte erneut die Senke ab. Plötzlich hielt er inne.

»Was ist?«, sagte Paccoli heiser. »Haben Sie ihn? Lassen Sie sehen!«

»Still!«, grunzte Hassl. Er fixierte den Rand einer kleinen Lichtung. Undeutlich erkannte er eine gebückte Gestalt, die sich an einem Busch zu schaffen machte. Er drückte Paccoli das Fernglas in die Hand und griff nach seiner Flinte. Paccoli sah zwinkernd durch das Glas.

»Aber ich sehe nichts!«

Hassl legte an. Paccoli setzte das Glas ab.

»Sie lassen mir den Schuss, ja!«, zischte er. »So lautet unsere Verabredung!«

Hassl presste die Lippen zusammen und zielte.

»Ich sagte, so lautet unsere –!!«

Ein Schuss peitschte auf. Mit grimmiger Zufriedenheit senkte Hassl seine Büchse. Paccoli starrte ihn entgeistert an. Er riss das Fernglas hoch. Am Rande der Lichtung bewegten sich Äste. Was Hassl getroffen hatte, schien im Todeskampf um sich zu schlagen.

»Sie haben ihn nicht getroffen, Sie Dilettant!«, raunte Paccoli empört. »War das überhaupt der Sechzehnender? Er müsste doch viel größer sein!«

»Das täuscht«, meinte Hassl gelassen.

Wieder sah Paccoli in die Tiefe. »Er scheint zu fliehen! Was machen wir jetzt?!«

Hassl wandte ihm langsam das Gesicht zu.

»Nichts«, sagte er.

»Aber –! Sind Sie noch bei Sinnen? Das Geweih!«

»Was ich getroffen hab, hat keines.«

»Wie! Sie haben –?«

»Habs Ihnen doch gesagt: Da unten hats viele Hasen. Der Boden ist locker, das taugt ihnen. Und das –«

»Aber das war doch kein Hase!«, unterbrach Paccoli erbost. »Hassl, wollen Sie mich zum Narren halten? Ich werde mich beschweren! Das ist Betrug! Dafür zahle ich nicht! – Und grinsen Sie nicht so unverschämt!«

Der Bauer kippte seine Augen zum Himmel.

»Wenn Sie mich vielleicht einmal ausreden lassen täten?«

»Was gibt es *da* noch zu erklären?!«

Hassl sah ihn ruhig an.

»Zu erklären gibt es, dass auch die Wilddiebe wissen, wo man am besten Fallen aufstellt.«

Paccoli starrte den Bauern an.

»Das war gar kein… sondern ein…?«

Ein Grinsen kräuselte Hassls Lippen. Er zwinkerte Paccoli zu und nickte.

»Genau. Ein wildernder Hund ist es gewesen.«

»Ein was?«

Paccoli war normalerweise schnell von Begriff. Dieses Mal brauchte er ein wenig länger. Dann jedoch gab er Hassls Grinsen zurück. Ein Lachen gluckste aus seiner Kehle.

»Ach ja. Richtig. Was denn sonst, nicht wahr?«

31

Gidi spürte keine Müdigkeit. Ein dunkler Zorn trieb ihn an. Mit weit ausholenden Schritten rannte er den Pfad zur Kogelscharte hinauf. Das kleine Bündel mit seinen Habseligkeiten baumelte um seinen Rücken. Im Saum seines abgeschabten Rocks klimperten die wenigen ersparten Münzen.

Bis zur Dämmerung würde er es auf die andere Seite der Scharte geschafft haben.

Das Licht würde gerade noch ausreichen, um über die felsige Traverse in das jenseitige Tal abzusteigen. Dann würde er sich in der Nähe der Grenzbrücke verstecken und die Nacht abwarten.

Schon jetzt war nicht mehr zu befürchten, dass ihm der Gerichtsdiener folgte. Dessen behäbige Strategie bestand darin, so lange zu warten, bis sich der Gesuchte irgendwann wieder in der Nähe seiner alten Heimat sehen lassen würde, und seine Erfahrung hatte ihm in den meisten Fällen Recht gegeben. Nicht sentimentale Heimatliebe, sondern grauenhafte Not war es, die die meisten Ausreißer irgendwann wieder in die Nähe ihrer Familien trieb, wo sie in aller Seelenruhe aufgesammelt und dem Gericht übergeben werden konnten.

Hinzu kam, dass es sich bei einem Knecht, der seinen Dienstherrn verprügelt hatte, um keinen mordsmäßigen Malefikanten handelte. Wurde man ihrer habhaft, hatten sie zwar empfindliche Strafen zu erwarten, die von Geldbuße, Frondienst bis zum mehrjährigen Ausschluss von allen öffentlichen Festlichkeiten reichten. Doch dafür wurde der staatliche Apparat nicht über Gebühr strapaziert, dafür scheuchte der Richter nicht seinen asthmatischen Gerichtsdiener ins Gebirge. War es nicht sogar ganz nützlich, wenn man die Störenfriede auf diese Weise loswurde?

Nach der Prügelei mit Kolber hatte Gidi überlegt, wohin er fliehen konnte. Überrascht entdeckte er, dass sein Plan längst in seinem Hinterkopf gespeichert war: Das Umschleichen der Grenzbrücke, die Wanderung über die Höhen des Pongaus, die Überquerung der Tauern, anschließend strikt Richtung Süden – bis in Details war die Fluchtroute vorbereitet, in Gedanken abgeschritten und berechnet. Und in der Kraina würde er seinen Bruder in die Arme schließen. Daran, dass er ihn fände, zweifelte Gidi keine Sekunde.

Was dann käme, wusste Gidi nicht. Während der Wanderung brauchte er erst einmal kaum Geld. Er würde von Waldfrüchten leben, dann und wann ein Kleintier erlegen und, wo es die Witterung erlaubte, im Freien übernachten. Anschließend konnte er sich bei Bauern als Tagelöhner verdingen. Er hatte keine Angst davor. Er war gesund und kräftig.

Leicht würde dieses Leben aber nicht sein. Beim Kolber war seine tägliche Versorgung gesichert gewesen, und der braven Sali war es immer wieder gelungen, den Geiz des Wirts zu unterlaufen und Mägden und Knechten ordentliche Essensportionen zukommen zu lassen. Schon jetzt knurrte sein Magen.

Aber jedes Leben würde schöner sein als das, was er bisher geführt hatte. Etwas war urplötzlich in ihm aufgebrochen, hatte ihn bis unter die Haarwurzeln erschauern lassen. Was hatte er bisher alles entbehren müssen, wie hatte er seine Seele zerrupfen und zerknüllen lassen, und wie tief hatte es sich in sein Gemüt geprägt, für nichts und niemand von Bedeutung zu sein! Um ihn hatte sich alles in Glanz und Farbe, in betörende Töne und Gerüche verwandelt, als hätte er bis jetzt nur in einer grauen und tauben Dämmerung dahinvegetiert. Während er den Pfad entlanglief, federnd und gleichmäßig wie ein trabendes Pferd, durchpulste ihn noch immer eine närrische Freude. Er war frei.

Er bog gerade um einen Felsvorsprung, als ihn eine Bewegung über ihm stocken ließ. Im selben Augenblick hörte er Stimmen über sich und, Sekunden später, knirschendes Geröll unter den Tritten klobiger Stiefel.

Machte der Richter doch bereits Jagd auf ihn? Hatte der rachsüchtige Wirt ein paar Burschen gedungen, ihn zu fangen? Mit einem Satz sprang Gidi zur Seite, robbte den steilen Hang hinauf und kauerte sich hinter einer ausladenden Kiefer auf den Boden.

Zwei Amtsjäger, hechelnde, kurz aufknurrende Hunde an den Leinen, stapften schweigend unter ihm in die Tiefe. Gidi wollte schon sein Versteck wieder verlassen, als er wieder Stimmen hörte. Er duckte sich wieder.

»Jetzt hören Sie endlich auf damit, Hassl! Machen Sie doch nicht *mir* einen Vorwurf«, schimpfte Paccoli.

»Hätten Sie mir den Schuss gelassen! Ich hätts schon keinem erzählt!«

»Aber mein Stand war miserabel!«

»Da schaut eins vorher drauf, Missöh Paccoli.«

»Ja gut, gut... ich habe eben noch nicht ausreichend Erfahrung in Jagddingen. – Was soll denn jetzt weiter geschehen? Wir versuchen es gleich morgen früh noch einmal, ja?«

»Noch einmal?«

»Was sonst? Ich habe Sie schließlich dafür engagiert.«

»Missöh Paccoli! Verstehen Sies denn immer noch net? Den Sechzehnender könnens Ihnen aus dem Kopf schlagen. Der wird sich nicht mehr sehen lassen. Der verreckt nämlich jetzt grad in irgendeinem Loch, so wie der geschweißt hat – nach Ihrem grandiosen Schuss.«

Ihre Stimmen versanken in der Waldschlucht. Gidi richtete sich erleichtert auf, vergewisserte sich, dass die Männer ihn nicht mehr sehen konnten. Er glitt wieder auf den Pfad hinab, streifte trockene Kiefernnadeln und Spinnweben von seiner Brust und setzte seinen Weg fort.

Am Fuße der Abraumhalden hielt er an. Er musste jetzt ganz in der Nähe jener Stelle sein, wo der Schmugglerpfad über die Scharte abzweigte. Gidi sah stirnrunzelnd zum Himmel. Die Sonne stand schon weit im Westen. Eine Wolkenwand hatte sich vor sie geschoben. Die Dunkelheit würde früher hereinbrechen, als er erwartet hatte. Wenn er nicht genügend Sicht hatte, war an eine Durchquerung der Südwand nicht zu denken. Er musste sich beeilen.

Etwas befahl ihm, nicht weiterzugehen. Langsam drehte er seinen Kopf nach oben.

Dann sah er zwischen Gestein und Waldrand etwas, was weder zum Grau des Abraumgerölls, noch zum gedeckten Grün der Kiefern, auch nicht zum Weizengelb der verdorrten Gräser passen wollte. Im gleichen Augenblick stach ihm die Blutspur ins Auge, die dazu hinführte.

Gidi spürte, wie sich ihm die Nackenhaare aufstellten. Er raste los, sprang über die Geröllblöcke, rutschte ab, krallte sich auf allen vieren empor.

Zu spät.

An Kristers Gürtel hing ein blutgetränkter Hase. Er hatte es noch bis hierher geschafft, dann hatten ihn die Kräfte verlassen. An seinem Hals klaffte eine fürchterliche Wunde. In seinen Augen schimmerte ein trüber Widerglanz des Himmels, und über seine Lippen wanderten Ameisen. Sein Körper war noch warm, als ihn Gidi schulterte und zur Knappenstube hinaufwankte.

32

Ein *Vicedom* war einer der höchsten Beamten der bairischen Herzöge des späten Mittelalters, ausgestattet mit der Machtfülle eines Obersten Landesrichters. Im Drama der ›Agnes Bernauerin‹ war ihm der Part des Bösewichts zugedacht. Dennoch war es eine Rolle ganz nach Peter Wallerschenks Geschmack. Statt pöbelhafte, auf billige Lacher abzielende Grobheiten (wie sie der Herr Direkteur offenbar so liebte) abliefern zu müssen, konnte er in donnernden Monologen schwelgen, durfte würdevolles Auf- und Abschreiten der Bühnenrampe zelebrieren und mit feinnervigem Mienenspiel die tragische Tiefe dieser Figur ausloten. Und morgen würde er das Publikum davon überzeugen, dass der Vicedom kein schurkischer Halsabschneider, sondern ein grandioser Scheiternder war.

Zufrieden hatte Wallerschenk registriert, dass sogar Caselli heute Nachmittag nicht umhingekonnt hatte, ihm Beifall zu zollen. Und als sie im Garten jenen Dialog probten, in welchem der finstere Vicedom einem herzoglichen Ritter seine Motive und Pläne offenbarte, hatte sich plötzlich eine Traube gaffender, von der Wucht seiner Darstellung zutiefst beeindruckter Dörfler um sie gebildet.

Auffallend war nur, dass seine Ophelia – Sepha – nun sein Lächeln gar nicht mehr zu erwidern wagte. Schloss das dumme Ding vielleicht aus seiner Darstellung auf seinen Charakter? Wie naiv waren die Leute hier überhaupt? – Egal. Sie hatte sich eh seit Tagen ziemlich zurückhaltend gezeigt. Sepha zu ihrem

Glück zwingen zu müssen, hatte er nun wirklich nicht nötig. Bald würde ihm Salzburg zu Füßen liegen, und damit auch die Salzburgerinnen.

Von dieser Gewissheit beschwingt, genoss er den Abend vor der Aufführung. Für die Nervosität der Kollegen hatte er nur milde Nachsicht übrig. Millner wieselte pausenlos um den Direkteur, um irgendwelche technischen Probleme zu diskutieren. Besonders Demoisell Bichler schien plötzlich Angst vor der eigenen Courage zu bekommen. Ständig umtänzelte sie ihren Meister, hing an seinen Lippen, wollte wissen, ob diese oder jene Haltung in dieser oder jener Szene besser als die bei der Probe gezeigte wäre, ob sie bei diesem Satz das Hauptwort oder besser das Tunwort betonen sollte. Gläubig akzeptierte sie den Rat des Direkteurs, dass natürlich das Hauptwort zu betonen sei, deshalb hieße es ja schließlich so. Rosina Mayer, welcher der Ein-Wort-Auftritt der Zofe zugefallen war, beschimpfte ihren Aloys. Mit mehr als einem Dutzend Betonungsvarianten hatte sie ihn beschwatzt, und von jeder zeigte er sich restlos überzeugt.

Ach Gott! Wo war man denn? Am Hofe des Kurfürsten etwa, gar des Kaisers? Sie spielten doch nur für diese simplen Leutchen hier, das konnte man doch wahrlich lässig angehen! Wallerschenk zupfte Bartholomäus am Ärmel. Er schien noch am wenigsten von dieser Hektik berührt zu sein.

»Was haben sie bloß alle?«

»Weiß auch net.«

»Aber es gibt doch keinen Grund für diese Aufregung! Den Leuten hier fiele doch nicht einmal auf, wenn wir einen Akt ausließen!«

Bartholomäus wiegte seinen schweren Schädel.

»Ich würd halt denken, die Leut zahlen ein Geld dafür, und soweit ichs seh, kommts ihnen blutig hart an. Drum solltens wir gescheit machen.«

»Sicher, sicher, aber dennoch –«

»Und vielleicht machts unsere Leut so wepsig, weil es was

Neues für sie ist, vor Dorfleuten zu spielen. Von der Kunst mögen die nicht viel verstehen, aber das heißt noch lang net, dass es ihnen gefällt, was sie zu sehen kriegen.«

»Diese Angst habe ich nun wahrlich nicht, mein Bester«, sagte Wallerschenk überlegen. Nein, diese Bedenken konnten ihn nicht anfechten. Er war gut, seine Rolle prachtvoll – es würde ihm morgen ein Leichtes sein, die Zuschauer in seinen Bann zu schlagen. Schon jetzt glaubte er zu spüren, dass ihm die Dorfleute mit größerer Ehrerbietung gegenübertraten, seit sie ihn im Garten gesehen hatten. Wen er ansprach, der wandte den Blick ab, bevor er mit leiser Stimme Antwort gab. Die Aura großer Künstler schüchtert schlichte Gemüter eben ein.

Überhaupt schien das morgige Spektakel längst Tagesgespräch zu sein. Die für die Einheimischen reservierte Gaststube war heute voller als üblich. Sogar im Gang zwischen Stuben und Salett hielten sich eifrig debattierende junge Männer auf. Obwohl ihr Gespräch jedesmal abbrach, wenn er an ihnen vorbeiging, war sich Wallerschenk sicher, dass sie über nichts anderes als die Aufführung sprachen.

Wallerschenk ertappte sich dabei, sich langsam in diesem abgeschiedenen Dörfchen wohl zu fühlen. Natürlich – Gott behüte! – würde er niemals hier leben wollen. Doch die Oberflächlichkeit der Städte hatte ihn zuweilen in eine unerklärliche Depression gestürzt. Hier jedoch schienen die Menschen noch mit beiden Beinen auf dem Boden zu stehen. Waren ihre Wünsche nach Zerstreuung so bescheiden, weil diese Sattheit voraussetzten? Denn von Sattheit konnte bei den meisten Dörflern nun wirklich nicht die Rede sein. Kein Wunder, dass es an jeglicher Raffinesse mangelte. Der Wein beispielsweise, den der Kolber servierte, war für Wallerschenks Geschmack etwas zu süß.

Und, leider, ausgesprochen harntreibend. Schon zum dritten Mal an diesem Abend trieb es Wallerschenk auf den Abort – die Pissrinne vermied er, sie verursachte ihm Übelkeit.

Erleichtert kam er zurück. Generös nickte er dem Volk in der Tenne zu.

Sekunden später lag er auf der Nase. Empört richtete er sich auf. Welcher Flegel hatte ihm einen Fuß gestellt?! Als Antwort klatschte eine Hand in sein Gesicht.

»Du Spitzbub, du studierter!«, hörte er noch, bevor die nächste Ohrfeige heranpfiff.

33

Der Prinzipal hatte sich früher als sonst verabschiedet. Einige Details der morgigen Aufführung müsse er noch überdenken, die Transformierung in eine Freiluftaufführung werfe immer unerwartete Probleme auf. Kurze Zeit später hatte sich auch Demoisell Bichler erhoben. So erschöpft wie nach diesem turbulenten Tag sei sie selten gewesen – zwei komplette Durchgänge an einem Tag, dazu noch Szenenproben – das koste schließlich Kraft. Außerdem müsse sie noch ein wenig über das Wesen ihrer Rolle sinnieren, und bei der Anlage ihres Liebesmonologs habe sie noch den einen oder anderen Zweifel.

Ob er seinen Direkteur womöglich bei der Arbeit stören würde, ob dieser vielleicht bereits zu Bett gegangen war – all das war Wallerschenk jetzt völlig egal. Als nach dem ersten Klopfen noch keine Antwort kam, hämmerte er an die Tür zu Schikaneders Kammer. Endlich ging die Türe einen Spalt weit auf.

»Wallerschenk? Sie?! – Hab ich nicht Order gegeben, mich nicht mehr zu stören? Ich habe mich für die morgige Aufführung zu präparieren!«

»Ich auch!«, krächzte Wallerschenk. »Ich auch!«

Schikaneder trat über die Schwelle und zog die Tür hinter sich zu. »Kann man nicht eine Sekunde innere Einkehr halten?«, rief er erbost. »Was ist denn? Hat es vielleicht wieder Differenzen gegeben?

»Differenzen?!«, japste Wallerschenk. Er deutete auf sein Oberkiefer. »Da vorn wackeln mir zwei Zähn!«

»Wenn Er meint, raufen zu müssen, gehts mich als Direkteur bloß was an, wenn er deswegen nicht zur Vorstellung kommen kann. Dass Sie ein bisschen zerrupft sind, sehe ich, aber stehen und sprechen können Sie noch. Sie mit Ihrer ewigen Streitsucht! Mit wem haben Sie sich schon wieder angelegt?«

»Diese blöden Dorfleut müssen bei der Probe gelinst haben, und jetzt sind sie mir bös!«

»Herrgott, Wallerschenk, so stellens Ihnen doch nicht so an! Die Emotion schäumt halt hier höher auf als in den noblen Häusern. Warum nimmt Ers nicht positiv?«

»Positiv?!«, keuchte Wallerschenk entgeistert.

»Natürlich! Als Lob dafür, dass sein Spiel so genial ist?«

»Lob tut wohl! Ich aber spürs genau konträr! Ich kann ja kaum noch einen Schritt tun, da fallen diese Narrenhäusler schon über mich her! Aber der Demoisell Bichler, bei der fehlts grad noch, dass sie ihr in der Kirche Kerzen aufstecken.«

Schikaneder sah streng auf ihn herab.

»Ach, das ist es! Eifersucht! Wie unwürdig, Wallerschenk! Wie unwürdig.«

»Blödsinn!« Wallerschenks Augen loderten vor Verzweiflung und Empörung. »Herr Direkteur! Ich ersuche mit aller Entschiedenheit, den Vicedom von jemand anderem geben zu lassen! Was hier vor sich geht, hat mit Kunst nichts mehr zu tun!«

»Ausgeschlossen!«, donnerte Schikaneder. »Er spielt! Das ist eine *ordre du directeur*! Leisten Sie ihr nicht Folge, sehe ich mich gezwungen, dies als klare Insubordination, und angesichts der augenblicklichen Lage gar als Obstruktion zu werten!« Er drückte die Türklinke. »Keine weitere Diskussion! Gute Nacht.«

Reflexartig klappte Wallerschenk die Lider zusammen, als die Tür vor ihm ins Schloss krachte.

Während er geschlagen davonwankte, schob Demoisell Bichler die Bettdecke zurück, unter der sie sich verborgen hatte. Sie schüttelte missbilligend den Kopf.

»Was der sich einbildet. Als obs sein Spiel wär, für das ihn die Dorfleut hauen.«

Schikaneder warf seinen Schlafrock über die Stuhllehne.

»Sondern?«

»Na was schon, Manü! Er hat einem hiesigen Mädel schöne Augen gemacht.«

»So?! Trotz meiner deutlichen Direktiven, derartiges zu unterlassen?«

»Aber natürlich!« Sie nickte herablassend. »Und da wirds halt einen vom Dorf geben, dem das ebenfalls nicht passt.«

»Ich verstehe«, sagte Schikaneder, hob die Decke und legte sich an ihre Seite.

»Und wenn du mich fragst, Manü: Der Wallerschenk hat fürs Theater einfach nicht die richtige Leidenschaft.«

Er grinste: »Ich schick ihn zu dir in die Lehr.«

34

Als die Dämmerung hereingebrochen war, hatte sich ein eisiger Luftzug erhoben. Noch vor Mitternacht stand quellender Nebel über dem Flusstal und dem Moor. Tastend kroch er über die Stoppelwiesen zum Dorf hinauf. Über den Gipfeln des Kogelberges hing die milchweiße Scheibe des Mondes, der das Tal mit grauem Licht übergoss. In der Talsenke raunte der Fluss, und bis auf das Knacken der Balkenverbünde der Dorfhäuser, dem gelegentlichen Ruf eines Käuzchens und dem feinen Singen des durch die Obstbäume streichenden Windes herrschte Stille.

Auch der Wirt hatte versucht, Schlaf zu finden. Doch seine fiebrige Unruhe war von Minute zu Minute gewachsen. Sehnsüchtig hatte er gelauscht, bis er sicher sein konnte, dass auch der letzte Hausbewohner zu Bett gegangen war.

Dann schlich er vorsichtig auf den Flur. Den Weg zu Babetts Kammer fand er im Dunkeln. Sein Herz klopfte bis zum Hals, als er die Klinke herabdrückte. Ein kurzer, scharfer Stoß mit der Schulter, dann gab der Riegel nach, den die Magd vorgeschoben hatte.

»Pscht!«, flüsterte der Wirt heiser. Behutsam drückte er die Tür hinter sich ins Schloss. Babett war aufgeschreckt. Aufrecht saß sie in ihrem Bett. Mit weiten Augen starrte sie in die Dunkelheit.

»Pscht! Babett! Ich brings nicht übers Herz, dich in der Schandgeigen zu sehen! Ausgezahnt und angespien!«

»Geh«, flüsterte sie.

»Babett! Ich zahl dir die Straf! Dann kommst aus!«

Das Bettgestell knarzte, als sich der Wirt auf die Kante setzte. Er griff nach ihrer Schulter.

»Lass mich aus! Ich –«

Er hielt ihr den Mund zu.

»Herrgott! So sei doch vernünftig! Ich zahl dir die Straf, hab ich gesagt! Oder willst lieber in die Schand kommen? Babetterl, Liebes! Könntst es so schön haben bei mir!«

Die Finger seiner Rechten zerrten an ihrem Hemdausschnitt. Sie stöhnte erstickt.

»Brauchst doch bloß ein wenig stillhalten! Keins erfahrts! Babett!... Ich bin... ich mag dich doch so! Es ist wahr! Ich schwörs dir!«

Babett riss den Kopf zurück und schnappte mit den Zähnen nach seiner Hand.

»Herrgott-Sakrament! Jetzt sei doch nicht so störrisch! Wie kann eins bloß so blöd sein!... Ich... ich halts doch nimmer aus, Babett!«

Es war die Wahrheit. Er war verrückt nach ihr. Die Wärme ihres Körpers, ihr Duft berauschten ihn. Sie wehrte sich verzweifelt, strampelte, biss. Eine maßlose Wut nahm von ihm Besitz. Er ballte die Faust und holte aus.

Ein rasender Schmerz weitete sich in seinem Hinterkopf. Ein helles Wimmern drang aus seiner Kehle, dann verlor er das Bewusstsein. Sein massiger Körper polterte zu Boden.

»Zieh dich an und pack dein Zeug«, sagte Vester, und durch seine Stimme pochte etwas, was Babett Schrecken und Glück durch das Herz jagte.

Kolber ließ ein mattes Röcheln vernehmen. In Vesters Hand blinkte es metallen. Babett fiel ihm in den Arm. »Nein!«

Sie spürte sein dröhnendes Herz an ihrer Brust. Sie hielt ihn fest, bis sie spürte, dass sein Körper wieder weicher wurde. Seine Schultern fielen herab.

»Aber damit dus weißt«, stieß er hervor. »Auf dich bin ich erst recht bös. Muss ich erst von eurem Gidi erfahren, was die Hund mit dir anstellen wollen?!«

35

Die Geschichte der Agnes Bernauer trug sich in der ersten Hälfte des 15. Jahrhunderts zu. Sie ist schnell erzählt: Der in Liebesdingen leicht entzündliche, in Dingen der Staatsraison jedoch sträflich ignorante Sohn eines bairischen Herzogs heiratet unstandesgemäß. Weil das die Erbansprüche der Dynastie zu gefährden droht, locken Verbündete des alten Herzogs den Verliebten aus seinem Liebesnest, entführen die junge Frau und stellen sie vor ein gedungenes Gericht. Dieses verurteilt sie mit hanebüchener Begründung (wie jener, ihre außergewöhnlich erotische Ausstrahlung könne nur auf schwarzer Magie beruhen) zum Tode und lässt sie kurzerhand ertränken. Daraufhin grollt der unfreiwillig Verwitwete ein wenig, fügt sich schließlich aber artig und verzeiht seinem rabiaten Vater, womit seiner Bestallung zum Thronfolger nichts mehr im Wege steht.

Für Graf Josef August von Toerring-Gronsfeld – höherer und anerkannt redlicher kurfürstlich-bairischer Beamter, Mitglied der Akademie der Wissenschaften, nebenher Verfasser ethischer Denkschriften und bewegender Ritterdramen – stellte sich der Fall jedoch so dar:

Albrecht, der heißblütige, gleichzeitig sehr gefühlige Herzogssohn, hatte sich rettungslos in die hinreißend schöne Tochter eines Augsburger Patriziers verliebt und sie, vom Liebesrausch beflügelt, kurzerhand geheiratet. Den alten Herzog quälte dies sehr; er zürnte darob seinem Sohn und wies ihn ernsthaft auf seine Standesverpflichtungen hin. Dieser zeigte sich jedoch uneinsichtig, was den Kummer des armen Vaters verstärkte. Der Straubinger Vicedom, ein wahrhaft abgefeimter Finsterling, bot dem verzweifelten Alten an, die Sache wieder ins rechte Lot zu bringen. Wovon der herzensgute Herzog jedoch keine Ahnung hatte, war, dass der Bösewicht schon seit langem darauf spekulierte, dem Herzogssohn eins auszuwischen. War dieser doch einmal so unvorsichtig gewesen, durchblicken zu lassen, dass er mit dem Vicedom unzufrieden war und ihm das Handwerk legen wollte, wenn er, Albrecht, einmal an der Macht wäre. Deshalb entwickelte der Vicedom einen teuflischen Plan: Sich auf das Vertrauen des alten Herzogs berufend, ließ er die schöne Bernauerin entführen und in der Donau ertränken. Der Intrigant rechnete fest damit, dass der empörte Sohn daraufhin eine Revolte gegen den Vater anzetteln würde, womit der Verbrecher zwei Fliegen mit einer Klappe geschlagen hätte: Der junge Narr hätte sein Lebensglück eingebüßt und wäre zudem als Hochverräter hingerichtet worden. Womit der Intrigant allerdings nicht gerechnet hatte, war, dass ein weiser alter Ritter, genannt ›Der Toerringer‹ (übrigens rein zufällig der Name jenes Geschlechts, dem auch der Autor angehörte) dem erbosten Sohn ins Gewissen redete und ihn von der Unschuld des Vaters überzeugte. Daraufhin versöhnten sich Vater und Sohn über dem Grab der jungen Frau – das Eis war endgültig gebrochen, als der alte Vater auch noch die Kosten für einen prunkvollen Grabstein zu übernehmen versprach. Vater und Sohn kamen überein, den Vicedom nun seinerseits vor Gericht zu stellen und zum Tode zu verurteilen. Das Stück endet mit Hochrufen auf den Edelmut der beiden Durchlauchten Herren sowie der rituellen Anrufung, dass Baiern lang leben möge.

Die feinen Unterschiede zwischen Wirklichkeit und dichterischer Umwidmung waren den beinahe fünfhundert Zuschauern, die schon seit dem Nachmittag auf den primitiven Sitzplanken dicht an dicht saßen, völlig egal. Von der ersten Szene an waren sie hingerissen.

Dabei war es beileibe nicht so, dass sie noch nie ein Theaterstück gesehen hätten.

Was sie aber bisher geboten bekommen hatten, waren hölzerne Deklamationen gewesen, von untalentierten jesuitischen Novizen absolviert, lieblos und herablassend.

Damit jedoch, was sie jetzt von der ›Schikanederischen Schau- und Operngesellschaft‹ zu sehen und hören bekamen, hatten sie nicht gerechnet. Dieses Spiel wollte sie nicht belehren, nahm sie ernst, suchte ihr Gefallen. Es zeigte all jene Höllen und Paradiese, die sie selbst schon durchlebt hatten, es gab ihren Gefühlen Worte und Bilder, ihrer unterdrückten Wut wie ihren unerfüllten Sehnsüchten. Sie kannten sie alle, die verzweifelt Liebenden, die zu Tode Trauernden, die gnadenlosen Richter, die rücksichtslose Obrigkeit. Und auf dieses derart intensive Agieren, auf dieses geradezu schamlose Ausstellen rasender Leidenschaften waren sie erst recht nicht vorbereitet. Es packte sie an der Kehle, schleuderte sie hin und her, trieb ihnen Tränen in die Augen, entlockte ihnen einmal brüllendes Gelächter und würgte sie dann wieder bis zur Atemnot.

Darauf waren sie nicht gefasst.

36

Schikaneder hatte es bald aufgegeben, die Zahl der Zuschauer zu schätzen. Es genügte ihm zu wissen, dass mit den Einnahmen seine Geldsorgen für die nächsten Tage hinfällig sein würden. Schon am frühen Nachmittag war das Dorf aus allen Nähten geplatzt. Aus den entlegensten Weilern, aus den Nachbardörfern eilten die Leute herbei, erwartungsfroh und in festlicher Tracht aufgeputzt, als hätte der Kurfurst persönlich seinen Besuch angekündigt. Die Sonne schien wie bestellt, die Luft war mild, und auch den Spielort hatte der Prinzipal gut gewählt. Die gestufte Uferterrasse bildete ein natürliches Amphitheater, dessen Blickrichtung sich exakt auf einen in den Fluss ragenden Fischersteg zentrierte.

Dieser war jetzt noch mit übermannshohen Kortinen verhangen, die den Eingang einer Burg darstellen sollten. Denn nun – nachdem das gerührte Publikum den Liebesschwüren der Agnes Bernauer und des Herzogssohns bereits hatte lauschen können – stand die Wende ins Tragische bevor. Der junge Held, den natürlich der Prinzipal selbst verkörperte, sollte entdecken, dass seine Geliebte in seiner Abwesenheit entführt worden war.

Die Kapelle intonierte einen Fanfarenstoß. Alle Blicke richteten sich auf die Bühne. Doch außer, dass der Wind die Kortinen blähte und so die Illusion einer festen Burg ein wenig unterlief, geschah nichts. Hälse reckten sich.

Wieder ertönte ein Fanfarenstoß.

Was war los? Eine Panne? Unruhe kam auf. Doch pötzlich

ging ein Raunen durch die Zuschauergruppe, die flussaufwärts sehen konnte. Langsam setzten sich die erstaunten Rufe über das Halbrund fort. Zischend wurden Zuschauer zurechtgewiesen, die aufgestanden waren und, die Hand schützend über den Augen, die träge Wasserfläche absuchten.

Und dann sahen es alle: In majestätischer Langsamkeit glitt ein prächtig aufgeputzter Nachen heran. Fahnen und Wimpel flatterten, Rüstungen glänzten, und am Bug stand der Herzogssohn, strahlend, die Hand auf der liebenden Brust, ungeduldig seine Ruderer antreibend, voller Vorfreude auf das Wiedersehen mit der Geliebten. Den Zuschauern krampfte sich das Herz augenblicklich zusammen. Sie ahnten, was geschehen würde. Im Gegensatz zum Herzogssohn hatten sie in der vorherigen Szene den Vicedom kennen und fürchten gelernt, welcher kein Hehl aus seinem mörderischen Plan gemacht hatte.

Mit wachsender Bestürzung beobachtete die Menge, wie sich das Boot näherte und schließlich anlandete. Der Herzogssohn sprang hochgemut in den Sand, scherzte mit seiner Begleitmannschaft, demonstrierte noch einmal mit großer Geste, wie sehr er sich auf das Wiedersehen mit seiner Gattin freue, und eilte leichtfüßig auf das Burgtor zu. Er schlug die Kortinen zurück und verschwand dahinter. Der Menge stockte der Atem.

Sekunden später kam er wieder hervor. Mechanisch wie ein Untoter stakste der Unglückliche auf das Publikum zu. Sekundenlang stand er reglos. Ein fürchterliches Schweigen lähmte alles. Sogar der Fluss schien erstarrt.

Der Blick des jungen Herzogs verwandelte sich von geronnener Ungläubigkeit zu flammender Empörung. Donnernd, mit weit tragender Stimme, schmetternd wie eine Posaune des jüngsten Gerichts, rollte die Klage des Betrogenen über die Zuschauer: »Keine Wache? Die Tore offen? Niemand entgegen? Alles öde? Ha!«

Der Blick des Herzogssohnes irrte über den Unglücksort. Er entdeckte etwas am Boden und breitete die Arme aus. »Was wollen die Waffentrümmer da auf dem Boden? – Gott! Agnes! –«

Hinter ihm ertönte ein dumpfes Ächzen. Albrecht wirbelte herum und riss sein Schwert aus der Scheide. »Wer liegt dort? – Zenger! Seid Ihrs?!«

Er zog eine Plane mit einem Ruck zur Seite. Der alte Ritter versuchte sich aufzurichten. »Fort!«, tremolierte Millner als Sterbender. »Wieder fort, gnädiger Herr! Rettet Eure Agnes!«

»Agnes! Wo ist sie! Was soll das?!«

Der alte Millner gab sein schönstes Seufzen von sich: »Verrat! Die Schurken haben sie geraubt! Sie hatten hundert Mann. Die Eurigen flohen. Eilet, eilet Straubing zu!«

»Waffen!«, gellte der Sohn des Herzogs, den Blick wild zu den Göttern gerichtet. »Meine Waffen!! Oh! Wär ich ein Donner, dass ich sie erreichen, zerschmettern könnte!«

Der treue Ritter Zenger – für einen tödlich Verletzten hatte er noch erstaunliche Lungenkraft – meldete sich noch einmal: »Lebet wohl, gnädiger Herr. Dass ich Euch doch noch gesehen habe!«

Albrecht stürzte auf die Knie.

»Armer Zenger! Treuer Freund! – Wut und Schmerz zerreißen mein Herz! – Das Schwert, Zenger –«, der Herzogssohn stach es in den Himmel, »rächet Euch! Eure Hand, alter Biedermann!«

Albrecht drückte die erschlaffende Hand seines Ritters. Mit einem letzten, markerschütternden Seufzer verschied der alte Recke. Ein Stöhnen ging durch das Publikum.

»Oh Herr, gib ihm die ewige Ruhe«, nuschelte eine alte Bäuerin. Niemand wagte zu lachen. Einige schluchzten bereits hemmungslos.

Die Kapelle setzte zu einer getragenen Zwischenmusik an. Hinter einer Abhängung neben den Musikern traten Bartholomäus und Aloys hervor und entrollten eine breite Stoffbahn vor der Szene. Nachdem sie sich mit einem Seitenblick vergewissert hatten, dass Schikaneder und Millner die Bühne verlassen hatten, rollten sie sie wieder ein.

Langsam löste sich das Publikum aus seiner Erstarrung. Ernstes Gemurmel wogte auf.

»War ja grad fast so still wie in der Kirch«, sagte der Kolber beeindruckt.

»Nun ja... gewiss... das Spiel ist nicht übel«, gab der Richter zu. Er neigte sich zu seinem Sitznachbarn auf die andere Seite. »Ihre Meinung, Monsieur Paccoli?«

»Sie kennen sie bereits, Herr Richter«, gab der Bergwerksbesitzer gönnerhaft zurück.

»Monsieur Schikaneder ist, ich muss es sagen, ausgezeichnet.«

»Er versteht sein Handwerk, zweifellos.«

»Und so ein Haufen Leut...«, wunderte sich der Wirt wieder einmal. Der Richter nickte ihm zu.

»Sie werden anschließend ebenfalls ein gutes Geschäft machen, Kolber, was? – Übrigens, was ich Sie die ganze Zeit schon fragen wollte: Was haben Sie denn da? Sind Sie etwa hingefallen?«

»Wo? Was?«

Ratold deutete auf die blutunterlaufene Stelle an Kolbers Hinterkopf. Der Wirt machte eine wegwerfende Handbewegung.

»Ich muss wieder rüber ins Wirtshaus.« Er stand auf und bahnte sich einen Weg durch die Reihen.

Die Kapelle setzte wieder ein. Sofort wurde es still.

Paccoli legte seine Hände über den Knauf seines Gehstocks, drehte sich um und ließ seinen Blick über die Menge schweifen.

Das Halbrund des Zuschauerbereichs summte von aufgeregtem Palaver. Bauern, Bäuerinnen, Mägde und Knechte, Kinder und Greise – sie alle schienen jetzt nur noch ein einziges Thema zu kennen. Paccoli schmunzelte: Sogar den plumpen Hassl schien es gepackt zu haben.

Sein Blick wanderte weiter. Plötzlich hatte er das Gefühl, als stellten sich seine Nackenhaare auf.

Er hatte Vester entdeckt. Und bald danach, verteilt über das ganze Halbrund, die anderen Bergknappen, die, ernst, schweigend und eigentümlich abwesend, die Bühne fixierten. Paccoli spürte, wie sein Herz schneller schlug. Unwillkürlich fuhr er sich mit der Hand über den Nacken.

37

Die Hände auf dem Rücken, schritt der Ritter Toerringer gemessen jene Linie im Gras ab, die den Bühnenrand markierte. Tiefer Kummer beugte seinen Rücken. Er blieb stehen, sah um Hilfe flehend zum Himmel, senkte wieder den Kopf, drehte sich um und ging die Linie zurück.

Wie liebte Caselli sie, diese weihevollen Augenblicke. Er konnte gar nicht genug davon bekommen. Aus den Augenwinkeln beobachtete er die Zuschauer. Er genoss es, wie Hunderte von Augenpaaren sich von seiner Bewegung lenken ließen – ging er nach links, folgten sie ihm dorthin, blieb er stehen, stockten auch sie, und drehte er um, schwenkten die Köpfe nach rechts. Caselli fühlte sich wie ein Magnetiseur. Es war ein machtvolles Gefühl. Es war köstlich.

»Fang endlich an!«, raunte Wallerschenk gereizt. »Das ist meine Szene!«

Ritter Toerringer gab noch einmal einen dramatischen Seufzer von sich. Dann reckte er seine matt blitzende Brustwehr dem Vicedom entgegen, der ihn mit finsterer Würde maß.

»Ihr, Herr Richter«, setzte er mit vibrierender Stimme an, »Ihr sprächet nicht so, wenn Euer blutdürst'ges Gemüt nicht da so ein willkommenes Schlachtopfer fände, und dieser bluttriefende Sieg nicht auch Eure Rache gegen Albrechten sättigte!«

Wallerschenk reckte das Kinn. Er legte die ausgebreitete Hand auf seine Brust und rief donnernd:

»Ich bin Richter, und ich werde tun, was ich als Recht erkannt. Das Weib weg, und alles Übel ist weg!«

Das Textbuch sah hier eine Entgegnung des Toerringers vor. Dieser sollte den Vorschlag machen, die Bernauerin könne ja, anstatt ihr nach dem Leben zu trachten, auch aus dem Land verwiesen oder in ein Kloster verbracht werden. Doch schon die ersten Worte des Richters waren von einem anschwellenden Murren begleitet gewesen, sein zweiter Satz hatte wütenden Protest ausgelöst.

Hochmütig zeigte der gnadenlose Richter sein Profil. ›Ich bin gut‹, dachte Wallerschenk verzückt. ›Man glaubt mir den Vicedom.‹

»Dringet auf Landesverweisung oder –«, versuchte der Toerringer sich durchzusetzen. Ein mattes Platschen unterbrach ihn. Entgeistert sah er zu Wallerschenk, auf dessen Weste sich ein feuchter Fleck ausgebreitet hatte. Ein Pferdeapfel kollerte ins Gras.

»Hilfe«, flüsterte Wallerschenk.

Caselli schwenkte herum, hob beide Hände und weitete seine Brust. Alle Blicke richteten sich wieder auf ihn.

»Dringet auf Landesverweisung, oder Verbergen in ein Kloster!«, dröhnte er. »Fließet aber Blut, so strömet es auf die, die es vergießen!«

Wallerschenk wollte nun alles nur noch schnell hinter sich bringen, obwohl er gerade für den folgenden Satz stundenlang vor dem Spiegel geprobt hatte. Eine strafende, düstere antike Gottheit hatte er geben wollen, die innere Spannung mit sardonisch zuckendem Mundwinkel verdeutlichen, seine Stimme wie Donnergrollen über das Publikum hinwegrollen lassen.

Aber es wollte nicht mehr gelingen. Peter Wallerschenk spürte, wie die tragische Größe mit jedem Pulsschlag aus seiner Haltung wich, und entsetzt hörte er, dass sich das, was sich jetzt aus seiner Kehle würgte, nur noch wie das Keifen einer feigen Ratte anhörte: »Ha…! Man kann sterben, ohne Blut zu vergießen…!«

Er riss die Arme zu spät hoch. Wieder hatte es ›Platsch‹ gemacht. Ein weicher Kuhfladen glitt über Gürtel und Hose langsam zu Boden. Wallerschenks Augen füllten sich mit Tränen. Seine Knie drohten, ihm den Stand zu verweigern.

»Du möchst ein Richter sein?!«, hörte er eine kreischende Stimme. »Ein Verbrecher bist! Ein kriminaler Verbrecher!« Ein wütendes Gejohle unterstützte den Schreihals. Wieder sausten Wurfgeschosse heran. »Hau ab! Du Halunk, du elender!« – »Und lass dich nie wieder blicken, du Sau!!«

Wallerschenk duckte sich, sprang von seinem Podest und floh hinter die Kulisse, von Beifall und Jubel verfolgt. Caselli verbeugte sich hastig und schlüpfte hinter die Kulisse. Das begeisterte Toben steigerte sich. Der Schurke war vertrieben!

»Nanana…«, wandte sich der Richter zu Paccoli. Der Angesprochene antwortete nicht, sondern knetete mit weißen Knöcheln den Knauf seines Stockes.

38

Was schmeißen Sie mir die teure Kappen in den Dreck, Wallerschenk? Sind Sie verrückt geworden?«, rief Schikaneder, der sich hinter einer Abhängung auf seinen Auftritt vorbereitete.

»Ich? Verrückt?«, krächzte Wallerschenk. »Dann schauen Sie nach draußen! Da ist alles närrisch geworden!«

Schikaneder wandte sich wieder dem Spiegel zu und prüfte den Sitz seiner Perücke.

»Jetzt beruhigen Sie sich, Herr Wallerschenk. Die Leut sind halt begeistert. Kanns ein schöneres Kompliment geben für uns, als wenn die Illusion so echt gerät?«

»Sie müssen abbrechen! Herr Direkteur! Da… da draußen regiert der Wahnsinn!«

Schikaneder fuhr herum.

»Sind Sie noch ganz bei Sinnen, Wallerschenk? Jetzt, vor dem Finale?«

»Was hör ich?«, ließ sich Demoisell Bichler vernehmen. »Er möcht mir wohl meine Szen' ruinieren, oder was?«

»Ha!«, schrie Wallerschenk. »Herr Direkteur! Nichts tät ich lieber, als die zu ersäufen! Gefesselt! Dass sie nie mehr auftauchen kann, und mich sekkieren! Aber, Herr Direkteur – stoß ich in der nächsten Szene die Bernauerin in den Fluss, dann wird man mich *ermorden*!«

Demoisell Bichler stampfte empört auf.

»Seien Sie nicht so empfindlich!«

Wallerschenk riss sich die Perücke vom Kopf, schleuderte sie zur Seite und zerrte an den Knöpfen seines Rocks.

»Ich spiele nicht mehr weiter!«

»Wallerschenk!«, wetterte Schikaneder. »Das untersage ich! Das gibt ein Chaos!«

»Das ist es bereits!«, keuchte Wallerschenk. »Aber bevor es mich verschlingt, sage ich: Adieu!«

Er warf den Rock auf den Boden und rannte mit weiten Schritten fort.

»Halt!«, brüllte Schikaneder. »Sie bleiben da! Und zwar sofort! Das ist eine *ordre du* –«

Wallerschenk hörte es nicht mehr. Demoisell Bichler schluchzte auf.

»Meine Szen' ist ruiniert...«, wimmerte sie.

Millner schlug den Vorhang zurück.

»Was gehts denn nicht weiter? Die Leut werden immer närrischer.«

Schikaneder atmete erleichtert aus.

»Sie schickt der Himmel! Sie haben doch den Vicedom gelernt? Millner! – Herr Millner! So bleiben Sie doch –!«

Der Prinzipal ließ die Schultern hängen. »Desertion!«, flüsterte er. »Mitten in der Schlacht... Was tu ich bloß, was tu ich bloß... Wenn ich das Stück jetzt abbrech, dann gibts einen Sturm, gegen den der Böhmische Wind ein stehendes Lüfterl ist...«

»Das überleb ich nicht...«, schluchzte Demoisell Bichler.

39

Herr Richter…!«

Der Wirt bahnte sich schwitzend eine Schneise durch die aufgebrachte Menge. Panik glitzerte in seinen Augen.

»Euer Gnaden! Die –«

»Ah, Kolber? Sie sind ja ganz außer sich? Was – ?«

»Die Welt geht unter!«, keuchte der Wirt. »Von den Kogelgruben sind lauter grimmige Welsche gekommen, und unter ihre Umhäng blitzen die Messer! Euer Gnaden! Sie müssen was tun!«

»Werd Er nicht hysterisch«, gab Ratold unwillig zurück. »Ein Messer hat doch hier jeder.« Er hob den Finger. »Obwohl ich immer wieder darauf gewirkt habe, diese Unsitte abzulegen!«

Der Wirt winkte verzweifelt ab. »Euer Gnaden! Wenn du denen ins Aug schaust, dann meinst, du müsstest brennen! Und den Gidi-Hund hab ich auch gesehen!«

»Aber Er wird doch nicht von mir verlangen, dass ich seinen Knecht in dieser aufgehetzten Atmosphäre festnehmen lasse?! Ich habe Ihm doch immer gesagt: Die Entlaufenen kehren von selbst zurück.«

»Nein… Aber… Die haben was vor, Euer Gnaden!«

Paccoli neigte sich an die Seite des Richters.

»Der Herr Kolber hat Recht. Es wird prekär.«

»Mischen Sie sich da bitte nicht hinein.«

»Euer Gnaden!« Kolber rang flehend die Hände. »Die Komödi-Bagasch muss fort! Ich verzicht auf meine Zech, Euer Gnaden! Wenn die bloß abhauen!«

»Genau, Herr Richter«, drängte nun auch Paccoli. Seine Blicke flogen beunruhigt über die Menge. »Dieser gefährliche Unsinn muss sofort beendet werden!«

»Ich sagte: Mischen Sie sich da nicht ein, Monsieur Paccoli!«, gab Ratold gereizt zurück. »Noch treffe ich hier die Entscheidungen!«

»Ich werde mit seiner Exzellenz sprechen!«, zischte Paccoli. »Sie sind Ihrer Aufgabe offensichtlich nicht gewachsen!«

»Ach ja!?«, gab der Richter wutentbrannt zurück. »Und Sie?!« Er senkte sofort seine Stimme und fuhr drohend fort. »Sie Windbeutel-Kapitalist, Sie? Stecken bis über beide Ohren in Schulden, behandeln Ihre Pächter wie Sklaven? Und jetzt wäre *ich* dafür verantwortlich, wenn es Unruhe gibt?!«

»Äußerst aufschlussreich, Herr Richter!«, fauchte Paccoli feindselig. »Zu den Parolen des Spartakus ist es nicht mehr sehr weit!«

»Ich rate Ihnen: Hüten Sie Ihre Zunge!«

»Missjöh! Euer Gnaden! Grad jetzt sich bekriegen!«, jammerte Kolber. Er klammerte sich an den Ärmel des Richters. Mit einem energischen Ruck löste sich Ratold aus dem Griff des Wirts. Im selben Augenblick ertönte wieder die Theaterkapelle. Ratold hob die Hand.

»Ruhe jetzt! Es scheint weiterzugehen!«

»Herr Richter!«, presste Paccoli hervor. Seine Stimme vibrierte. »Es ist kein Spaß mehr! Es *muss* etwas geschehen!«

Ratold warf ihm einen überheblichen Blick zu. Paccolis Gesicht zuckte. Es auskostend, dass der sonst so Überlegene seine Fasson zu verlieren drohte, raunte der Richter kryptisch:

»Ich habe meine Vorkehrungen getroffen.«

40

Der Paccoli gehört uns«, flüsterte Vester, ohne den Blick von der Bühne zu lassen. »Ihr packts den Richter. Dann zündets das Gerichtshaus an.«

Der Steiger der Grube Fagertal grinste grimmig.

»Wird gut brennen mit all den Akta, was es da von uns hat.«

»Zuvor aber an die Kassa denken, verstanden?«

»Sind wir blöd? Aber was ist mit dem Kolber und dem Hassl?«

»Wie ausgemacht. Die heben wir uns auf.«

»Abers Wirtshaus nit eher anzünden, bevor wirs Bier nit draußen haben, woll? Ich mags nit angewärmt.«

»Geh jetzt zu deine Leut.«

Vester ließ seinen Blick über die Menge wandern. Bis jetzt entwickelte sich alles so, wie er es sich vorgestellt hatte. Das Publikum war bereits jetzt außer Rand und Band. Wenn das Stück zu dem Höhepunkt kommen würde, den ihm Gidi und Babett geschildert hatten, gäbe es kein Halten mehr. Und diesen Moment würden sie nutzen. Sie waren zwar nur knapp dreißig Leute, und ihre Bewaffnung bestand nur aus kleinen Hacken und Messern, aber auf ihrer Seite würden zwei mächtige Verbündete mitkämpfen: die aufgestaute Wut der Dörfler gegen ihre Obrigkeit. Und die Überraschung.

Denn heute würde Zahltag sein. Dass sie gegen die Besitzer immer die schlechteren Karten hatten, hatten sie bisher hingenommen – so war es überall, und sie sahen nicht, wie es zu ändern gewesen wäre. Als aber Gidi den toten Krister vor ihre

Füße legte und berichtete, dass er Paccoli und Hassl in der Nähe angetroffen hatte, hatte sich augenblicklich Hass wie tödlicher Frost in ihre Gemüter gesenkt.

Sie hatten Krister in der Mitte der großen Zeche aufgebahrt. Dann hatten sie das letzte Pulver zusammengekratzt und den Stollenmund gesprengt. Wem es je gelänge, in das unterirdische Labyrinth einzudringen, der würde keinen wurmzerfressenen Kadaver, sondern einen nahezu unversehrten Körper vorfinden.

Dann hatten sie die Knappenstube verriegelt, das weiße Kreuz der endgültig verlassenen Behausung auf die Türe gemalt und sich auf den Weg zur Grube Nonnerboden gemacht. Bald danach war die Empörung wie ein Lauffeuer von Grube zu Grube gerast.

Babett hatte versucht, ihn zurückzuhalten, hatte wieder von einem entfernten Verwandten in Wien gesprochen. Er hieß sie grob schweigen.

»Was soll werden, wenn alles zu Aschen geworden ist?«, hatte sie noch gefragt.

Die Männer wussten es nicht. Einer aus der Grube Nonnerboden hatte vorgeschlagen, sich anschließend in den Stollen zu verschanzen. Niemand kannte sie besser als sie, niemand wusste davon, dass sie vor einigen Monaten zu einem natürlichen Höhlensystem durchgeschlagen hatten, das zu einem unauffälligen Ausgang auf der salzburgischen Seite führte. Über ihn könnten sie Nachschub organisieren; der Raub der Bergkasse würde ihnen eine gute Bewaffnung erlauben, und gar nicht unwahrscheinlich war, dass man Salzburger Aufkäufer als Verbündete gewänne. Das Gebirge würde zu einer uneinnehmbaren Festung. Und sie würden so lange ausharren, bis der ferne Landesvater erkennen würde, welches Unrecht ihnen geschehen war.

Andere plädierten für sofortige Flucht ins Venetische. Im Steirischen oder im Engadin wäre Arbeit zu finden. Die erste Zeit würden sie mit dem geraubten Geld überbrücken.

Die Knappen wurden sich nicht einig. Es würde darauf hinauslaufen, dass die Steiger die Beute verteilten, einige sich in den Gruben verschanzen, andere fliehen würden.

Vester wusste ebenfalls noch nicht, was danach geschehen sollte. Er wusste nur, dass Babett am Waldrand auf seine Rückkehr wartete, dass er sie wiedersehen wollte. Und, dass er tun musste, was er tun würde. Von Jahr zu Jahr war ihr Verdienst geschmolzen, hatten sie sich auf schwierigere Arbeitsbedingungen einlassen müssen. Doch dass ihnen jetzt auch noch ihr Stolz und ihre Würde geraubt werden sollten, war nicht mehr zu ertragen.

Das Ende der Zwischenmusik riss Vester aus seinen Gedanken. Seine Muskeln spannten sich. Das Gemurmel erstarb, eine atemlose Stille senkte sich über den Spielort. Alle Blicke richteten sich auf den Vorhang auf der linken Seite des Steges.

Eine Fanfare intonierte ein klagendes Signal. Der Vorhang wurde von unsichtbaren Händen zurückgezogen. Zwei Ritter traten hervor und bezogen Stellung an beiden Seiten des Stegaufgangs. Dann erschien die Heldin. Obwohl Demoisell Bichler jetzt ein graulinnenes Sünderinnenkleid trug, wirkte sie mit ihrer schulterlangen, wallenden Blondperücke wie eine Heilige. Ein vielstimmiges Ah! und Oh! ertönte aus dem Publikum.

Es kippte augenblicklich in wütendes Geschrei, als hinter ihr der Vicedom auftauchte, die Bernauerin mit einem Stoß vorantreibend. Für Sekunden stockte der Lärm, als die Zuschauer registrierten, dass unter der Perücke des Richters nun ein anderer Schauspieler zu sehen war – der Direkteur persönlich. Sofort erhob sich der Tumult von neuem.

»Wohin? Wohin?«, jammerte die Bernauerin herzerweichend. »Gute Baiern! Eures Herzogs Albrecht Frau!«

»Verhaltet Ihr den Mund«, rief der Vicedom.

Die Zuschauer hielt es nicht mehr auf den Sitzen.

»Halt du den deinen, du Mörder!«

»Dass dich der Blitz erschlag!«

»So eine Schand!«

Schikaneder trat mutig an den Bühnenrand.

»Eine Hexe ists, die man verbrennen sollte! Eine Närrin!«

Ein junger Mann sprang auf.

»Dich sollt eins verbrennen!«

»Ja!«, rief ein anderer, »ein Richter möchst du sein? Du Mörder, du!«

Bartholomäus rannte nach vorne, packte die beiden und schob sie wieder auf ihre Sitze zurück. Das Getöse wurde ohrenbetäubend.

»Millner!«, keuchte Bartholomäus.

»Zugrund mit dem Verbrecher!«

»Zugrund! Zugrund! Zugrund!«, skandierten die Zuschauer.

Vester formte die Hände zu einem Trichter:

»Mit der Richtersau! Mit dem Paccolihund!«

»Jaa! Stechts ihn ab!«, tönte es von der anderen Seite des Halbrunds.

Eine junge Frau sprang auf. Bartholomäus fing sie vor dem Steg ab. Sie strampelte wie eine Närrische, kratzte und biss in seine Schulter.

»So hilft der Bernauerin doch einer!«, kreischte sie.

Tamerl hielt es nicht mehr aus. Er machte einen Schritt nach vorne. Vester riss ihn zurück.

»Aber er wills doch ins Wasser schmei–!«

»Ist doch ein Theater, du Narr!«

»Bist du blind? Der Fluss ist echt! Die Frau ist echt! Alles ist echt!«

Vester zog ihn nahe an sich heran und zischte in sein Ohr: »Die tauchens schon wieder raus, Herrgott! Wir schlagen erst los, wenn er sie reingeschmissen hat!«

»Aber –«

»Auf deinen Platz! Es muss bald soweit sein!«

Millner und Aloys waren Bartholomäus zu Hilfe geeilt. Einen Speer an beiden Seiten haltend, sperrten sie den Zugang zum Steg ab. Je weiter Schikaneder die ergeben leidende Agnes Bernauerin gegen das Ende des Stegs führte, desto mehr wurde der Spielort zu einem Hexenkessel. Niemanden hielt es mehr auf seinem Sitz, Kinder weinten bitterlich. Schon kam Bartholomäus in Bedrängnis. Fausthiebe und Fußtritte prasselten auf ihn hernieder. Er wurde wütend und streckte den Vordersten mit einem Kinnhaken zu Boden. Caselli eilte mit gezogenem Schwert herbei.

»Albrecht! – Gott! – Barmherzigkeit!«, gellte die Bernauerin hinter ihnen über den Tumult. Sie sank auf die Knie und hob die gefesselten Hände bittend in die Höhe.

»Manü!«, presste sie durch die Zähne. »Die Rosina, das Luder, hat die Kordel zu fest gebunden! Ich kriegs nicht auf!«

»Muss ich mich um jede Kleinigkeit selber kümmern?!«, zischte Schikaneder zurück.

»Aber so ersauf ich!«

Schikaneder hörte dies alles nicht mehr. Der höllische Lärm war wie eine riesige Woge über ihn hereingebrochen, betäubte seine Ohren, machte ihn besoffen. Mit fliegenden Blicken sah er zurück. Caselli lag längst niedergerungen am Boden und kämpfte mit seiner verbogenen Rüstung. Wo Bartholomäus, Millner und Aloys sich zuvor postiert hatten, war nur noch ein Knäuel verbissen kämpfender Leiber zu sehen. Die Zuschauer drängten immer näher zum Steg, boxten, traten um sich. Die Musiker hatten ihre Instrumente fallen gelassen und sich in das Getümmel geworfen.

Demoisell Bichler schrie entsetzt auf.

»Manü!!«

Jetzt sah auch Schikaneder den jungen Mann, der mit einem Satz auf den Steg gesprungen war. Er hielt ein Messer in der Hand. Sein bleiches Jungengesicht mit den weit aufgerissenen Augen zeigte keine Mordlust, sondern blanke Not. Keinen Tag würde er mit dem Selbstvorwurf leben können, untätig mit angesehen zu haben, dass vor seinen Augen dieses wehrlose, engelhafte Wesen ermordet wurde.

Schikaneders Magen krampfte sich zusammen, sein Herz klopfte bis an die Kehle. Ich will nicht sterben, blitzte es durch sein Gehirn. Noch nicht, nicht so.

Aber was – Himmel hilf! – sollte er tun? Die Illusion abrupt unterbrechen, lachend darauf hinweisen, dass alles nur Spiel sei? Es war zu spät dazu. Der junge Mann war nur noch wenige Schritte von ihm entfernt.

In Schikaneders Ohren rauschte das Blut. Plötzlich durchströmte Kälte seine Adern. Er riss die Hände empor und holte tief Luft.

»Mein geliebtes Volk der Baiern!«, brüllte er mit Stentorstimme, Speichel spuckend, so laut, wie er noch nie gebrüllt hatte, und für einen Moment hatte er tatsächlich das Gefühl, als hätten die Bergwände sein Echo zurückgeworfen. Der Angreifer hielt verdutzt inne. Augenblicklich herrschte Stille. Alles glotzte ihn an, als hätten seine weit ausgebreiteten Hände bannende Kräfte. Schikaneder pumpte wieder Luft in seine Lungen. »Die Tränen dieser reinen Jungfrau haben mein Herz berührt! Tief beschämt erkenne ich, wie sehr es schon von Bosheit vergiftet und zerfressen ist! Deshalb –« Was war los? Streikten seine Stimmbänder? Aus seiner Kehle röhrte es jetzt nur noch: »Deshalb schenke ich der Bernauerin ihr Leben und«, er holte tief Luft, »und scheide aus demselben!«

Er sprang.

Es war totenstill. Die Menge glotzte fassungslos auf den Steg. Dann explodierte ein frenetischer Jubel. Hüte flogen in die Luft, Jauchzer kreischten durch durch den tosenden Applaus. Der Kolber machte einen Luftsprung. »Vivat die Bernauerin!«, schrie er. »Vivat! Vivat!«, fielen die Zuschauer begeistert ein. Schon rasten die ersten auf den Steg, zogen die immer noch verdatterte Demoisell Bichler von den Knien, durchschnitten ihre Fessel und trugen sie auf den Schultern auf die Mitte des Spielplatzes.

Vester brauchte einige Sekunden, bis er verstand. Ungläubig sah er, dass auch seine Männer von diesem Taumel mitgerissen wurden. Er raste zum Steg.

»Haalt! Leut! Haalt!« Seine Stimme überschlug sich. »Es ist doch bloß Theater gewesen!«

Die ersten wandten sich um. Vester streckte den Arm zu Ratold und Paccoli aus.

»Da drüben –!« Er hustete würgend.

Paccoli sprang auf eine Bank.

»Auf ins Wirtshaus, Leute! Heut ist ein Festtag! Alles ist geladen! Kein Anschauen mehr, ob dick oder dünn, ob arm oder reich! – Auf!«

Begeisterter Beifall brandete auf. Die Menge, angeführt von der wie eine Heldin auf den Schultern getragenen Bichlerin, wälzte sich auf das Dorf zu.

»Vivat!«, schrie der Wirt »Auf zum Kolber!«

Verzweifelt fuchtelte Vester mit den Armen.

»Aber – aber da drüben stehn die, die ins Wasser geschmissen gehören!«, schrie er gellend. »Der Paccoli! Der Richter! Der Kolber und der Hassl! Die ganze Saubagasch!«

»Auf, Leute! Ins Wirtshaus!«, rief Paccoli.

»Nein!! Saufts nit das Judasbier!« Vester deutete auf ihn. »Der ists doch, der uns niederdrückt! Und der Richter! Die schmeißts rein, die tauchts unter, bis sie nimmer aufsteigen!«

»Gib eine Ruh«, sagte Severin erschöpft. »Es ist zu spät. Pasato.«

»Nein! – Leut! –«

»Ja. Vester! Gib eine Ruh«, rief Gidi besorgt. »Wir haben doch gewonnen!«

»Gewonnen?«, krächzte Vester.

»Ja, Herrgott! Wir habens ihnen gezeigt! Dass wir was sind! Dass wir uns kein Unrecht nicht gefallen lassen!«

»Gezeigt, ja!!« Vester war außer sich. »Aber nichts *getan*, du Rindvieh!«

»Er will euch den Wein versagen!«, rief der Wirt. »Dieser fanatische Narr! Gebts ihm die Antwort!«

Paccoli stellte sich an seine Seite.

»Ja! Lasst euch nicht verhetzen von diesem welschen Rebellen! Wir sind Baiern!«

Vester kippte die Augen verzweifelt zum Himmel.

»Haaalt!«, heulte Vester auf. »Ihr Dappschädl! Ihr saudummen!«

Hassl stapfte mit zornrotem Gesicht auf den Steg zu und bückte sich.

»Dir geb ich gleich einen Dappschädl!«

Auch einige jüngere Zuschauer hatten sich umgedreht. Böse starrten sie Vester an.

»Elendige Narren seids ihr! Spannts ihr das alle nit?! Ihr folgts dene Mörder und Verbrecher, die wo –«

Hassl griff nach einem faustgroßen Stein und schleuderte ihn auf Vester. Die jungen Männer folgten seinem Beispiel. Vester wich einige Schritte zurück und hielt die Hände schützend vor sein Gesicht.

»Narren! Ihr seids Narr –!«

Ein Steinbrocken traf ihn mitten ins Gesicht. Vester brüllte auf. Blut schoss aus seiner Nase. Er taumelte zurück. Wieder traf ihn ein Wurfgeschoss, diesmal an der Schläfe. Vester verlor die Besinnung, knickte ein, kreiselte und machte einen Schritt zurück ins Leere.

Der Richter sah am Dorfeingang streng auf den kurbairischen Offizier herab.

»Na endlich. Sie kommen in letzter Sekunde, *capitaine*. Das wird Konsequenzen haben.«

Der Offizier nahm Haltung an.

»Wir kamen, so schnell wir konnten, Herr Richter.«

»Also gut. Nehmen Sie alle Unruhestifter fest.«

Der Offizier sah sich fragend um. Eine Prozession wälzte sich auf das Tor des Gasthofs zu, die Bernauerin wie eine Monstranz an ihrer Spitze tragend. Ratold wies zur Lände. Einige der Zuschauer debattierten noch immer heftig miteinander. In der Nähe des Stegs prügelten sich zwei Knappen mit einer Meute junger Bauern.

»Pardon! Würden der Herr Richter dies spezifizieren?«

»Es sind Bergknappen. Sie erkennen sie an ihrer plebejerhaften Kleidung. Sie stehen im Verdacht, eine Rebellion vorbereitet zu haben.«

41

Eleonore Schikaneder schob behutsam die Türe hinter sich ins Schloss. Sie wartete eine Weile, bis sich ihre Augen an das dämmerige Dunkel gewöhnt hatten, und lauschte den gleichmäßigen, leicht rasselnden Atemzügen des Schlafenden. Sie rümpfte die Nase; in der Kammer stand muffige, von Weindunst, Schweiß und kaltem Rauch geschwängerte Luft. Sie stieg über die auf dem Fußboden verstreuten Kleidungsstücke, zog die Vorhänge mit einem Ruck zurück und öffnete das Fenster.

Der Prinzipal zuckte zusammen, verzog das Gesicht zur geschmerzten Grimasse und blinzelte in das gleißende Licht. Er wälzte sich herum und vergrub sein Gesicht im Kissen.

»Guten Morgen, Schani«, sagte Eleonore. »Die Nacht ist vorbei.«

Ein Stöhnen antwortete ihr. Sie setzte sich auf die Bettkante. Ihr Blick glitt durch die Kammer und verweilte für einen Augenblick an einer Stelle des abgetretenen Bettvorlegers. Ihre Schultern sanken leicht herab, und ein dünner Schmerz verschattete kurz ihre Augen.

»Erzähl«, sagte sie.

Schikaneder wandte ihr sein Gesicht zu und hielt die Hand schützend vor seine Augen.

»Erst du«, krächzte er. »Hast du sie?«

Eleonore zog eine Nadel aus ihrer Frisur, nahm ihren Hut ab und legte ihn auf die Bettdecke.

»Die Permission für Salzburg?«

Schikaneder schob sich zum Kopfende und stützte sich ächzend auf seine Ellbogen.

»So quäl mich doch nicht, Eleonore«, sagte er ärgerlich. »Was denn sonst? Sag – hast du sie bekommen?«

Sie nickte selbstgefällig.

»Habs dir doch versprochen.«

Der Prinzipal ließ sich erleichtert auf das Kissen zurückfallen und schenkte ihr einen dankbaren Blick. »Wunderbar«, sagte er matt. »Dann können wir ja endlich aufbrechen.«

Sie wischte einen Staubflusen von ihrem Hut. »Gewiss.«

Seine Lider verengten sich.

»Und?«, fragte er mit plötzlichem Argwohn.

»Und – was?«

»Du weißt genau, was ich wissen will«, raunzte er. »Was hat es – gekostet?«

Sie schürzte verächtlich die Lippen.

»Nichts, was meinen und deinen Ruf gefährden würde – das hast du doch gemeint?«

»Auch«, bestätigte er. »Und wenn du es schon vor allem anderen erwähnst, also noch vor der üblichen Zusage unbegrenzter Freibillets für Hofrat und Magistrat, unbezahlter Verzierungen privater Feste und dergleichen, dann –«

Sie sah ihn mit hochgezogenen Brauen an.

»Was?«

»Dann *ist* etwas in dieser Art vorgefallen. Was war es?«

»Na, was schon?« Eleonore seufzte gelangweilt. »Der Herr Hofkämmerer, ein wahrer Leuchtturm von Sitte und Moral, war nahe dran, sich zu vergessen.«

»Nahe dran?«, rief Schikaneder hitzig. »Was heißt das?« Er stemmte sich mit einem Ruck hoch. Sie drückte ihn auf das Kissen zurück.

»Das heißt, dass du mir zuhören sollst: Es ist nichts *geschehen*. Für seine wuchernden Phantasien wirst du dem Herrn Hofkämmerer keine Vorhaltungen machen können. Er hat lediglich die Fasson verloren und einige, sagen wir, missverständliche Äußerungen getan, die niemand außer ihm und mir gehört hat. Ich hab dosiert die Empörte gegeben, woraufhin er anderntags sehr reuig war und umgehend die Permission diktieren ließ.«

»Diese Salzburger Tartüffe!«, fuhr Schikaneder auf. »Ich werde –!«

»Nichts wirst du«, sagte Eleonore entschieden. »Der Herr Hofkämmerer ist erstens ein bedauernswerter, an seiner Einsamkeit und seinem unattraktiven Aussehen leidender alter Herr, und«, sie strich eine schweißfeuchte Haarsträhne aus seiner Stirn und lächelte, »da ich nur schöne Männer liebe, weit davon entfernt, als dein Nebenbuhler in Betracht zu kommen. Und zweitens hat er mir für mein Schweigegelöbnis größtes Entgegenkommen zugesagt. Es wird sich nicht zuletzt in der Miete zeigen. Es ist übrigens wunderschön geworden, das neue Salzburger Theater.«

Schikaneder lenkte knurrend ein. Er schlug die Decke zurück und setzte seine Füße auf den Boden. Ein heftiger Kopfschmerz durchzuckte ihn. Er griff sich an die Schläfe.

»Und wieso lässt man uns vorher fast verhungern?«, murrte er. »Will man uns damit demonstrieren, dass man uns noch immer für fahrendes Gesindel hält?«

»Auch falsch.« Sie schüttelte nachdrücklich den Kopf. »Wir brauchen uns nicht die geringsten Sorgen zu machen. Die ganze Stadt ist schon seit Wochen in freudiger Erwartung. Der Grund für die Verzögerung ist eine simple Eifersüchtelei zwischen Hofrat und Magistrat gewesen. Letzterer hat sich offensichtlich zu enthusiastisch für uns ausgesprochen; woraufhin der Hofrat glaubte, ihn wieder einmal in die Schranken weisen zu müssen.«

Er grunzte ärgerlich.

»So, und jetzt bist du dran.« Eleonore setzte sich gerade. »Erzähl.« Sie musterte ihn mit wachem Blick, doch aus ihrer Stimme sprach keine brennende Neugierde. Sie klang eher, als erwarte sie lediglich eine Bestätigung dessen, was sie bereits ahnte.

Die Kassa sei zumindest wieder bodenbedeckt, begann er. Aber eine Aufführung wie diese habe er noch nie erlebt.

»Habs schon gehört«, unterbrach sie ihn schmunzelnd. »Du hast das Ende des Stücks ein wenig *modifiziert*. – Seit wann kannst du überhaupt schwimmen?«

Schikaneder grinste schwach.

»Ich habe jedenfalls bei den beiden, die so eigenmächtig waren und *mich* anstatt der Bernauerin aus dem Fluss gezogen haben, auf eine Ermahnung wegen Eigenmächtigkeit verzichtet.«

»Es soll auch Verhaftungen gegeben haben? Doch nicht deshalb, weil man dich gezwungen hat, das Stück zu ändern? – Ich mein, mir wär auch oft danach, das Publikum vor Gericht zu stellen, aber –«

»Eine verworrene Geschichte«, unterbrach er sie ernst: »So viel ich mir zusammenreimen hab können, scheinen die Bergleute vorgehabt zu haben, die Aufführung zu einer Rebellion zu benutzen.«

»Das ist –«

»Niederträchtig, meinst du?«

»Es hätt dich dein Leben kosten können!«

Schikaneder lächelte schief.

»Aber es wär für einen Schauspieler ein bemerkenswertes Ende gewesen, das musst du zugeben.«

»Dummes Gerede«, schimpfte Eleonore. »Wirst dich unterstehn, mich jetzt schon allein zu lassen.«

»Ich habs noch nicht vor, meine Liebe«, beruhigte er sie. »Es ist nur, dass ich auf die Banda nicht bloß wütend bin. Ich…« Er suchte nach Worten. »…ich meine, es muss nicht bloß bei diesen Bergleuten, sondern auch bei vielen Dorfleuten einen ungeheuren Zorn auf die Ortsoberen gegeben haben. Ich verstehe die Leute beinahe. Ein widriger Mensch übrigens, dieser Richter. Wie auch dieser Bergwerksbesitzer, dieser Monsieur Paccoli.«

»Das mag ja sein«, gab Eleonore zu bedenken. »Warum aber suchen sie sich dafür gerade unsere Aufführung aus? Sind wir für diese Dinge verantwortlich?«

Schikaneder griff nach der Kopflehne des Bettes und stand schwankend auf.

»Weil sie das Stück verstanden haben«, sagte er.

Sie sah ihn zweifelnd an. »Du willst aber jetzt nicht sagen: Wenn das Publikum wirklich verständig wäre, müsste jeder künftigen Aufführung der Bernauerin ein Aufstand folgen?«

»Der Himmel behüt uns!«, lachte Schikaneder, während er durch die Kammer tapste und seine Kleidung einsammelte. »Ich meine damit bloß, dass ihnen vieles vielleicht wie ein Spiegel ihrer eigenen Not vorgekommen sein muss.«

Sie drehte sich zu ihm. »Dann aber hast du mit deinem Sprung die Gerechtigkeit wiederhergestellt, und der Zorn der meisten ist verraucht.«

»Die Gerechtigkeit…« Schikaneder schlüpfte in seine Hose und ging zur Waschanrichte. »Der Herr Richter und dieser ölige Bergwerksbesitzer waren jedenfalls von unserer Aufführung begeistert. Aber ich bin mir nicht sicher, ob ich auf Lob von dieser Seite stolz sein kann.«

»Lob oder Tadel, das muss man nehmen, wie es kommt«, meinte Eleonore. »Aber diese Bergleute – die wird man vor Gericht stellen, vermutlich?«

»Jedenfalls die, die noch zu greifen waren. Die meisten scheinen über das Wasser geflüchtet zu sein. Einer ist wohl ertrunken, in der Nacht hat man ihn in einem Mühlrechen gefunden. Von ihrem Anführer aber gibt es keine Spur. Verschwunden ist übrigens auch der Knecht vom Kolber. Und seine Hausmagd –«

»Hieß sie nicht Babett?«

»Babett, ja.« Er schüttete Wasser in die Schüssel, tunkte den Waschlappen hinein und wischte sich über das Gesicht. »Sie scheint ebenfalls auf rätselhafte Weise mit dieser Angelegenheit verbunden zu sein. Einige vom Dorf schwören, sie im Getümmel gesehen zu haben, wie sie, kaum, dass der Anführer ins Wasser gefallen war, ihm nachgesprungen sei. Was außerdem fehlt, ist das Boot, mit dem ich als Herzog Albrecht angekommen bin. Gut möglich, dass sich die meisten der Rebellen auf ihm gerettet haben.« Er seufzte. »Mitsamt der teuren Dekoration…«

»Ich bin jedenfalls froh, dass dir nichts geschehen ist«, sagte Eleonore. »Merkst du übrigens was? Immer wenn ich nicht da bin, kommst du in Schwierigkeiten.« Sie wartete seinen Einspruch nicht ab. »Aber jetzt erzähl endlich.«

Schikaneder drehte sich zu ihr und runzelte die Stirn.

»Und was tu ich die ganze Zeit?«

»Das meine ich nicht, Schani«, sagte sie ruhig.

Er sah sie erstaunt an. Aus Eleonores Blick, der unverwandt auf ihm ruhte, wuchs ein feines Glimmen. Schikaneder legte das Handtuch zur Seite.

»Verstehe«, sagte er lächelnd. »Du willst wissen, ob ich dir treu gewesen bin.«

»Wenn du es schon vor allem anderen erwähnst…?«

Er breitete die Arme aus und ging strahlend auf sie zu.

»Komm an mein Herz, du Liebe!«, rief er, drückte sie fest an sich und küsste sie. Unter seinen nackten Sohlen fühlte er eine kleine Spange, die Demoisell Bichler vergessen hatte. Er stieß sie mit einer unauffälligen Bewegung unter das Bett.

Nachwort

So frei diese Erzählung mit historischen Fakten zuweilen umgeht, so beruht sie doch im Kern auf einer wahren Begebenheit. Ein anonymer Reisender beschreibt in seinem Tagebuch eine turbulente Schikaneder-Aufführung der ›Agnes Bernauer‹ im Jahr 1780, bei der das Publikum eine Änderung des Stückes erzwang. Auch die zeitgenössische Berliner ›Litteratur- und Theaterzeitung‹ berichtete darüber.

Ein erstes Treffen zwischen Emanuel Schikaneder und Wolfgang Amadeus Mozart ist für dieses Jahr ebenfalls gesichert. Die hier geschilderten Umstände entsprechen zwar meiner Phantasie, aber immerhin lässt sich für die entsprechende Jahreszeit eine Reise Mozarts in die Reichenhaller Gegend nachweisen.

Ebenfalls keine Spekulation ist die Nähe dieser beiden Künstler zum radikal-aufklärerischen Geheimbund der ›Illuminaten‹ (die Lage des im Roman beschriebenen ›Ägyptischen Hains‹ und der für Zusammenkünfte benutzten Grotte ist Eingeweihten bekannt). Aus dieser Tatsache ergibt sich die Erkenntnis, welch hochriskante Unternehmung die heute meist als genialisch-skurrile ›Zauberoper‹ missverstandene ›Zauberflöte‹ gewesen sein muss, deren inhaltliches Konzept Schikaneder und Mozart gemeinsam entwarfen. Sie erklärt auch, dass es zu ihrer Entstehung nahezu kein einziges schriftliches Dokument mehr gibt: Aus Angst vor politischer Verfolgung vernichteten Mozarts Vertraute noch in dessen Todesnacht die Korrespondenz zwischen ihm und Emanuel Schikaneder.

Das Werk Emanuel Schikaneders (* 1751 in Straubing, † 1812 in Wien) ist, bei aller Widersprüchlichkeit in Inhalt und Qualität, vor dem Hintergrund des erbitterten Ringens zwischen der europäischen Aufklärung und den beharrenden klerikal-absolutistischen Mächten zu verstehen. Das Aufbegehren der unteren Stände lag bereits 1780 in der Luft; nur neun Jahre später sollte es in die Französische Revolution münden. Den ›Illuminaten‹ stellte sich der – vor kriminellen Methoden nicht zurückschreckende – okkult-katholische Bund der ›Rosenkreuzer‹ entgegen, und bereits einen Tag nach Mozarts Tod setzte eine brutale Verfolgung freiheitlich gesinnter Politiker, Künstler und Philosophen ein. Nahezu alle Mitglieder der Loge, der Vater und Sohn Mozart und Schikaneder angehörten, wurden ruiniert oder starben im Kerker. Die Spekulationen um die skandalösen Umstände der Mozartschen Beerdigung erhalten damit durchaus neue Nahrung.

Auch Emanuel Schikaneder hatte unter Aufführungsverboten zu leiden. Doch ihn dürfte geschützt haben, dass er zu diesem Zeitpunkt bereits einer der beliebtesten und erfolgreichsten Theatermacher gewesen ist, vom Wiener Publikum geradezu vergöttert. Tagespolitische Kommentare waren zudem seine Sache nicht, und das ›Revolutionäre‹ war bei ihm eher das Ergebnis von Emphase und Intuition, sowie von einem umwerfenden theatralischen Temperament. Er hat zu Shakespeares Popularisierung Entscheidendes beigetragen, und auch Beethovens ›Fidelio‹ ist nachweislich seinem Drängen zu verdanken. Neben der Entwicklung des deutschen Singspiels hat Emanuel Schikaneder auch wichtige Impulse für eine Volkstheater-Tradition gegeben, die nach ihm durch Ferdinand Raimund und Johann Nepomuk Nestroy zur Vollendung gelangen sollte.

Person und Werk Emanuel Schikaneders gerieten bald nach seinem Tod in größter Armut in den Schatten der biedermeierlichen Mozart-Vergottung. Goethe scheint einer der Wenigen gewesen zu sein, die Schikaneders ›Zauberflöte‹-Libretto würdigten. Dennoch etablierte sich die (bis heute vorherrschende)

Ansicht, einem mittelmäßigen Autor sei die Gnade zuteil geworden, dem Genie Mozarts dienen zu dürfen. Die Wirklichkeit dürfte einfacher gewesen sein: Der größte Komponist der Epoche tat sich mit einem der einflussreichsten Theatermacher seiner Zeit zusammen, um eines der tiefgründigsten Werke der Musikgeschichte zu schaffen. Emanuel Schikaneder zu verklären, war nicht meine Absicht; die Rehabilitation eines mitreißenden, unglaublich produktiven, erfindungsreichen und modernen Theatermannes gegen allzu naserümpfende Herablassung dagegen durchaus.

Die Zitate aus ›Hamlet‹ sind zeitgenössischen Übersetzungen nachgebildet, jene aus ›Agnes Bernauer‹ entstammen dem Text Graf Toerrings, wie er auch von Schikaneder gegeben wurde. Eine wichtige Hilfe waren mir neben Veröffentlichungen der Internationalen Stiftung Mozarteum (Anke Sonneck ›Emanuel Schikaneder‹) auch Helmut Perls Arbeiten (u. a. ›Der Fall Mozart‹), sowie die Memoiren von Ignaz von Castelli und Jakob Neukäufler, einem Mitglied von Schikaneders Compagnie. Darüber hinaus danke ich Martin ›Schani‹ Bauer und Stefan Betz für kritische Durchsicht des Manuskripts, Ulla Pokutta und Andreas Koll für engagierte Hilfe bei der historischen Recherche. Helmut Pointner verdanke ich den Hinweis auf Max Wiesers wie immer ergiebige Arbeit ›Adel und Bauer‹. Franz Geiger, Dr. Joseph Kiermeier-Debre und Prof. Peter Back-Vega bin ich für wichtige Anmerkungen zu Thema und Dramaturgie, Mathias Kupfer für Hinweise zu darstellerischen Techniken und Dr. Johannes Lang für regionalgeschichtliche Details zu großem Dank verpflichtet. Keinesfalls unerwähnt bleiben darf das Ensemble des ›Südostbayerischen Städtetheaters‹, dessen Darstellung mir bei so manchem Charakter eine vertiefte Sichtweise eröffnete.

ROBERT HÜLTNER

btb

Robert Hültner bei btb

Die Kriminalromane mit Inspektor Kajetan

Inspektor Kajetan und die Sache Koslowski
Roman. 224 Seiten. ISBN 987-3-442-72144-3

Walching
Roman. 192 Seiten. ISBN 987-3-442-72141-2

Die Godin
Roman. 228 Seiten. ISBN 987-3-442-72145-0

Inspektor Kajetan und die Betrüger
Roman. 288 Seiten. ISBN 987-3-442-73420-7

Inspektor Kajetan kehrt zurück
Roman. 288 Seiten. ISBN 987-3-442-75189-1

Die Kriminalromane mit Kommissar Türk

Das schlafende Grab. Kommissar Türks erster Fall
Roman. 240 Seiten. ISBN 987-3-442-73169-5

Fluch der wilden Jahre. Türks zweiter Fall
Roman. 224 Seiten. ISBN 987-3-442-73247-0

•

Der Hüter der köstlichen Dinge
Roman. 416 Seiten. ISBN 987-3-442-73761-1